A música perdida

A música perdida

CHRIS CANDER

Tradução
Cecília Camargo Bartalotti

1ª edição
Rio de Janeiro-RJ / Campinas-SP, 2022

VERUS
EDITORA

Editora
Raïssa Castro

Coordenadora editorial
Ana Paula Gomes

Equipe editorial
Raquel Tersi
Júlia Lopes

Copidesque
Sílvia Leitão

Revisão
Lígia Alves

Diagramação
Mayara Kelly
(estagiária)

Design de capa
Juliana Misumi

Título original
The Weight of a Piano

ISBN: 978-65-5924-060-9

Copyright © Chris Cander, 2019
Todos os direitos reservados.

Tradução © Verus Editora, 2022
Direitos reservados em língua portuguesa, no Brasil, por Verus Editora.
Nenhuma parte desta obra pode ser reproduzida ou transmitida por qualquer forma e/ou quaisquer meios (eletrônico ou mecânico, incluindo fotocópia e gravação) ou arquivada em qualquer sistema ou banco de dados sem permissão escrita da editora.

Verus Editora Ltda.
Rua Benedicto Aristides Ribeiro, 41, Jd. Santa Genebra II, Campinas/SP, 13084-753
Fone/Fax: (19) 3249-0001 | www.veruseditora.com.br

CIP-BRASIL. CATALOGAÇÃO NA FONTE
SINDICATO NACIONAL DOS EDITORES DE LIVROS, RJ

C223m

Cander, Chris
  A música perdida / Chris Cander ; tradução Cecília Camargo Bartalotti. – 1. ed. – Campinas [SP] : Verus, 2022.

  Tradução de: The weight of a piano
  ISBN 978-65-5924-060-9

  1. Romance americano. I. Bartalotti, Cecília Camargo. II. Título.

22-75716 CDD: 813
CDU: 82-31(73)

Meri Gleice Rodrigues de Souza – Bibliotecária – CRB-7/6439

Revisado conforme o novo acordo ortográfico.

Seja um leitor preferencial Record.
Cadastre-se no site www.record.com.br e receba informações sobre nossos lançamentos e nossas promoções.

Atendimento e venda direta ao leitor:
sac@record.com.br

Para minha querida Sasha

Escondidas em densas florestas no alto das montanhas da Romênia, onde os invernos eram especialmente intensos e longos, havia coníferas que seriam transformadas em pianos: instrumentos primorosos, famosos pela pureza de seu timbre e amados por pessoas como Schumann e Liszt. Um único homem sabia como escolhê-las.

Depois que as folhas caíam e a neve cobria o chão, Julius Blüthner fazia a viagem de trem de Leipzig para lá e caminhava pela floresta sozinho. Por causa da altitude e do frio rigoroso, as árvores ali cresciam muito lentamente. Elas se mantinham eretas e robustas contra as intempéries, seu lenho denso de resina. Blüthner acenava com a cabeça para as árvores jovens enquanto passava, ocasionalmente roçando sua casca em um cumprimento. Ele procurava as mais velhas, aquelas que tinham os galhos que ele não conseguia alcançar, aquelas que tinham o diâmetro tão grande que ele não podia ver se havia um urso atrás. Batia nelas com sua bengala e pressionava o ouvido no tronco, conforme sua intuição determinasse, escutando a música escondida ali dentro. Ouvia-a com mais nitidez do que qualquer outro fabricante de pianos, melhor mesmo do que Ignaz Bösendorfer, Carl Bechstein e Henry Steinway. Quando encontrava o que estava procurando, ele marcava a árvore com um pedaço de lã vermelha, que se destacava reluzente na neve.

Então os lenhadores que ele contratara derrubavam as árvores cuidadosamente escolhidas. Observando com muita atenção, Blüthner sabia quais eram os troncos perfeitos pelo modo como caíam. Apenas aqueles com um mínimo de sete anéis por centímetro, todos regularmente espaçados, seriam tirados da floresta em trenós e despachados para a Alemanha. E os melhores entre esses se tornariam as tábuas harmônicas que percutiriam como corações dentro de seus famosos pianos.

Para não racharem, as toras eram mantidas molhadas até chegarem à serraria. Lá, elas eram cortadas em quartos para liberar os timbres mais puros, depois serradas e aplainadas em tábuas uniformes. As lascas de madeira iam para as fornalhas para aquecer as instalações e alimentar os motores a vapor. Por pequenos nós e outras imperfeições revelados no corte, muitas das preciosas tábuas de madeira tonal também acabavam nas fornalhas. As que se mantinham eram quase perfeitas: brancas em cor; leves e flexíveis; os traços tênues dos anéis em espaçamento denso e paralelo nas superfícies das tábuas harmônicas. Essas tábuas brutas eram armazenadas por pelo menos dois anos, cobertas e descobertas até que sua umidade se reduzisse para cerca de catorze por cento.

Depois de pronta, a madeira era transportada por uma carroça puxada a cavalo até a enorme fábrica Blüthner na área oeste de Leipzig e colocada em prateleiras perto do teto em estufas por muitos meses. Mas, mesmo assim, ainda não estava pronta para se tornar um instrumento. Para garantir que a tábua harmônica um dia pudesse vibrar com o timbre dourado inigualável de Blüthner, a madeira precisava secar por mais alguns anos ao ar livre.

Foi com reverência, portanto, em 1905, que um *Klavierbaumeister* assistente selecionou algumas dessas pranchas cuidadosamente preparadas e as colou lado a lado para produzir uma tábua única. Ele a cortou no formato correto e a aplainou para ter a espessura correta, flexível o suficiente para vibrar, mas forte o bastante para resistir à pressão de mais de duzentas cordas. Depois de trabalhada, ela foi levada de volta a uma das estufas para secar ainda mais antes que finas tiras pudessem ser aplicadas em seu lado inferior, perpendiculares às fibras da madeira. Então a tábua harmônica recebeu uma pequena quantidade de umidade, apenas o suficiente para permitir que seu lado superior adquirisse uma leve curvatura, sobre a qual seriam assentados os cavaletes de graves e agudos e sua pressão para baixo encontrasse o vértice da curva como se estivessem em torno de um grande barril. O *Klavierbaumeister* admirou seu trabalho: as linhas paralelas às fibras impecáveis, a curvatura precisa da coroa. Essa tábua harmônica específica seria o coração do piano número 66.825 da fábrica.

A estrutura da caixa foi construída por outros artesãos, seus cinco suportes traseiros robustos o bastante para suportar o peso da tábua harmônica e da chapa de ferro. O cepo foi cortado e encaixado. Os agrafes foram atarraxados na chapa em uma altura que determinaria os segmentos vibratórios das cordas, que seriam colocadas em seguida; cravelhas marteladas no cepo, depois o mecanismo foi inserido e ajustado. Os martelos de madeira foram recobertos com feltro prensado a frio em camadas espessas que diminuíam gradualmente na direção do delicado lado dos agudos. Então era a hora da instalação dos abafadores junto com o conjunto de pedais e alavancas, buchas e molas. A caixa foi ebanizada depois de tudo estar montado, o que exigiu inúmeras camadas. Os músculos nos braços dos responsáveis pelo acabamento sobressaíam nas mangas arregaçadas da camisa.

Em seguida, o instrumento quase completo recebeu afinação, a tensão de cada uma das 220 cordas ajustada para o timbre correto. Depois ele foi regulado, o toque e a sensibilidade do mecanismo acertados até que o movimento dos dedos nas teclas fosse adequadamente transferido aos martelos que percutiam as cordas.

Por fim, depois de muitos anos de trabalho de muitas mãos especializadas, o piano chegou à sua estação final para a entonação. O *Meister* ali levantou a manta de linho que o cobria e passou a mão pelo topo preto reluzente. Por que este piano deveria ser especial? Cada um era especial, com alma própria e personalidade distinta. Este era forte, mas despretensioso; misterioso, mas sincero. Ele deixou a manta deslizar para o chão da fábrica.

— O que você quer dizer a este mundo? — perguntou ao instrumento.

Ajustou os martelos um por um, escutando cada corda, aparando e amaciando o feltro de novo e de novo. Era como um médico especialista em diagnósticos, batendo o martelinho nos nervos sob a patela do paciente, medindo a resposta. O piano respondia de acordo, a cada vez. *Olá, olá.*

— *Fertig** — disse ele, ao terminar o trabalho. Enxugou o suor da testa com a manga da blusa, e afastou do rosto os fios finos de cabelos brancos. Dando um passo para trás, admirou aquele ser completo e novo em folha que, após ter sido tocado apropriadamente, seria capaz de façanhas incríveis. Os primeiros anos eram imprevisíveis, mas, com o tempo, ele se abriria e acumularia em si uma história única. Por enquanto, era um instrumento perfeito, caracterizado apenas por seu potencial.

O *Meister* ajeitou o avental enquanto se sentava no barril que pegara emprestado para servir de banquinho e, flexionando os dedos, refletiu sobre qual peça deveria usar para batizar o piano. Schubert, seu compositor favorito. Ele tocaria o rondó de sua penúltima sonata, a grande "Sonata em má maior"; a melodia de abertura era bonita, com uma sensação de esperança e alegria que precedia seu desenvolvimento mais inquieto e reflexivo. Essa seria a inauguração perfeita para o reluzente Blüthner preto número 66.825.

— Escutem! — ele chamou, mas ninguém podia ouvi-lo com o ruído ambiente da fábrica. — Ele está nascendo!

E pressionou o dedo sobre o dó sustenido, a primeira nota do rondó, escutando concentrado, e ela ressoou para encontrá-lo com a inocência e o poder do primeiro choro de uma criança. Confirmando-a tão pura quanto esperava, ele começou a tocar o restante da sonata. Despacharia esse piano novo e brilhante com tanto otimismo quanto possível, sabendo que ele não seria mais tão casto desde o momento em que fosse tocado pelas mãos desesperadamente humanas de seus futuros proprietários.

---

* Em alemão: completo. (N. do E.)

Clara Lundy chutou um banquinho para junto do pneu dianteiro de uma velha Chevrolet Blazer 1996 e se inclinou sobre o motor, jogando o rabo de cavalo loiro escuro para trás sobre o ombro. Afrouxou a tampa para aliviar a pressão e pôs um pano em cima do reservatório para absorver o vapor que saiu quando ela abriu a válvula. Depois de esvaziar o compartimento, enfiou o pano no bolso de trás e foi até sua caixa de ferramentas pegar as chaves de 16 mm e 19 mm e a chave de desconexão rápida. Então, com um pulo ágil, desapareceu dentro do fosso de bordas amarelas para poder trabalhar por baixo do carro. Removeu o suporte, soltou as braçadeiras e afastou a mangueira do lado de saída do filtro para o óleo não pingar em seus olhos. Aprendera essa lição havia muito tempo na oficina de seu tio e nunca a esquecera.

— Ei, Clara? — Peter Kappas, um dos três filhos dos donos da oficina, olhou para ela no fosso. Um halo de luz de sol de fim de tarde contornava sua silhueta avantajada. — Aquele cliente do serviço do pinhão e cremalheira voltou. Ele disse que ainda está fazendo barulho.

— O mesmo barulho ou um novo?

— Estouros. Parafusos, provavelmente.

— Você pode cuidar disso? Eu ainda não terminei com este filtro.

— Eu prometi entregar o Corvette às cinco horas.

Clara encaixou o novo filtro no suporte.

— Tudo bem, me dê quinze minutos. Vou levantar o carro e ver o que está acontecendo. Mas, se forem mesmo os parafusos, você vai ter que fazer o alinhamento de novo. Está com tempo?

— Pra você?

— Pare.

Ele levantou os braços.

— Brincadeira. Eu faço.

Depois de apertar todos os parafusos e checar as mangueiras, ela subiu de novo para pôr o sistema em funcionamento. Virou a chave, esperou a bomba de combustível ser acionada e desligou a ignição. Fez isso mais algumas vezes e, sentada ali, viu a si mesma no retrovisor e ficou surpresa ao notar sua aparência mais velha do que seus vinte e seis anos, como se tivesse envelhecido uma década de um dia para outro. Suas pálpebras, apesar do pouquinho de maquiagem que havia aplicado, ainda estavam vagamente inchadas da crise de choro na noite anterior. A boca estava tão apertada que pequenas rugas irradiavam dos lábios; ela estivera pressionando os dentes. Quando relaxou o maxilar, as faces pálidas pareceram murchar e os cantos da boca se inclinaram para baixo. Havia uma mancha de graxa na testa, provavelmente por ela ter passado a mão para tirar a franja dos olhos, que se assemelhava à marca de nascença de seu falecido pai. Ela olhou para si mesma, para os olhos castanho-claros e os cílios loiros, as mesmas faces altas, e sentiu uma pontada no estômago diante dessa imprevista imagem do rosto dele no espelho. Uma dor antiga se acrescentou à nova.

Ela virou a chave até o fim e o motor da Blazer funcionou perfeitamente.

— Clara! Telefone para você! — alguém chamou sobre os barulhos da oficina: o torquímetro hidráulico e o compressor de ar, o abrir e fechar de gavetas de ferramentas, o incessante retinir de metal, a sempre presente música *laïko* vindo da caixa de som suja de graxa no canto, os gritos em grego e inglês.

Ela limpou a mancha da testa com o pano sujo enquanto ia até o telefone na parede. O irmão de Peter, Teddy, a deteve com a mão em seu braço.

— É o Ryan — disse ele. — Talvez você prefira atender no escritório. — Quem poderia saber o que eles andavam dizendo sobre ela e Ryan. A mãe de Peter, Anna, sabia ler seu rosto como se Clara fosse filha dela e podia transformar uma opinião, como *Eu acho que esse Ryan não é bom para você*, em um tema para discussão geral. Clara se via de repente oferecendo informações adicionais sem nunca ter tido a intenção, e a família Kappas inteira logo ficava sabendo de todos os seus assuntos pessoais. Mas ela não se importava; eles eram o mais próximo de uma família real que ela tinha desde muito tempo.

Clara concordou. O escritório era pouco mais que uma mesa junto à parede na área de espera, entre o bebedouro e a máquina de café. Não dava para dizer que era muito privativo, mas não havia nenhum cliente ali no momento, e Anna, que estava atrás do balcão anotando um pedido de peças, piscou para ela e lhe disse em seu forte sotaque:

— Vou deixar você à vontade.

Clara se sentou e tentou não olhar para a luzinha de ligação em espera piscando no telefone. Em vez disso, passou os olhos pelas fotografias emolduradas das ilhas Espórades na parede: a *villa* da família caiada de branco, a praia curva rochosa, a água de um turquesa extraordinário.

Quando não pôde mais evitar, respirou fundo e pegou o fone.

— Oi — disse ela.

— Você não está atendendo o celular.

— Estou trabalhando.

— Não importa. Clara, escute, eu vou ficar fora alguns dias para você poder tirar suas coisas. Eu realmente quero que você saia até o fim de semana, tudo bem?

— Ei, espera aí. O quê? Você está falando sério? Eu achei que nós ainda estávamos conversando sobre isso.

— Clara, você não me escutou ontem à noite? Estou cansado de esperar você se decidir. Você simplesmente não quer o mesmo que eu quero.

— Eu nunca disse que não quero o mesmo que você; só pedi um tempo.

— Ela se virou para a parede. — Ryan, por favor.

— Eu sei que você precisava de tempo e tentei dar isso a você. Mas não posso ficar sempre pondo as suas necessidades na frente das minhas. Estou pronto para ir em frente. Eu quero uma família. Gostaria que fosse com você, mas, se não pode ser... então que escolha eu tenho?

— Escute, eu amo você, Ryan, você sabe disso. Mas casamento é um grande passo. Por que não podemos só ficar juntos? Por que tudo tem que ser com tanta pressa?

— Por que você tem tanto medo de tornar isso permanente? Eu sei que você me ama. Por que não pode simplesmente dizer sim?

Clara suspirou. Ela poderia mudar o rumo da conversa, mudar toda a sua vida, com uma única palavra. Mas não conseguia.

— Eu não sei. Desculpe.

— Então acabou. Preciso que você saia. Tenho que seguir com a minha vida.

— Você está mesmo me pondo pra fora? Depois de dois anos você está me dando só quatro dias pra eu me mudar? Como espera que eu faça isso? E onde eu vou arrumar dinheiro?

— Você sabe que eu não vou deixar você na rua. Encontrei um apartamento pra você em East Bakersfield. Já paguei o primeiro aluguel e o depósito de garantia. Achei que isso facilitaria as coisas.

— Meu Deus, Ryan. Nós não podíamos ter conversado primeiro? *East Bakersfield*?

Ele fez um som de impaciência.

— Será que faz mesmo diferença onde você mora? Parece que tudo que realmente importa pra você é essa maldita oficina.

Ela segurou o fio espiral do telefone na mão fechada, lutando contra a vontade de chorar outra vez. Estava chorando por perdê-lo? Por perder seu lar? Por sua própria indecisão?

— O contrato de locação e a chave estão em cima da mesa da cozinha — disse ele. — Quando sair, jogue sua chave pela abertura do correio.

Clara apoiou a testa na parede e soltou o ar.

— Então acabou mesmo?

— Sim, acabou.

Ele fez uma pausa, os dois fizeram, e ela imaginou se ele iria dizer o que sempre dizia no final de um telefonema. *Eu amo você. Sabe disso, né?* Ela não conseguia falar. Não conseguia desligar. Inclinou-se para a frente, em expectativa, aguardando, desejando, mas relutante sem se render.

— Boa sorte, Clara. Espero que você consiga descobrir o que quer. De verdade. É uma pena que não tenha sido eu. — E ele desligou.

Ela ficou segurando o fone no ouvido, escutando as batidas de seu coração até o sinal de ocupado começar a soar. Quando se virou, Peter estava parado na porta.

— Tudo bem? — ele perguntou.

Ela não respondeu de imediato. Talvez não amasse Ryan de verdade, afinal, certamente não do jeito que ele queria que ela o amasse. Mas se acostumara a ficar com ele, a ter alguém para quem voltar em casa, e a vida com ele era fácil.

— Você ajuda na minha mudança? — ela perguntou a Peter.

Ele tirou o boné com o slogan *Havoline, Protege o que importa* e passou os dedos pelo espesso cabelo escuro.

— Claro — ele respondeu, e pôs o boné de volta. — Você sabe que sim.

Clara recusou a sugestão de Anna de sair mais cedo para cuidar de si mesma e o convite de Teddy de ir com ele à feira de usados do Early Ford V-8 Club para ajudá-lo a escolher algumas peças de motor flathead, para um serviço de restauração. Em vez disso, jogou água no rosto e voltou ao trabalho. Disse a Peter que ia cuidar do alinhamento pinhão-cremalheira, e faria isso, embora soubesse que, sob as circunstâncias, ele assumiria a tarefa de boa vontade.

Quando terminou, ela guardou as ferramentas em seus lugares nos baús posicionados na parede sob uma prateleira de manuais de mecânica, juntou os panos sujos, jogou-os no balde e disse boa noite a todos.

Peter passou pelo fosso, cruzou o piso de cimento sujo de óleo e a encontrou na porta de ferro da oficina.

— A gente vai sair pra tomar uma cerveja mais tarde — ele disse. — Quer ir?

— Obrigada, mas eu tenho que começar a arrumar minhas coisas.

— Quer ajuda? — Peter perguntou. Ela poderia ter falado junto com ele. Pelo menos uma ou duas vezes por dia, sempre que terminava o que estava fazendo, ele ia até onde ela estivesse para ver se ela precisava de uma mãozinha. Quando Ryan estava fora da cidade, o que era frequente, Peter aparecia com pratos enrolados em filme plástico com comida feita pela sua mãe ou ingressos para um jogo ou um DVD para assistir. Durante o incêndio florestal mais recente, ele havia desafiado as ordens de evacuação e dirigido até a casa dela para convencê-la a ir com ele para o litoral ao sul. Clara sempre se orgulhara de manter a compostura, algo que sua mãe teria admirado como estoicismo. Mesmo quando se sentia doente, ou solitária, ou preocupada, estava sempre "bem" para todos que perguntavam. No entanto, Peter sempre sabia quando ela não estava, e ali estaria ele, leal como um cão, nunca pedindo nada em troca. Incomodava-a o fato de se apoiar tanto nele. Ela se permitia gostar de algumas pessoas, mas isso não se estendia a precisar delas. Especialmente dele.

— Não, vão vocês — disse ela, com um pequeno aceno. — Eu estou bem. Vejo você amanhã.

Do lado de fora, embora o sol estivesse baixo, não havia alívio do calor abafado no ar, nenhuma brisa soprando do oeste para afastar o vapor visível que subia dos motores trepidantes dos carros ou para mover as eretas palmeiras cobertas de pó que se alinhavam junto à cerca de arame na margem da estrada. Clara parou ao lado de uma pilha de pneus velhos que separava a entrada da Oficina Kappas Xpress do espaço para trailers de moradia vizinho e ficou olhando entre os caminhões que passavam para o lote de terra vazio do outro lado da rua. A fuligem e o ozônio que sempre estavam suspensos no ar em Bakersfield pareciam especialmente densos e amarelos hoje, como se o céu estivesse infectado com alguma coisa.

Ela fez um jogo consigo mesma: se se virasse e alguém a estivesse observando, Peter ou um dos seus irmãos, ela voltaria para dentro e diria sim, vamos tomar uma cerveja. Adiaria o inevitável retorno à casa alugada que havia dividido com Ryan, onde uma chave diferente para algum lugar desconhecido a aguardava. Poderia tomar uma ou duas cervejas, ou talvez três, e esquecer que estava prestes a começar de novo, sozinha, mais uma vez. Olhou para trás bem na hora em que Teddy baixava a última porta de ferro pelo lado de dentro e tomou isso como um sinal. Quando o tráfego deu uma parada, ela atravessou a rua correndo para o seu carro.

Parou no supermercado mexicano onde ela e Ryan haviam se conhecido e onde faziam compras posteriormente e se arrependeu de imediato. As pinhatas penduradas no teto e a banda que tocava nos alto-falantes pareciam festivos demais para sua tarefa ali. Ela perguntou a uma pessoa que estava descarregando hortifrútis se eles tinham caixas vazias e, enquanto ele foi verificar, ela se dirigiu à seção de bebidas para comprar cerveja. Ryan sempre tinha sido exigente com bebidas alcoólicas, em especial cerveja, e falava com ar de especialista sobre amargor, notas e sabor residual. Ele nunca bebia direto da garrafa, insistindo que isso diminuía aspectos como cremosidade e sensação na boca. Clara caminhou entre as prateleiras de cervejas artesanais e importadas, pegou uma embalagem com seis garrafas de Pabst e voltou ao balcão para pagar e recolher a pilha desmontada de caixas que o funcionário havia separado para ela.

— *K*atya, venha cá. Tenho uma coisa para mostrar para você.

Ekaterina Dmitrievna olhou de seu pai para sua mãe, que estava sovando massa para o jantar. Uma vez mais não haveria carne ou manteiga. Sua mãe sorriu e balançou a cabeça. Katya largou a boneca, segurou a mão estendida do pai e eles seguiram pelo corredor do prédio de quatro andares pré-guerra, passando pelo cheiro de repolho, pelo som de bebês chorando e pelos cartazes de propaganda envelhecidos. FAÇANHAS À ESPERA DOS VALENTES! PÃO — PARA A PÁTRIA-MÃE! PODER PARA OS SOVIETES — KRUSCHEV! Katya estava cansada, todos estavam cansados, mas, para ela, era porque ficara acordada a noite inteira em sua pequena cama esperando ouvir a música que tinha parado havia três noites.

— Para onde estamos indo, papai?

— *Chi-chi-chi*. Você vai ver. É surpresa.

Mas Katya foi ficando ansiosa conforme se aproximavam do apartamento que pertencia ao idoso alemão cego. Ele era um conhecido de seu pai, um cliente. Seu pai o visitava mais do que aos outros clientes, porque o piano dele desafinava muito depressa.

— Ele toca com muita força — Dmitri disse à filha. — Põe toda a sua tristeza nas canções. Ruim para o piano, mas bom para mim, não é?

O alemão martelava seu piano desde quando Katya conseguia se lembrar. Ele quase sempre tocava à noite, quando as crianças no prédio estavam tentando dormir. A música as deixava agitadas e as mães, bravas, mas elas tinham medo de reclamar. Imaginavam que sabiam o que ele iria dizer em sua voz rude e forte: *É sempre noite para mim!* Ele raramente saía de seu apartamento e, quando o fazia, resmungava alto em alemão enquanto arrastava o corpo grande demais pelos corredores, batendo nas paredes com a bengala, os olhos azuis vazios vagueando por tudo. Tornava-se monstruoso na imaginação das crianças, e os vizinhos sussurravam boatos a seu respeito que poderiam ou não ser verdadeiros: Wilm Kretschmann não era seu nome real. Ele havia se voluntariado para a Waffen-SS. Era meio judeu, não um dos *Herrenvolk* arianos de Hitler, mesmo assim tinha matado centenas de judeus e seus apoiadores. Desertara de sua divisão da SS, *Das Reich*, em 1941, antes que sua etnia pudesse ser descoberta, escapando de sua unidade em Naro-Fominsk durante a Batalha de Moscou; caso contrário, Hitler teria ordenado sua execução, porque nenhum "sub-humano" era permitido na Waffen-SS, mesmo que fosse assassino por espontânea vontade. Ele se escondera em uma fábrica têxtil e fora considerado desaparecido, até a Wehrmacht ser rechaçada por forças soviéticas. Ficara cego por um estilhaço de granada ou por causa da culpa. Quem saberia como ele havia chegado a Zagorsk? Ganhara seu dinheiro como empreiteiro ou como ladrão. Ainda carregava sua Mauser HSc no bolso do casaco. A música era prova de seu tormento. Ele era um monstro, um demônio, um ogro.

Katya o adorava.

Na primeira vez que seguira seu pai até o apartamento do alemão, ela tinha seis anos. A porta havia ficado entreaberta. Ela entrou sorrateiramente e se agachou junto à parede, as costas pressionadas contra o papel de parede descascado, pronta para fugir se precisasse. Seu pai não a vira; ele estava inclinado para dentro da caixa do piano. O alemão estava sentado ereto em uma velha cadeira como um soldado, olhando para o nada, o ouvido na direção do piano. Katya teve medo de que ele pudesse escutar as batidas de seu coração, de tão acelerado que estava, como uma das peças musicais que ele tocava, então abraçou os joelhos para aquietar o som. Depois de ficar ali sentada despercebida por vários minutos, ela ganhou coragem. Mostrou a língua para ele. Nada. Repetiu o gesto, fazendo uma careta boba. O alemão continuou impassível. Só quando Katya abafou um riso ele se virou em sua direção. Ela ficou em silêncio depois disso, com toda a atenção voltada para o piano preto reluzente que havia engolido a cabeça de seu pai.

Nos meses seguintes, ela foi lá repetidamente, entrando escondida para observar o alemão enquanto ele ouvia seu pai afinar o piano. O que mais queria era vê-lo fazer a música que ela escutava à noite. Ao contrário dos outros no prédio, ela gostava das cantigas de ninar estranhas e complicadas que vinham do apartamento dele. Queria saber como aquilo era feito.

— Por favor, o senhor poderia tocar? — ela finalmente disse uma tarde, encorajada por esse desejo, as palavras escapando pelo buraco de onde seus dois dentes da frente haviam caído. Acabara de comemorar o sétimo aniversário. Seu pai se virou e falou seu nome, severo.

— O que você está fazendo aqui?

Mas o alemão só levantou a mão, como em uma bênção, e a chamou de onde ela se encontrava junto à porta.

— Eu imaginei se seria por isso que você estava aqui — disse ele, em uma voz nem um pouco como a de um ogro.

Ele pagou ao seu pai, pediu que ele se sentasse e guiou Katya até o lado do piano, sua mão gigantesca quente e meio trêmula no ombro dela, e lhe disse para ficar ali. Manobrou-se até o banco, sentou pesadamente e pousou as mãos no colo. Katya prendeu a respiração. Depois de um momento, as mãos dele flutuaram com elegância sobre o teclado por um instante, um segundo de silêncio, e então desceram para tocá-lo: cuidadosas, lentas, gentis. Katya pensou em como sua mãe afagava seu cabelo quando ela estava inquieta ou com dificuldade para dormir.

Mas o que era aquela música? Não era a música turbulenta e estrondosa que ele tocava à noite; era mais como uma chuva fina, ou nuvens passando no céu, ou a dança das fadas da neve. Desdobrava-se como uma história que ela nunca tinha ouvido antes. Discretamente, ela pressionou a mão contra a madeira brilhante. Observava os dedos do velho alemão movendo-se sobre as teclas, mal as tocando, e sentia a música entrar por todo o seu corpo, pelos ouvidos, os olhos, os pés, a mão. Quando ele terminou, seu vestido estava molhado de lágrimas e, quando ele se levantou, os movimentos rudes outra vez, trêmulo de velhice e cegueira, havia lágrimas no rosto dele também.

— Uma composição russa para você — disse ele, com seu sotaque estranho. — "Sonata nº 2 para Piano em sol sustenido menor", de Alexander Scriabin. Primeiro movimento. Você o conhece?

Ela sacudiu a cabeça, esquecendo-se de que ele não podia vê-la.

Ele pôs o polegar na face dela e sentiu as lágrimas.

— *Blagodaryu* — disse ele. — Obrigado.

Seu pai entendeu aquela declaração como uma despedida. Pegou Katya pela mão e a conduziu para a porta.

— Obrigada — ela respondeu. — Obrigada.

Ela esperara que ele fosse convidá-la para voltar e lhe ensinar alguma coisa, mas isso nunca aconteceu e ela ficou perplexa demais para voltar por conta própria.

Nas três últimas noites, não o escutara tocar, e, quando ela e seu pai entraram no apartamento do velho alemão, ele estava vazio, exceto pelo grande e reluzente piano.

— Onde ele está, papai? — ela perguntou. — Onde está a cadeira dele? A cama?

— *Chi-chi-chi,* calma, Katen'ka. Ele se foi. Mas ouça. Ele deixou o piano para você.

— Foi para onde?

— Ele morreu. Um dia eu explico. Ele nos deixou uma carta.

Katya não havia notado que seu pai segurava algo.

— O que diz nela?

— Só que ele queria que você ficasse com o Blüthner. Pediu que eu cuidasse dele para você e disse que você devia aprender a tocar. Ele disse que até um cego podia ver a música batendo em seu coração.

O pai de Katya e três vizinhos empurraram o piano pelo corredor e para dentro da pequena sala de estar. Duas novas famílias haviam se mudado para o apartamento do velho alemão e começaram a reclamar de fantasmas. Ele estourou o crânio com aquela Mauser HSc, diziam os boatos. Voltou para a terra dos ogros e demônios. Estamos felizes por nos livrarmos dele!

Mas, sem o alemão e sua música, Katya só conseguia dormir se deitasse com a cabeça embaixo do piano dele. Com o cabelo enroscado nos pedais, ela sonhava com fadas da neve dançando, e chuva leve, e nuvens passando alegremente pelo céu. De manhã, tentava copiar os sons, encontrando as notas uma a uma, decorando sua ordem. Seu pai a incentivava, ensinava o que sabia. Ele dizia que o talento do alemão era prova da bondade no coração da humanidade. Para ela, isso significava que havia magia a ser descoberta em um piano tão especial.

E ela a descobriu.

O piano foi o primeiro grande amor de sua vida.

Até pouco antes de seu aniversário de doze anos, Clara e seus pais moravam em um bairro em Santa Monica de onde podiam ir a pé para sua escola e para a praia e que ficava a apenas onze quilômetros da UCLA, onde Alice e Bruce lecionavam. Por fora, a casa era pitoresca: um chalé estilo "craftsman", grande apenas o suficiente para eles, pintado de amarelo-claro e cercado por uma cerca branca de madeira. Era cheia de livros, arte e sol e de um tipo eficiente de silêncio que eles ignoravam mantendo o som vintage Marantz ligado na sala de estar a maior parte do tempo: a estação pública NPR para sua mãe, a de música clássica para seu pai. Eles trabalhavam muito, mesmo em casa, enquanto Clara lia ou via TV ou inventava rotinas de ginástica artística.

O aparelho de som escondia outros silêncios também. Os que vinham antes e depois das brigas de seus pais. Ou que se infiltravam de seus escritórios separados, onde eles passavam horas depois do jantar. Sua mãe geralmente mantinha a porta fechada; Clara sentia pelas frestas o cheiro da fumaça de seus cigarros Virginia Slims. A porta de seu pai ficava entreaberta e ele às vezes a deixava fazer a lição de casa no tapete cazaque vermelho enquanto ele lia em voz alta em línguas que ela não entendia. Os silêncios dele, porém, eram os mais altos. *Quieta*, eles diziam. *Estou ocupado* ou *Talvez mais tarde* ou *Esqueci*.

Mas Clara tinha certeza de que não havia sido sempre assim. Havia flashes de memória, provas tênues de tempos mais felizes: os três caminhando para a praia com baldes de papelão cheios de frango frito para um piquenique ao pôr do sol, ou sentados jogando cartas no pequeno quintal dos fundos. Depois que eles morreram, esses eram os momentos de que Clara se lembrava mais vivamente. O frango gorduroso, a mobília de vime rangente do quintal, o ar revigorante com cheiro de sal, o calor das mãos dadas com os dois ao mesmo tempo, caminhando entre eles.

A única família que lhe restara fora a irmã de seu pai, Ila, e o marido dela, Jack. Ela os havia visitado em Bakersfield algumas vezes com seus pais, em férias e no enterro dos avós, e era evidente que essas viagens eram obrigações, não prazer. Sempre que entravam nos limites da cidade, sua mãe sacudia a cabeça olhando o ar esfumaçado do lado de fora da janela do carro e dizia:

— Eu ainda não consigo imaginar como você cresceu neste buraco, Bruce.

Ele a olhava de lado e respondia:

— Menos, Alice.

Ila tinha o que seu pai chamava de problemas nos nervos, com frequência exacerbados pela atitude distante de Alice. Ila apontava defeitos em sua própria comida, em seu cuidado com a casa ou seus hábitos de leitura, e enchia os intervalos das conversas com tagarelice irrelevante. Uma vez, durante uma refeição ali, ela derrubou um copo de água, pareceu que ia chorar e ficou pedindo desculpas sem parar por ter encharcado a toalha, mesmo depois de Alice ter lhe garantido várias vezes com tranquilidade que era só água, que não havia nenhum problema. Jack, por outro lado, com seu jeans velho e camisetas desgastadas, os bondosos olhos azuis e o sotaque arrastado do sul, não parecia se importar nem um pouco com suas roupas ou sua falta de instrução. Ao lado da casa, ele mantinha uma oficina e funilaria que havia transformado em um negócio estável. Tinha uma natureza curiosa e gostava de ouvir o que Alice pensava sobre política, e muitas vezes pedia recomendações de livros a Bruce, embora não as seguisse. Sempre perguntava a Clara sobre a escola e, quando chegava a hora de eles irem embora, apertava a mão dela e dizia:

— Gostei muito de ver você outra vez, mocinha — e ela sabia que era sincero.

Depois da cerimônia de despedida de seus pais, em que não houve corpos para enterrar, porque o fogo havia consumido quase tudo, Ila e Jack a levaram de Santa Monica para Bakersfield, sua tia chorando e repetindo como tudo aquilo era horrível, que horror perder tudo do jeito que ela havia perdido. Clara não disse nada. Olhou pela janela traseira enquanto o céu escurecia e tudo que ela conhecia ficava para trás, até seus olhos estarem secos de não piscar, de não chorar, e até os joelhos doerem de permanecer ajoelhada no banco. Encolheu-se em seu vestido preto novo e incômodo, os sapatos de couro machucando os pés, e, pelo resto daquela aparentemente interminável viagem de duas horas, só pensou no quanto desejava ir para casa. Mas a casa que ela conhecia não existia mais.

Foi na oficina de seu tio que ela aprendeu a viver com suas perdas. Enquanto a tia tentava consolá-la com sua tagarelice aleatória e constantes expressões de sofrimento, Jack entendeu a necessidade de Clara de ficar quieta. Ele fez um lugar confortável para ela embaixo de uma velha mesa no canto do escritório da oficina onde ela podia descansar ou se esconder, mas onde ambos estariam se vendo. Com o tempo, conforme ela foi se recuperando do choque, ele lhe mostrou como verificar a pressão dos pneus, completar o reservatório de fluido limpador de para-brisa, dar carga em uma bateria descarregada. Ela foi matriculada em uma nova escola onde fez conhecidos e, depois, algumas amizades, mas sempre voltava para a segurança e o conforto da oficina. Ao longo dos anos, aprendeu a consertar pneus, trocar óleo, fazer pequenos ajustes no motor, fazer vistoria veicular e, mais tarde, encontrar defeitos e consertar sistemas elétricos. Ela trabalhava até vinte horas por semana durante todo o ensino médio, ainda que seu tio a incentivasse a passar mais tempo com os amigos e a começar a pensar na faculdade e no futuro. Ele lhe trouxe um folheto da CSU Bakersfield, mas, quando ela viu a lista infinita de cursos, entrou em pânico.

— Clarabell — disse ele. — Escute. Você é a menina que sua tia e eu nunca tivemos. Sou feliz por você estar aqui, você sabe disso. Mas esta não era para ser a sua vida. — Ele moveu o braço pelo ar, indicando a casa, a oficina, até mesmo a cidade. — Você não precisa ficar aqui. Pode fazer o que quiser. — O único problema era que ela não sabia se havia mais alguma coisa que quisesse fazer.

Então, pouco depois de fazer vinte anos, ela conheceu Bobby, um estudante de filosofia da UCLA que passou por Bakersfield em seu caminho para visitar amigos em Fresno. Seu Jetta vinha falhando enquanto ele dirigia pela 99 e, quando a luz de advertência acendeu, a oficina de Jack foi a primeira que ele encontrou. Clara ajustou a injeção de combustível e sorriu ao lhe devolver a chave. Ele sorriu de volta e o jantar daquela noite foi o começo de um relacionamento de um ano. Ele era alguns anos mais velho e falava com seriedade sobre suas ideias para diversas startups e dizia que, depois de se formar, queria ter a própria empresa. Ela gostava que Bobby abrisse as portas para ela e segurasse sua mão quando estavam no cinema ou caminhando juntos, e que olhasse para ela quando ela estava falando. Por coincidência, ele morava razoavelmente perto de onde ela havia passado a infância em Santa Monica. A pedido dela, passaram um sábado na praia que ela um dia considerara sua e, depois, ele a levou até a rua onde ela vivera com os pais.

— Vá devagar — ela pediu, e ele a atendeu, sem nenhuma tentativa desajeitada de animá-la enquanto ela enfrentava aquela experiência intensamente difícil.

Depois de alguns meses, porém, ele começou uma campanha para convencê-la a se matricular na UCLA.

— Você é inteligente demais para não fazer uma faculdade — ele lhe dizia. — Já que gosta de carros, estude engenharia mecânica. Assim nós poderíamos passar mais tempo juntos.

Ela encolhia os ombros e dizia que estava feliz sendo mecânica, que gostava e era boa nisso, que seu tio a havia treinado bem. Bobby logo se frustrou com a falta de interesse dela e começou a dizer coisas incisivas e dolorosas, do tipo: "Você não acha que seus pais iam querer que você fosse para a faculdade?" Por fim, ele lhe disse que não queria estar com alguém que não desejasse fazer nada mais significativo na vida do que trocar óleo de carros, e acabou. Seu primeiro coração partido real depois daquele em plena juventude.

Ela conheceu Frank em um bar algumas semanas depois de seu aniversário de vinte e dois anos. Jack havia sido diagnosticado com câncer na garganta em estágio avançado e ela precisava escapar da aflição desesperada de Ila, que sempre costumava mais chorar no ombro de Clara do que oferecer conforto. Frank era atendente no bar e pescador, com tatuagens que começavam nos punhos, desapareciam sob as mangas arregaçadas da camisa e ressurgiam no decote. Clara se aproximou dele bêbada naquela primeira noite e perguntou onde poderia fazer uma tatuagem, algo como uma chave de fenda e um coração, em homenagem ao tio. Frank lhe disse que ela ia se arrepender da tatuagem, trocou o uísque dela por chá quente e a defendeu das piadinhas de clientes enquanto ela dormia, com a cabeça apoiada nos braços dobrados sobre o balcão. Ela acordou quando as luzes se acenderam e, depois de terminar a limpeza, Frank a levou para casa e a pôs para dormir no sofá.

Ila morreu de ataque cardíaco no início do relacionamento deles; Jack foi transferido, então, para uma casa de repouso. Clara teve que vender a oficina de Jack, junto com a casa que havia sido seu lar desde os doze anos, para pagar as contas, e Frank abriu espaço para ela em seu pequeno apartamento. Ela precisava de um emprego e ele a apresentou a seu amigo Peter Kappas, que lhe arrumou um trabalho na oficina de seus pais. Quando o tio dela morreu, Frank ajudou com as providências para o funeral, ficou de pé ao seu lado com o braço sobre seus ombros enquanto o padre falava, deixou-a chorar no quarto sem interferir. Ele era uma pessoa carinhosa e decente, tão mais tranquilo que Bobby, tão menos exigente, e ela achou que poderia ser o tipo de homem que não a faria sofrer... até que ele trouxe para casa uma garota chamada Willow e disse para Clara que seria muito excitante para ele ver as duas ficando juntas.

Ela não tinha muitos amigos, então pediu para Peter e seus irmãos a ajudarem a se mudar para um novo apartamento. Depois, Peter a convidou para jantar e ela disse que iria, mas só como amiga. Ela inclinou a cabeça para trás, olhou-o bem nos olhos e lhe disse:

— Eu gosto de você. Não vamos estragar tudo.

Ela teve alguns encontros casuais, mas nunca com alguém que quisesse ver de novo. Mantinha uma política de não socializar com clientes e, como não gostava de frequentar bares ou cafés, conhecer novas pessoas era difícil. Quando não estava trabalhando, ela passava a maior parte do tempo sozinha ou com Peter.

E, então, conheceu Ryan, que empurrava seu carrinho pelos corredores do supermercado com ar autoconfiante, sorrindo para os outros clientes e para os funcionários. Com testa alta, nariz adunco e uma ligeira barriga, ele não era lindo, mas Clara notou como as pessoas se viravam para observá-lo. Ele cumprimentou Clara no corredor e ela compreendeu: aquele olhar breve e beatífico era como uma bênção. Quando ele se afastou, ela tomou consciência das sensações simultâneas de solidão e desejo. Ele parou em uma mesinha para aceitar uma amostra de suco de frutas e ela aproximou seu carrinho do dele. A funcionária lhe entregou um copinho de papel e Ryan se virou para ela e disse "Saúde", no que ela logo ficou sabendo que era um sotaque sul-africano.

Eles se demoraram ao lado da mesa dos sucos, os carrinhos se tocando. Ele era piloto autônomo de bimotores para um serviço de ambulância aérea, entregando órgãos para receptores ou transportando pacientes a hospitais para transplantes. Adorava poder ajudar especialmente as crianças, ele lhe contou. Enquanto ele falava, ela reparou e desenvolveu uma afeição imediata por seus dentes um pouco tortos, o profundo azul-castanho de seus olhos. Quando ela lhe disse que era mecânica, teve receio de que ele perdesse o que parecia ser um interesse mútuo, mas ele bateu a mão na coxa e exclamou: "Que trabalho legal!" Então, em uma atitude audaciosa, que não era característica dela, Clara lhe perguntou se ele poderia levá-la para voar.

Ela se mudou para a casa alugada de dois quartos em que ele morava cinco meses depois. Agora, passados quase dois anos, estava se mudando outra vez.

Clara largou a pilha de caixas ao lado da porta e olhou em volta para a sala iluminada pelo crepúsculo. As lâmpadas do teto eram brilhantes demais para aquela tarefa, normais demais, então ela abriu uma cerveja e esperou até os olhos se ajustarem à penumbra. Ali sobre a mesa, conforme prometido, estavam um contrato de aluguel e uma chave dourada reluzente. Ao lado, um bilhete que dizia apenas: *Desejo tudo de melhor para você. Ryan. P.S.: Não se esqueça de deixar a sua chave.* Ela amassou o papel e o jogou no lixo.

Não havia muito para embalar, apenas roupas, livros e CDs e algumas coisas da cozinha. A grelha japonesa hibachi que ela lhe dera de presente de aniversário e ele nunca montara. Algumas luminárias. As ferramentas favoritas de seu tio e o único álbum de fotos de família que sua tia havia feito. Quase todos os seus pertences iam caber no Corolla; depois de ter recomeçado como órfã catorze anos antes, ela nunca adquirira o hábito de acumular muitos pertences. Mas precisaria de ajuda, e de um caminhão, para o sofá futon que viraria cama outra vez, uma pequena mesa e cadeiras, sua bicicleta, o piano.

Ela abriu uma segunda cerveja e caminhou para o quarto de hóspedes. Seu velho Blüthner vertical estava encostado na parede, sem uso e praticamente ignorado, como estivera desde que ela se mudara. No começo Ryan não reclamou do espaço que ele ocupava, não insistiu para que ela tentasse ter aulas outra vez. Ele o aceitou como se aceita qualquer relíquia da história de um parceiro, generosamente a princípio, mas depois, quando as inevitáveis discussões começaram, com graus crescentes de irritação, o piano passou a simbolizar os piores momentos entre eles.

— Por que você não se livra dessa coisa de uma vez? — ele havia reclamado no meio de uma briga recente. Seu aniversário de trinta e cinco anos seria dali a alguns meses e ele queria transformar o cômodo em um quarto de bebê. — Você nem sabe tocar — acrescentou, com um desprezo imperdoável na voz.

— Vá para o inferno — ela respondeu. Ele foi para o quarto e bateu a porta com tanta força que ela sentiu a trepidação em seus dentes. Isso tinha sido duas semanas antes.

Agora, ela se sentou no banquinho e tomou mais um gole. Apertou um pedal com o pé descalço e escutou o som tênue de nada, de abafadores se levantando das cordas sem segurar nenhuma nota. Era como pressionar o acelerador e querer partir — mas para onde? — em um carro que não andava.

O trólebus guinchou e parou; os triângulos de apoio para as mãos balançavam lentamente sobre a cabeça dos passageiros.

— *Извините** — disse Katya, e saiu apressada, roçando os joelhos sob as meias de mulheres idosas e os olhares entediados de homens cansados. Tinha que estar no Teatro para Jovens em quinze minutos e certamente chegaria atrasada.

Seguiu pela rua o mais rápido que pôde, dando corridinhas ocasionais até seus pés doerem dentro dos sapatos de couro de salto que pegara emprestados de sua colega de quarto. Abanou o rosto suado com a fina pasta de partituras (pelo menos o clima ainda não estava tão quente) e passou acelerada pela estátua do diplomata Griboiedov, pelo quadrado de grama bem aparada no centro da Praça Pionerskaya, pelas mães empurrando carrinhos de bebê na calçada entre as árvores, os jovens *stilyagi*** fingindo ser americanos hipster em suas calças justas e camisas vibrantes, fumando e rindo alto demais das piadas uns dos outros.

— Katya! — chamou seu amigo do Conservatório de Leningrado, Boris Abramovich, correndo até ela e segurando sua mão. — Achei que você tivesse mudado de ideia. Fiquei tão preocupado.

---

* Em russo: desculpa. (N. do E.)
** O termo é da década de 1940, associado, nessa época, ao mundo do jazz moderno. Os stilyagi são um movimento de contracultura equivalente aos hipsters americanos da mesma época. (N. da T.)

— Não, claro que não. Foi culpa do trólebus. Atrasado de novo.

— Os horários soviéticos não são tão precisos, afinal — disse Boris, praticamente puxando-a, suas passadas de bailarino bem mais largas que as dela.

— Não fale assim, Borya. As paredes têm ouvidos.

Ele fez um gesto gracioso para o céu nublado.

— No meio da calçada! Você não devia ser tão séria o tempo todo. Relaxe um pouquinho. — Ele diminuiu o passo e tentou abrir o botão superior da blusa dela, mas ela bateu em sua mão. De leve, como se estivesse espantando uma mosca. Ele riu. — Além disso, agora Gerald Ford vai nos salvar com a *разрядка*.*

Ela gostava de Boris, mas ele era muito moderno. Ele estudava coreografia no conservatório, onde ela estava no terceiro ano do curso especializado de arte da execução instrumental. Alunos de piano eram às vezes convidados para acompanhar bailarinos em ensaios e apresentações, e mesmo para compor trilhas musicais para suas coreografias. Era assim que eles haviam se conhecido, e, embora ela admirasse seu talento para a dança e sua inteligência e gostasse de sua companhia, o entusiasmo dele por praticamente tudo a esgotava. Ele começava a dançar induzido por um dia de sol ou pelo trânsito em volta da Praça do Teatro, ou por notícias boas e ruins. Uma vez, quando estavam esperando o metrô, ele percorreu toda a extensão da plataforma da estação Sadovaya fazendo piruetas.

No inverno anterior, ele a havia convidado para acompanhá-lo a uma festa no apartamento de outro estudante cujos pais estavam viajando. Ela relutou, porque tinha ouvido histórias sobre essas festas de estudantes, sobre como elas acabavam ficando loucas e descontroladas, mas ele a convenceu de que ela passava tempo demais sozinha, estudando piano.

— Você vai virar um cogumelo — disse ele.

Na festa, havia discos de jazz comprados no mercado clandestino e risadas sonoras, cigarros baratos e vodca mais barata ainda, danças e beijos

---

* Em russo: dispensa. (N. do E.)

entre estranhos, uma procissão contínua de casais se revezando por alguns minutos de privacidade dentro do armário. Depois de perder um jogo de quem bebe mais para o qual Boris a arrastara, ela encontrou seu casaco na pilha junto à porta e escapou para o relativo silêncio da noite, tão aliviada por estar sozinha que nem pensou em se preocupar se algum dos cidadãos que caminhava ao longo do rio Fontanka poderia ser da KGB.

— Você convidou alguém para a apresentação? — Boris perguntou, enquanto se aproximavam dos fundos do prédio e viam pela quina da parede a pequena multidão reunida na frente dos degraus baixos. Ele havia providenciado para que um piano de cauda fosse transportado de dentro do teatro para a plataforma de concreto que também serviria como seu palco. A apresentação tinha sido ideia de Boris. Um professor lhe pedira para reinterpretar um balé clássico e ele escolhera *O pequeno cavalo corcunda*, baseado no velho e conhecido conto de fadas sobre um rapaz tolo chamado Ivan e o cavalo mágico que o ajudou a ganhar o amor da bela Donzela Czar. Tradicionalmente, o balé era apresentado com um grande elenco, grandes cenários e música sentimental que acompanhava Ivan em suas aventuras no fundo do mar e para a borda do mundo. Mas Boris quis algo com um tom dramático diferente: um dançarino, um instrumento, encenação ao ar livre. E também quis que Katya compusesse a trilha musical.

— Não. Esta apresentação é sua — ela lhe disse. — Eu só estou ajudando.

Ele olhou para ela, fingindo estar magoado.

— Como assim? Você não quer me exibir para os seus amigos?

Ela revirou os olhos.

— Estou brincando! — disse ele. — Mas você devia ter feito convites. Sua música é magnífica. Uma orquestra inteira traduzida em um único instrumento. Você fez melhor do que eu poderia ter imaginado, Katya.

Ela corou e desviou ligeiramente o olhar.

— É uma cena só.

— Sim, mas é a melhor. — Ele piscou para ela e abriu o zíper da calça. — Está na hora. Vamos lá.

Ele lhe deu um empurrãozinho e ela caminhou discretamente para o piano. Não houve aplausos, porque ninguém sabia o que esperar quando ela se sentou. Então ela tocou um acorde e Boris entrou no palco usando legging cor da pele, sapatilhas, um chapéu de feltro pontudo e carregando uma grande pena cor de laranja e um cavalo de pau. Houve algumas risadas, principalmente das crianças. Ele fez uma reverência, sinalizou com a cabeça para Katya e eles começaram.

Sozinho no palco improvisado, Boris se tornou Ivan, recebendo ordens de ir a uma montanha encontrar os míticos pássaros de fogo e a imaginada Tsarevna. Enquanto ele se dobrava e desdobrava, girando e ondulando, dançando solitário entre as colunas do prédio, mas comunicando todos os papéis necessários, trazendo o drama à vida, Katya sentiu que o palco começava a se afastar. O público, avolumado por pessoas que passavam pelo local, foi empurrado dos degraus de concreto para a distância. Ao fundo, os trólebus e carros se imobilizaram, o rio turvo fez uma pausa em seu fluxo para o mar Báltico. Leningrado e, talvez, toda a União Soviética silenciaram; não havia nenhum outro som além da música. Seria melhor em seu Blüthner, ela pensou, mesmo assim era mágico.

Katya levitou do banquinho do piano, os sapatos não mais machucando os pés, elevando-se das pedras do chão. Só os dedos a ligavam ao mundo físico enquanto ela flutuava nas notas para o céu nublado. Agora as nuvens estavam se abrindo, a névoa cinzenta se desfazendo, o cheiro urbano de tristeza e decadência indo embora. Katya fechou os olhos. Já teria visto cores como essas que giravam à sua volta quando ela voava com os pássaros de fogo para o topo da montanha de Tsarevna? Flores desabrochando por toda parte, o céu cintilante. E então lá estava a princesa, balançando o vestido e o leque, no alto balcão reluzente acima do mundo, à beira do recém-descoberto amor. E ali estava o tolo, encontrando-a, convencendo-a a voltar com ele para a capital. Era tão belo que quase a cegava.

Ela só se sentia assim quando tocava.

A música perdida

A dança prosseguiu por sete minutos e acabou em um piscar de olhos. A alma de Katya ainda estava pairando acima do palco, revestida de música, quando Boris pôs a mão em suas costas, chamando-a para se levantar e agradecer. Ela se movia como se tivesse despertado de um sono profundo. O público aplaudiu quase por um minuto, gritando Браво! Браво!* antes de se dispersar. Então Boris saiu dançando do palco para falar com seu professor e alguns amigos e Katya ficou sozinha, segurando no piano aberto como apoio enquanto tentava se encaixar de novo no corpo inadequado, o dia uma vez mais se tornando estagnado à sua volta.

Quando finalmente se recompôs, ela notou um rapaz de pé nos degraus, observando-a. Ele dava longos tragos no cigarro, apertando os olhos a cada um, depois inclinava a cabeça quadrada para exalar por um dos lados da boca, como se quisesse evitar soprar a fumaça na direção dela. Não fazia ideia de quem ele fosse, mas essa aparente consideração a impressionou.

Ele não alterou o olhar durante os longos segundos que levou para dar um trago final, jogar o cigarro no chão, apagá-lo com o salto do sapato e caminhar em direção a ela com passos pesados e metódicos. Tinha altura mediana e constituição robusta sob a camisa de colarinho, que repuxava só um pouco os botões acima da cintura. Mas movia-se como se a gravidade agisse com mais intensidade sobre ele do que sobre outras pessoas. Isso o fazia parecer sério; meio como uma mula, até. Ele parou na frente dela e pôs as mãos nos bolsos.

— Achei essa peça motivicamente coesa — disse ele, levando o queixo para a frente. — Foi boa. Eu gostei. Havia aspectos do tema principal dentro da estrutura, não é? — A voz dele era mais profunda do que ela teria suposto, um timbre grave que a fez pensar na antiga tradição da corte do czar.

Ela o fitou com estranheza. Ele não parecia um musicólogo ou músico, mas como saber?

---

* Em russo: Bravo! Bravo! (N. do E.)

— Sim — ela respondeu, e sua voz saiu pequena e rouca. Ela pigarreou.
— Obrigada.

— De nada — disse ele. Acendeu outro cigarro e ofereceu um a ela.

Ela sacudiu a cabeça, não. Havia tentado fumar uma vez e ficara incomodada com a posição dos dedos. Mas não queria que sua recusa do cigarro encerrasse a conversa.

— Você está no conservatório?

— Não — disse ele, uma vez mais virando a cabeça para exalar, bem na hora em que uma lufada de ar quente pegou a fumaça e a soprou no rosto dela mesmo assim. — Eu vou ser engenheiro. Mas entendo de estrutura musical. Às vezes leio Schenker.

Ela também havia lido as teorias de Heinrich Schenker, mas só porque era obrigatório. Quem quer que fosse aquele rapaz, ela pensou, devia ser muito inteligente. De perto, seus olhos eram da cor do canal, cinza-escuro e turbilhonantes. Ela se viu refletida neles da maneira como um sol escuro flutua na superfície da água.

— Talvez você queira tomar um chá comigo — ele lhe falou. — Tenho alguns discos de artistas da Estrada...*

Ela estava com vinte anos. Virgem, e não necessariamente por escolha. No colégio, tinha estado em um relacionamento quase sério com um garoto que morava em seu prédio em Zagorsk, mas decidira terminar quando ele reclamou sobre ela deixá-lo pelo conservatório, para alívio de seu pai e decepção de sua mãe. *Você tem que pensar no seu futuro, Katen'ka. Precisa ter um marido, uma família! E quanto a mim? Só tenho você. Seria bom você me dar um neto!*

Boris a beijara uma vez quando estava bêbado e ela talvez tivesse ido para a cama com ele, se ele não tivesse desmaiado em seu ombro. Uma oportunidade como essa não havia surgido naturalmente de novo, e ela era muito tímida para propor a ele. Desde que chegara a Leningrado, dois anos antes, nenhum outro rapaz havia demonstrado interesse por ela.

---

* Na URSS, grupo de pessoas que tinha aprovação do partido do governo. (N. da T.)

— Eu não conheço você — ela respondeu, gentilmente.

— Sou Mikhail Zeldin. — Ele não se moveu para apertar a mão dela, apenas continuou a examiná-la, como se a avaliasse. Depois encolheu os ombros e deu um pequeno sorriso. — Agora você me conhece.

Ela riu. A autoconfiança dele era atraente. Gostava de como ele a olhava, como se soubesse que ela às vezes se sentia sozinha, como se ele pudesse se sentir só às vezes também, embora não parecesse o tipo que admitiria isso.

— Está bem — disse ela.

Ele se virou e começou a descer os degraus como se tivesse esquecido que acabara de convidá-la para um chá. Ela se apressou para alcançá-lo, consciente outra vez dos sapatos apertados, e ele então reduziu o passo para que ela pudesse caminhar ao seu lado. Enquanto seguiam, basicamente em silêncio, Katya registrou uma tensão estranha que pulsava entre eles apesar de, e talvez por causa de, quase não falarem nada.

Ele a conduziu para seu apartamento no terceiro andar de um prédio amarelo deteriorado perto da praça e explicou que dividia os dois cômodos com outros três estudantes do Instituto Politécnico de Leningrado, onde ele estudava engenharia civil.

— Construção de estradas é minha especialidade — disse ele. — Um trabalho muito importante. — Ele não se desculpou pela pilha de roupas no chão ao lado do sofá, ou pelas xícaras sujas alinhadas no peitoril da janela, ou pelos cinzeiros cheios, ou pelo cheiro ligeiramente azedo. Depois de terem tirado os sapatos na entrada, ele apenas fez um gesto para ela se sentar e foi à pequena cozinha colocar água para ferver.

Ela retirou uma pilha de papéis do sofá e se sentou na beira da almofada. Uma espécie de instinto de ajudá-lo cresceu dentro dela, não sabia se maternal ou romântico, e ela pôs os dedos finos embaixo das pernas para conter a tentação de arrumar aquela sala horrível.

— Você conhece Luba Vasilevna? — ele perguntou.

— A cantora?

— Quem mais? — Ele tirou um disco da capa e o colocou cuidadosamente na vitrola. Logo uma voz aguda e gorjeante se elevou acima dos estalos da gravação, cantando os louvores da Pátria Mãe. Mikhail fechou os olhos e ficou balançando a cabeça. Katya não gostava muito desse estilo de música, mas achou interessante observá-lo enquanto ele ouvia com tão evidente admiração, e se perguntou se ele a teria ouvido com essa mesma atenção quando ela tocou mais cedo. Talvez ele entendesse como era para ela tocar, viajar para fora de si mesma na música, escutar cores. Lembrou brevemente do velho alemão, como ele era cego para o mundo, mas ainda capaz de ver a música. De pé ali, Mikhail se tornava cada vez mais atraente, embora parecesse mais uma vez ter se esquecido dela. A canção terminou bem no momento em que a chaleira chiou, e havia uma sensação de forte emoção no ar.

— Ela é boa, não é?

— Ela é muito patriota — disse Katya, a coisa mais gentil em que pôde pensar.

— Eu gosto do código Morse ao fundo. — Ele lhe entregou uma xícara de chá forte adoçado. — Luba Vasilevna — disse ele, com ar sonhador, depois sacudiu a cabeça e desabou ao lado dela no sofá, como se eles fossem casados havia anos. Pronunciou o nome da cantora outra vez, mais docemente, e, embora Katya soubesse que Luba Vasilevna era enorme e marcada pela idade, com sobrancelhas pretas espessas que a faziam parecer menos feminina do que Leonid Brejnev, sentiu uma inexplicável pontada de ciúme.

— A propósito, meu nome é Ekaterina — disse ela. — Caso você esteja interessado.

Ele a fitou antes de pousar a xícara ao lado das outras.

— Eu gostaria de beijar você agora — ele lhe disse. — Katya.

Ela gostou do som de seu nome na voz dele, grave e deliberado. Seus lábios tinham cor de berinjela e, embora nada tão exótico jamais estivesse disponível para os cidadãos comuns, ela queria provar berinjela, então largou a xícara do lado da dele e deixou que ele se inclinasse em sua direção. Seu coração bateu *in rilievo* quando os lábios dele se pressionaram contra os seus, e ela sentiu o coração dele batendo mais depressa também. Será que ele estava tão nervoso quanto ela? Ele pousou as mãos nos ombros de Katya como se não soubesse o que fazer com elas e essa demonstração de incerteza estimulou a coragem dela. Estava pronta para se desfazer do fardo da inocência. Ela enlaçou os dedos nos cabelos dele, batendo de leve um compasso do terceiro concerto para piano de Rachmaninoff em sua cabeça, e enfiou a ponta da língua entre seus lábios. Ele fez um som baixo de surpresa antes de descer as mãos até sua cintura e a puxar para mais perto. Beijaram-se com certa hesitação no começo, silenciosamente pedindo e concedendo permissão para avançar. Um calor úmido subiu ao redor deles conforme mãos e lábios se moviam com mais liberdade, mais paixão, até cada um estar quase ofegando na boca aberta do outro.

Katya tomou consciência de uma pulsação entre suas pernas que nunca havia sentido. Havia se tocado ali muitas vezes, com frequência depois de executar uma peça musical longa ou difícil, mas era sempre prescritivo e rápido, como coçar um prurido. O que ela sentia agora era quase uma dor, uma *necessidade* não apenas de um toque, mas de ser tocada por Mikhail. Ela moveu uma das mãos dele de seu seio para o interior de sua coxa.

— Ah, Katya — ele gemeu.

— Misha — ela sussurrou de volta, chamando-o para si com o diminutivo de seu nome.

Sem interromper o beijo, eles desceram para o chão sobre aquelas roupas sujas, desabotoando a blusa um do outro. Ela moveu as mãos pelo peito e os braços dele enquanto ele beijava suas orelhas, seu pescoço, seus mamilos. Sentiu os músculos da barriga se contraírem sob o trajeto de seus lábios. Quando ele parou para abrir sua saia, ela o ajudou e tirou a meia e a calcinha. Ele a olhou com o que parecia deslumbramento; então, em vez de se sentir constrangida por sua nudez, ela moveu lentamente um joelho para o lado, abrindo-se para ele, oferecendo-lhe uma vista melhor.

E ele fez algo que ela nem sabia que era possível: ajoelhou-se entre suas pernas e a beijou ali até ela achar que fosse explodir, e isso aconteceu.

— Misha — ela disse de novo, quando finalmente recuperou o fôlego.

— O quê? — Ele estava beijando sua barriga, que subia e descia com a respiração ofegante.

— Você já fez isso antes?

— Não consigo lembrar agora — ele respondeu, e sorriu para ela.

Ela riu, se sentou e o beijou, depois abriu o cinto dele e enfiou a mão por dentro de sua calça. Sentiu-o endurecer ao seu toque.

— Agora assim — disse ela, e o puxou para cima de seu corpo.

Havia mais de vinte e nove mil notas na peça de Rachmaninoff que começara a tocar em sua mente quando eles se beijaram; eram quase quarenta minutos para executá-la do começo ao fim. Ouvia-a inteira duas vezes em sua imaginação enquanto ela e Mikhail se descobriam e redescobriam, sobre a pilha de roupas, o sofá, a cama estreita em que ele dormia. Quando finalmente ficaram cansados demais para continuar, a noite já ia avançada.

Eles se vestiram e Mikhail fez mais um bule de chá. Katya aceitou sua xícara com um sorrisinho. Agora que estavam vestidos, ela se sentia tímida outra vez. Ainda satisfeita, sim, mas uma ligeira vergonha subia em seu peito como se ela mal pudesse acreditar no próprio comportamento, com o quanto aquilo não era seu jeito habitual. Talvez significasse que havia encontrado o homem que iria amar. Geralmente, apaixonar-se vinha antes de fazer amor. Mas não poderia funcionar ao contrário também? Parecia que tinha uma obrigação moral de tentar.

Ela o observou colocar a agulha sobre outro disco, a testa franzida em concentração. Com base no que podia conhecer dele em uma única tarde, ela gostava de Mikhail. Como seria amá-lo?

Clara recuou devagar, firmando o piano enquanto Peter, Teddy e seu outro irmão, Alex, o empurravam pela área aberta de seu novo prédio.

— Degrau — ela avisou. Eles diminuíram o passo e, um-dois-três, inclinaram de leve o carrinho de carga para passar sobre a saliência no caminho pavimentado. Sentindo o peso balançar sob os cobertores que o envolviam, Clara não sabia o que lamentava mais: não ter conseguido contratar carregadores profissionais ou estar teimando em transportar o piano.

— Cuidado — disse ela, quando viraram uma esquina e manobraram em uma curva até a escada que levava ao seu apartamento no primeiro andar. Clara olhou as paredes de estuque claro, o telhado com algumas telhas vermelhas faltando, a pintura descascada na grade da varanda, mas pelo menos tinha uma vista para a piscina comunitária; as unidades atrás da dela davam para o estacionamento de um Walmart. Ela deixou um suspiro subir do fundo do peito.

— Eu me sinto como Sísifo na base da montanha.

— Vamos torcer para não termos que fazer isto por toda a eternidade — disse Peter. Quando ele a encarou, ela soube que não estava se referindo apenas à mudança. Ele enxugou a testa com a manga da blusa e apertou os olhos para os degraus, seus lábios se movendo enquanto contava até catorze. — Aquela plataforma é bem pequena.

— Vai caber — disse Clara. — Eu já medi. O difícil vai ser fazer a curva no alto.

Eles tiraram as duas tábuas de dentro do carrinho, posicionaram-nas paralelas sobre os degraus na largura das pernas do piano e rolaram o Blüthner sobre elas, com o teclado voltado para o lado da parede.

— Alex, você e eu vamos na frente e puxamos — disse Peter. — Teddy e Clara, vocês empurram por trás. — Ele passou uma pesada alça de nylon em volta do piano, enrolou uma das pontas em sua mão e deu a outra para Alex enrolar na dele, de modo que, mesmo que o peso se deslocasse e o piano escorregasse, não desabaria direto escada abaixo.

— Seria muito mais fácil se nós tivéssemos um guindaste — disse Teddy.

— Ou se você tivesse um pouco mais de músculos — respondeu Alex, apertando o bíceps.

— Chega de conversa — interrompeu Peter. — Clara, você fica aqui, do lado da parede, e Teddy fica à sua direita. Ele é mais pesado do seu lado, Teddy, então tenha cuidado. Alex e eu podemos segurar a maior parte do peso, mas precisamos que vocês o mantenham na posição certa. — Eles foram para seus lugares, Peter e Alex no terceiro degrau, seus ombros largos tensos e prontos, Teddy e Clara embaixo. Clara conferiu o alinhamento das rodinhas e das tábuas, depois testou a integridade dos corrimãos de metal dos dois lados da escada dando-lhes uma sacudida firme.

— Prontos? — perguntou Peter.

— Sim — disse Clara. — Vamos.

— Todos juntos — ele instruiu.

Subiram mais ou menos até metade do caminho, grunhindo sob o esforço basicamente coordenado, e então Alex chamou.

— Parem um pouquinho. Preciso me ajeitar. — Ele prendeu a corda com mais firmeza em volta da mão, os dedos ficando brancos. — Tudo bem, vamos em frente.

No degrau seguinte, Teddy empurrou seu lado do piano com mais força do que precisava, talvez para provar algo aos irmãos, ou talvez a

Clara; Peter deu um passo para cima tentando compensar e Alex o acompanhou por instinto, mas escorregou. O piano, todos os seus duzentos e cinquenta quilos, oscilou e Clara se apoiou no corrimão com a mão esquerda, pronta para usar seu pequeno corpo para proteger o instrumento. Se o Blüthner começasse a descer pela escada em direção ao chão lá embaixo, teria que passar por ela primeiro.

— Segurem! — ela gritou.

Peter e Alex se firmaram para estabilizar o movimento do piano, mas ele se inclinou para a direita, depois voltou excessivamente para a esquerda, esmagando a mão de Clara contra o corrimão. Ela gritou, um som curto e agudo, e, como em solidariedade, o piano soltou uma cacofonia de notas de dentro de seu envoltório espesso.

— Teddy, seu tonto! — exclamou Peter. — Puxe o piano, tire de cima dela!

Clara apertou os olhos com toda a força, até ver luzes piscando atrás das pálpebras; era seu truque para conter as lágrimas. Os rapazes, gritando um com o outro em grego, conseguiram endireitar o piano e puxá-lo até a plataforma, a adrenalina deles substituindo Clara, que continuou parada, com a mão latejante ainda segurando quase naturalmente no corrimão, enquanto repetia para si:

— Está tudo bem, está tudo bem.

O escafoide, o ossinho na base do polegar de seu pulso esquerdo, estava fraturado. O médico no pronto-socorro disse que não era grave, mas aconselhou engessar até o cotovelo para garantir que cicatrizasse corretamente.

— Eu não posso pôr gesso. Como vou trabalhar?

— Em que você trabalha?

— Sou mecânica. — Ela levantou a mão direita com sua pele áspera e unhas perpetuamente manchadas de graxa como prova, embora ele a estivesse olhando como se ela tivesse dito que era domadora de leões ou uma sereia. Não era uma reação incomum. Clientes novos costumavam se surpreender quando a viam levantando pneus e trocando peças, mas ela era forte para seu tamanho e sabia o que estava fazendo.

— Bom — disse ele, com as sobrancelhas descendo de volta para o lugar —, nesse caso, acho que você vai ter que pedir uma licença.

— Ah, que droga, Clara — disse Peter, quando ela voltou para a recepção.
— Eu sinto muito mesmo. Tudo por causa do Teddy. Eu sabia que ele ia fazer alguma merda.
— Não é sua culpa, nem do Teddy — disse ela. — A culpa é minha. Vocês só estavam me fazendo um favor. — Ela segurou o gesso com o outro braço e moveu lentamente os dedos inchados.
— Quanto tempo você vai ter que ficar com essa mão imobilizada?
— Ele disse um mês e meio. Talvez um pouco menos. Ele quer tirar outra radiografia daqui a algumas semanas para ver.
— Eu posso ajudar — disse ele. — Posso levar comida, dar carona se você tiver que ir a algum lugar.
— Eu me viro.
— Eu sei. Mas você não precisa fazer tudo sozinha. — Ele pegou a mão direita dela entre as suas como se estivesse segurando um vaga-lume que não quisesse que fosse embora. As mãos dele eram tão grandes que cobriam a dela por completo. Ela fechou os olhos e, só por um momento, relaxou a mão sobre a dele, sentindo os calos que eram como os seus. Era fácil demais se imaginar deixando-o puxar o corpo dela para o seu abraço. Tão gentilmente quanto pôde, ela soltou a mão.
— Obrigada por ser tão bom amigo — disse.

Depois que Peter a deixou em casa, Clara parou na base da escada que levava a seu apartamento, sentindo o calor do dia irradiando do cimento, e apoiou desajeitadamente o gesso no corrimão antes de começar a subir os degraus devagar. Do lado de dentro, onde uma nova camada de tinta parecia brilhante demais nas paredes velhas, a sensação era de estar no apartamento de outra pessoa. Uma faixa de luz não familiar vinha da janela voltada para leste e iluminava as partículas de poeira que flutuavam pela sala apertada e entre suas caixas empilhadas de qualquer jeito. Mas não era sempre assim que ela se sentia quando estava começando de novo? Nada parecia certo, não a princípio. Às vezes, nunca.

O silêncio era incômodo, mas ela não estava com vontade de procurar seu aparelho de som portátil nas caixas. Em vez disso, foi até o Blüthner, que os rapazes haviam encostado na parede ao lado da porta. Abriu a tampa da banqueta do piano e pegou uma de suas antigas partituras: uma versão simples da "Sonata ao Luar" de Beethoven. O primeiro movimento era tocado quase só com a mão direita e a melodia triste e soturna combinava com seu humor. Ela se sentou, ajustou o banco, abriu a tampa do teclado e pôs a ponta dos dedos sobre as teclas amareladas, lembrando-se do que sua primeira professora tinha dito sobre curvar as mãos como se cada uma delas estivesse segurando uma bola.

Desde a primeira aula, Clara havia planejado se dedicar a aprender a peça musical favorita de seu pai: o "Prelúdio nº 14 em mi bemol menor" do compositor russo Alexander Scriabin, que ele tocava sem parar no aparelho de CD em casa. Era cheio de energia desde o início até seu final abrupto e dramático, e muito difícil de ser bem tocado até mesmo para um pianista profissional, disse-lhe a professora. Abbie Fletcher, que sempre tinha um cheiro agradável de piscina, lhe falou que admirava sua escolha, mas sugeriu que não pusessem o carro na frente dos bois.

— Scriabin é maravilhoso. E ele amava Chopin tanto quanto eu — disse a sra. Fletcher. — Na verdade, quando Scriabin tocou seu Prelúdio e Noturno para a mão esquerda, chamaram-no de Chopin canhoto, *le Chopin gaucher*. Talvez um dia você possa tocar Scriabin, minha querida, mas, por enquanto, vamos nos concentrar nos fundamentos.

Clara tocou algumas notas da sonata, perdoando o piano por estar tão desafinado. Afinal, ele havia acabado de sobreviver a uma queda quase fatal. Continuou, hesitante, mas, como lhe faltavam tanto a memória da peça como a habilidade técnica, não podia fixar os olhos na partitura ou no teclado e tinha que ficar alternando de um para outro. O resultado foi uma sequência de notas discordantes em *staccato* que a fizeram se sentir ainda pior do que o silêncio. Além disso, sua mão esquerda doía quando ela tentava estender polegar e mínimo em uma oitava para tocar a parte grave, então, no meio do sétimo compasso, ela arrancou a partitura do suporte e a rasgou na metade, depois de novo, e de novo, até a espessura tornar o gesto doloroso para sua mão quebrada, e jogou os pedaços na direção de suas caixas, observando-os flutuar como grandes flocos de confete antes de assentar no chão.

Ela se inclinou para a frente, pôs os braços sobre o teclado, criando uma breve dissonância, e apoiou a testa no gesso duro. As teclas de marfim saíram de foco e ela fechou os olhos. Talvez Ryan estivesse certo. De que adiantava ter o piano se ela não sabia tocar? Havia feito aulas por anos, praticado diligentemente para se tornar a pianista que seu pai queria tanto que ela fosse. Mas as músicas nunca soavam direito. Tinha quinze anos em seu primeiro recital, quando tocou "Uma pequena canção russa", para a qual a sra. Fletcher tinha produzido um arranjo que a fazia parecer mais difícil de tocar do que realmente era. Sua tia e seu tio aplaudiram entusiasticamente quando ela terminou, com os pais das crianças da escola primária que também estavam se apresentando, apesar dos erros que ela havia cometido. Mesmo quando sabia tocar todas as notas, elas saíam mais mecânicas do que musicais. Nessa altura, ela estava trabalhando com Jack na oficina, portanto sabia que suas mãos eram boas para alguma coisa, mas nunca conseguira fazê-las traduzir a emoção de uma peça musical por meio de seus dedos. Sempre que sentia que seu professor ou professora havia perdido a esperança, ela procurava outro. Até que, finalmente derrotada, ela também desistira. O Blüthner se tornou pouco mais do que um peso de papel em forma de piano, evitando que o que restava de suas memórias de infância saísse voando.

Se ela tivesse poupado todo o dinheiro que todos aqueles anos de aulas haviam custado, sem falar nas despesas com afinação e transporte, isso certamente teria coberto as seis semanas de férias forçadas enquanto sua mão cicatrizava. Agora, teria que fazer dívidas apenas para sobreviver até poder voltar ao trabalho outra vez. Ela se afastou do teclado, levantou e limpou as manchas no móvel com a manga da blusa. Depois, porque havia amado e odiado com a mesma intensidade o piano nos catorze anos em que estava com ele, fechou a mão direita em punho e a desceu com força, uma vez, como um martelo, sobre a tampa.

O que teria acontecido se eles não tivessem conseguido estabilizar o piano na escada? E se a oscilação tivesse produzido impulso suficiente para que eles não pudessem impedi-lo de romper o corrimão e cair, o que, três metros, três metros e meio?, até a laje de concreto lá embaixo? Ele teria amassado do jeito que acontece com carros durante testes de impacto? Ou teria se espatifado em pedaços? Que som teria feito? Toda a música potencial que estava presa dentro dele teria se perdido em meio ao estrépito e estrondo da caixa de ébano se despedaçando e das pesadas peças internas se espalhando, emudecida para sempre.

A imagem do Blüthner desabando para a morte lhe deu um aperto por dentro, mais ou menos como uma ou duas vezes em que ela se vira na beira de algum precipício e pensara, contra toda a lógica, em pular. Como teria se sentido ao ver seu piano quebrado, suas inúmeras partes internas, de que ela nem sabia o nome, espalhadas por todo lado? Ela ficaria atordoada, claro. Abalada. Mas quem sabe teria descoberto algo mais ali na desordem de lascas de madeira. Talvez algo semelhante a alívio. Se o Blüthner deixasse de existir, ela nunca mais teria que transportá-lo, ou afiná-lo, ou sofrer com seu silêncio.

Uma ideia que nunca havia tido antes lhe veio à cabeça e se assentou calmamente. Ela abriu seu notebook, encontrou um site de vendas on-line e criou um anúncio:

Vendo: Piano Blüthner vertical antigo, produzido por volta de 1905. Caixa ebanizada em boas condições. Detalhes nas fotos. Precisa de afinação, possivelmente cordas e martelos novos. Preço: 3.000 dólares.

Um de seus professores lhe havia dito que seu Blüthner devia ter sido muito comum na Rússia ou no Reino Unido, mas que pouquíssimos pianos verticais da era czarista tinham sido importados para os Estados Unidos. Ele a alertara que, se um dia decidisse vendê-lo, não deveria procurar um revendedor, que talvez fizesse uma avaliação por baixo e depois o vendesse por um lucro considerável que deveria ser dela. Pianistas profissionais, ele falou, só se interessariam por um piano de cauda, mas ela provavelmente poderia vender aquele para um colecionador por um valor entre mil e três mil dólares, porque era uma peça rara e estava em excelente condição. Mas, em comparação com os modelos mais novos disponíveis, seu velho Blüthner era feio, e grande demais, para ter algum valor ou atratividade para o mercado do público em geral.

Clara na verdade não tinha ideia se três mil dólares era um preço justo, porque não encontrou nada comparável à venda. Escolheu o valor mais alto não tanto porque precisava do dinheiro, embora precisasse, mas para amenizar a culpa que começara a sentir ao postar as fotos tiradas com seu celular.

Ela fechou o computador, baixou a tampa sobre o teclado do piano e partiu para a penosa tarefa de desembalar suas caixas com uma mão só.

III

Mikhail estava na fila de compras na neve molhada e cinzenta uma manhã para que sua esposa, Katya, pudesse ficar em casa com o bebê. O filho deles tinha apenas seis semanas de vida, novo demais para passar o dia no frio da rua, especialmente com a gripe se espalhando como uma peste. A fila já era longa, dando a volta no prédio, com as pessoas resmungando conforme as notícias chegavam. *Acabou a salsicha. Eles estão dizendo que vão fechar daqui a uma hora, não vai dar tempo para todos nós. Alguém subornou o açougueiro e o caixa deixou que ele comprasse uma peça inteira de toucinho.* Ocasionalmente, pessoas tentavam furar a fila, afirmando que um amigo havia guardado lugar, e os cidadãos que estavam mais para trás gritavam: "Para o fim da fila! Está achando que é especial?" Mikhail com frequência era o que gritava mais alto.

Finalmente, quase às cinco horas da tarde, ele pegou o bonde de volta para o deteriorado *Khrushchyovka* de concreto de sete andares onde moravam em um apartamento de três cômodos. Estava escuro e ele quase congelado, com poucos itens em sua *avoska*, a sacola de corda que sempre levava para o caso de haver algo para comprar. Pelo menos o apartamento era aquecido. Ele podia ser grato ao regime soviético por isso.

Ele entrou em silêncio. Sempre que ouvia Katya tocando através da porta, gostava de apreciar por um momento antes que ela o notasse. O bebê estava enrolado e dormindo no chão ao lado dos pés dela em seus chinelos. Os cabelos escuros estavam soltos, balançando como uma cortina em uma brisa suave ao ritmo da música. Ela parecia magra, apesar da barriga ainda inchada, o que o fez se sentir culpado, embora preferisse culpar o Partido por todos os problemas que estavam enfrentando.

— Cheguei — disse ele, quando ela terminou. Ele tirou o gorro de lã e ela se levantou para lhe dar um beijo no rosto.

— O que você trouxe? — Ela espiou o conteúdo dentro da sacola de corda. Um saco de arroz, cigarros, sabão, uma toalha de chá estampada com flores silvestres amarelo-ocre e azuis, duas bananas, seis latas de vagem, uma porção de carne. — Não tem leite?

— Acabou. Posso tentar de novo amanhã.

— Amanhã você tem que trabalhar.

— Depois, então.

Ela assentiu com a cabeça e levou a *avoska* para a cozinha. Mikhail abriu o armário e pegou dois copos e uma garrafa de vodca.

— E a mamãe? — ele perguntou.

Katya acendeu o fogareiro para esquentar água para o chá.

— Descansando. Ela não se sentiu bem hoje.

— Katyusha — disse ele, em uma voz mais baixa. Ela se virou para ele. — Nós temos que ir. Eu não aguento mais. — Ele despejou um dedo de vodca e passou o copo para ela.

— Não posso. O bebê — ela respondeu, e voltou a atenção para a água.

— Por favor, não vamos falar sobre isso agora.

Ele despejou mais em seu copo e bebeu de uma só vez, depois se serviu mais uma dose e observou o líquido assentar até ficar tão imóvel quanto o Neva congelado. Logo conseguiria sentir os dedos dos pés outra vez. Ele se sentou em uma das cadeiras de metal da cozinha.

— Nós temos que conversar sobre isso, Katya. Escute. Nós podemos ter uma vida nova nos Estados Unidos, uma vida melhor. Em um lugar quente. Vamos poder comprar frutas, carne, leite, manteiga sempre que quisermos.

— Não — disse ela, baixinho, ainda de costas para ele. — Não. Eu digo sempre para você. O nosso lar é Leningrado, não os Estados Unidos.

— Leningrado é uma cidade linda, mas estes são tempos terríveis. Não parece mais um lar. Não é boa para nós.

— E nossos pais? Nossos amigos?

— Irina e Pyotr também vão.

— Como? Nós não podemos nem trocar dinheiro. Pyotr disse que eles vão? Você está inventando? — A chaleira começou a apitar.

— Sempre há um jeito. Eu estive sondando. — Mikhail se levantou, tirou a chaleira do fogo e segurou Katya pela cintura. — Lembra quando nos conhecemos? Que grandes sonhos nós tínhamos! Quantos planos! Você ia ser uma pianista de concerto famosa. Eu seria um grande engenheiro. Mas veja, agora você só pode tocar para o *Goskontsert*, sem ganhar nada, mesmo sendo tão boa. Você não fez o conservatório só para tocar as músicas que o Kremlin permitir, não é? Você me ensinou isso. Por que Brejnev tem que ser a maior autoridade musical? Você já tem vinte e cinco anos, Katya. Precisamos pensar no futuro.

Ela se afastou dele.

— Nosso futuro é aqui, Misha. Em Leningrado. — Ela pensou na Competição Internacional de Tchaikovsky. Realizada a cada quatro anos, era como as Olimpíadas da música clássica. A próxima seria dali a pouco mais de dois anos, em 1982. Ela já estava praticando.

— Eu não posso avançar na carreira — disse ele. — Sou o melhor aqui, mas não posso progredir. Eles me chamam de *Zhid* agora, sabia? Aquele imbecil do Vasily, contou para todo mundo. Merda de KGB. Eu nem tenho um nariz como o do meu pai, mesmo assim todos eles sabem. Como você pode esperar que eu melhore de vida, Katya? Já é difícil nós dois nos alimentarmos. Agora temos o bebê. Nos Estados Unidos não tem comunismo, não tem limites. Você não entende?

— Não — disse ela —, não é justo. Você não está dizendo isso por causa do Grisha. Você só quer ir por sua própria causa.

Mikhail uniu as mãos e as balançou, em súplica.

— Não, é só por você, Katya. Você merece muito mais do que tem aqui. Será uma aventura, um recomeço. Construir um novo lar em um lugar mais feliz. Nós seremos mais felizes nos Estados Unidos.

— Eu não quero ir — ela lhe disse.

— Eu não posso fazer nada aqui, você não entende? Eu sou judeu. Nós somos judeus! E agora não vou conseguir os cargos que eu mereço! — Ele chutou a cadeira de baixo da mesa, jogando-a contra a parede. O apartamento era tão pequeno que o som acordou o bebê e a mãe de Mikhail, que dormia no quarto.

— Misha, por favor — ela implorou.

— Você não pode me dizer não. — Embora ele tivesse baixado a voz, esta ainda carregava o peso de sua frustração. — De qualquer modo, agora você não vai tocar concertos em lugar nenhum por um tempo. Tem que cuidar do Grisha. Quando chegarmos aos Estados Unidos, ele estará maior. Aí você vai poder tocar. Mas eu... — ele bateu com o punho fechado no peito. — Eu tenho que cuidar de todos. Você não pode falar nada.

— Por que você tem que fazer as escolhas, Misha? Por que você não pensa em mim?

— Eu estou pensando em você! Você não está me escutando?

A sogra de Katya entrou com o neto na cozinha, mas, quando viu a cadeira virada e a expressão no rosto do filho, ela entregou o bebê a Katya e tornou a sair. O bebê começou a chorar, então Katya levantou a cadeira e se sentou para amamentá-lo.

— Seja como for — disse ele, mais baixo —, é tarde demais agora. Eu entrei com a solicitação de emigração ontem. — Sentou-se ao lado dela e pôs a mão sobre a pequena cabeça do filho enquanto ele mamava. — Eles me fizeram sair do emprego.

— Sair do emprego! — O bebê se assustou e ergueu as mãozinhas em direção ao rosto, como para se defender. — Eles vão nos acusar de parasitismo!

— É preciso. Enquanto eles processam o pedido.

— Pode levar anos para aprovarem a saída, Misha. Você acha que eu não sei o que está acontecendo? Durante todo esse tempo, enquanto esperamos, seremos inimigos do Estado, inimigos do povo. Você conhece o Código Moral: quem não trabalha não come. Nós vamos perder amigos. Vamos perder água e eletricidade. E aí, como vamos cuidar do bebê? Como vamos ganhar dinheiro?

— Eu tenho um pouco guardado, não muito. Mas seu pai está indo bem. O negócio de afinação de pianos sempre parece ir bem. Você pode pedir dinheiro a ele, se precisarmos.

— Meu pai é tão pobre quanto nós! Não vou pedir dinheiro a ele!

Mikhail encolheu os ombros.

— Então nós daremos outro jeito.

— Como? Varrendo ruas? Pedindo esmolas?

— Pare! Isso é ser egoísta. Não vou aceitar esse tipo de conversa. É tarde demais, eu já lhe disse.

Ao longo dos três anos de casamento, depois de um início amoroso, ela aprendera a não cruzar o limiar da raiva dele. Ela acalmou a voz, mas seu coração continuou a bater *prestissimo*, como antes batia de paixão. Agora, isso só acontecia por medo.

— Quanto tempo vamos ter que esperar? O que vai acontecer? Para onde vamos?

— Áustria primeiro, pelo que me disseram. De lá para a Itália, até os Estados Unidos nos dar vistos de entrada. Talvez demore um ano. Talvez mais.

— O que vamos fazer nesses lugares, Misha? Onde vamos morar? Como vamos comer? E o que eu vou fazer com o meu piano? Carregar nas costas?

Ele encolheu os ombros.

— Eu tenho conversado com outras pessoas que também estão esperando para sair. Há agências para ajudar. Agências judaicas para nos ajudar a encontrar o que precisamos. Podemos levar pouca bagagem, talvez três ou quatro malas cada um. Mas não o piano.

— Não o piano! — Ela levantou da cadeira de um pulo e, com a boca do bebê ainda presa ao peito, correu os poucos passos até a pequena sala da frente, onde seu Blüthner ocupava a maior parte do espaço. Sentou-se no banquinho, como se para segurá-lo no lugar. Quantas vezes se sentara ali desde que o velho alemão o deixara para ela? Quantas notas tocara naquelas teclas, primeiro uma por uma, mais tarde peças belas e complicadas que a transportavam para um lugar dentro de sua mente como nada mais conseguia? Desde seus oito anos, o Blüthner havia sido seu companheiro constante. Tocara-o quase todos os dias nos últimos dezessete anos. Quando se mudara da casa de seus pais em Zagorsk para estudar no conservatório em Leningrado, insistira em levá-lo na viagem de oitocentos quilômetros. Tirando a família, ele era seu único tesouro. Mesmo que ela fosse forçada a ir, o piano era algo que não poderia, e não iria, deixar para trás.

Mikhail apareceu atrás dela e pousou a mão em seu ombro.

— Katya, eu vou dar um jeito. Nós vamos levar o piano. Está bem? Você está ouvindo? Eu amo você.

Após um momento, ela balançou a cabeça. Fechou os olhos e chorou entre os dedos. Depois, moveu-os sobre o bebê que dormia em uma execução silenciosa da sonata "À Thérèse" de Beethoven. Havia tantos sustenidos naquela peça que as cruzes poderiam encher um cemitério.

III

$\mathscr{C}$lara se sentou em seu Blüthner em um grande palco, usando um vestido preto de gala. O gesso branco reluzia sob os refletores e ela queria escondê-lo. Havia um público numeroso nas fileiras em silêncio. Seu pai, bem na frente, estava sentado na ponta da cadeira, aplaudindo e assobiando no espaço curvo do anfiteatro. Ao lado dele, sua mãe lhe dizia repetidamente para ficar quieto. Clara levantou as mãos sobre o teclado e começou a tocar o prelúdio de Scriabin, mas os dedos deslizavam das teclas, que eram escorregadias, e a única nota que conseguia tocar era um dó com um dedo da mão esquerda, em salvas tamboriladas e rápidas: dó dó dó dó dó, seguidos por uma pausa, depois se repetindo. Ela levantou os olhos para ver se estava nevando, e estava: flocos de partitura caindo e se derretendo sobre as teclas onde aterrissavam. Olhou para baixo, para o mistério dessa neve, e viu que ambas as mãos estavam envoltas em gesso do cotovelo até a ponta dos dedos, exceto aquele dedo indicador que conseguia bater no dó em salvas de cinco notas. Profundamente constrangida por sua apresentação, ela olhou para o público, pronta para murmurar um pedido de desculpas desesperado aos pais. Mas seu pai havia se virado e estava sussurrando com uma mulher ao lado dele, alguém que ela não reconheceu, e sua mãe estava batendo as cinzas do cigarro no colo dele e dizendo, alto:

— Está vendo?

— Clara! — Ela virou a cabeça na direção de seu nome. — Clara! — Mas não era alguém no teatro; a voz vinha de algum lugar mais longe, então ela saiu do palco de seu sonho e a seguiu, a contragosto, através do estranho portal para a consciência, percebendo lentamente que os dó eram, na verdade, batidas na porta, e que a pessoa que chamava seu nome era Peter.

Ela abriu a porta alguns centímetros e cambaleou de volta para o sofá futon. Peter, carregando um Tupperware grande, empurrou a porta com o ombro e entrou.

— Eu trouxe *avgolemono*. Canja de galinha grega.

— Eu não estou doente — disse Clara, a voz abafada pelo travesseiro que ela puxara sobre o rosto.

Peter foi para a cozinha e abriu portas de armários até encontrar uma tigela.

— *Avgolemono* é bom para tudo: gripes, resfriados e mãos quebradas. — Ele empurrou para o lado as embalagens vazias de comida chinesa para abrir espaço no pequeno balcão. — Além disso, você não pode passar a vida à base de marmita.

— Por que não? Que horas são agora?

— Quase onze.

— Merda, eu não sabia que era tão tarde. Tenho muito que fazer.

Peter olhou em volta e abriu os braços em um gesto amplo e questionador.

— O que você tem para fazer? Já tirou quase tudo das caixas. É domingo. Você tem sopa. Eu pretendia ligar o cabo da sua televisão para nós vermos a corrida. Vai ser boa. O circuito do Kansas Speedway foi remodelado para ninguém mais sair em vantagem. — Ele voltou e entregou a ela a tigela e um papel-toalha. — Tome.

Ela afastou o travesseiro e se sentou, segurando a tigela com a mão direita, e tentou manobrar a colher com a esquerda, mas acabou derrubando sopa no colo.

— Não fique olhando. Isso é humilhante. E eu sei ligar o cabo da TV.

Peter riu.

— Eu sei que você sabe. — Ele pegou a televisão mesmo assim e a colocou no pequeno balcão que separava a cozinha da sala da frente. Clara o observou movendo seu corpo grande como se tivesse metade do tamanho. Ele era alto, bem mais que um metro e oitenta, e largo, com ossos grandes e músculos sólidos e o cabelo espesso tão preto e brilhante como óleo de motor. Tudo isso, com seu olhar firme e plácido, fazia dele uma figura imponente. Na oficina, ele levantava pneus e motores sem gemer, no entanto também sabia entrar e sair de uma sala sem chamar atenção para si.

— Você precisa de um aparelho melhor — disse ele. — Um de tela plana.

— Claro, quando eu ganhar na loteria — ela respondeu, levantando uma sobrancelha, depois tomando mais uma colher de sopa. — Que sopa boa. Foi sua mãe que fez?

— Não — disse ele. — Fui eu. — Ele estava de costas, mas ela pôde ver suas orelhas ficarem rosadas.

— Legal — disse ela. — Muito obrigada.

Ele deu de ombros e continuou ligando o cabo na porta atrás da televisão.

Alguns meses depois de Clara terminar com Frank, uma enorme queda de energia elétrica havia atingido a maior parte da cidade e Peter tinha ido levar para ela um aquecedor a bateria.

— A temperatura vai ficar abaixo de zero esta noite — ele falou, quase se justificando, quando ela abriu a porta. Eles trabalhavam juntos havia mais de um ano e eram agora bons amigos. Ambos faziam aniversário em outubro, com dois anos de diferença, e ambos eram apaixonados por carros velozes e conserto de motores, pelo campeão de NASCAR nativo de Bakersfield Kevin Harvick e por longos passeios de carro sem nenhum destino em mente. Também compartilhavam o amor pela música e o fracasso em tocá-la; a mãe de Peter insistira que ele aprendesse a tocar o tradicional bouzouki grego, mas seus amigos na escola faziam tantas piadas com ele por causa disso que Anna acabou deixando que ele desistisse. Tomando cervejas depois do trabalho, eles haviam desenvolvido confiança mútua suficiente para compartilhar suas histórias importantes e, no fim, concordavam que provavelmente conheciam um ao outro mais do que qualquer outra pessoa.

Mas Clara nunca deixara a amizade se tornar romântica, até a noite da tempestade. Algo no modo como Peter estava parado à porta do apartamento para onde a ajudara a se mudar apenas alguns meses antes, com uma lanterna e o aquecedor na mão, a encheu de uma inesperada ternura.

— Quer entrar? — ela perguntou, e ele aceitou com um movimento lento da cabeça, enquanto o vento frio lhe soprava o cabelo no rosto. Ela olhou para ele como se fosse pela primeira vez, notando o queixo forte e o nariz reto, os olhos cor de café profundamente bondosos. Sem pensar, estendeu a mão para ajeitar o cabelo dele e sentiu um arrepio de eletricidade correr das pontas dos dedos para o resto do corpo. Ele deve ter sentido também, porque olhou para ela com uma expressão de espanto. Ela o tomou pela mão e o levou para o seu quarto.

Antes do amanhecer, com o corpo adormecido de Peter enrolado no seu, Clara acordou com uma sensação de desespero. Ela se arrastou para fora dos braços dele e o sacudiu para acordá-lo.

— Eu me sinto como se estivesse em um funeral — ela lhe disse.

Ele esfregou os olhos e tentou enxergá-la no escuro.

— O quê? Por quê?

Ela mal podia falar, com a sensação de perda iminente crescendo dentro de si.

— Clara, o que foi? — Ele estendeu a mão, mas ela se afastou.

— Nós não podemos fazer isso — disse ela. — Nunca mais.

— Eu não estou entendendo.

— Eu não quero perder você. — Ela se sentia com doze anos outra vez, da mesma maneira como se sentia quando ainda precisava lembrar a si mesma ao acordar a cada manhã que seus pais estavam mortos.

— Mas você *não vai* me perder, Clara. — Uma vez mais ele tentou tocá-la, mas ela se desviou.

— Vou, sim. Se fizermos isso, vai acabar dando tudo errado e vai terminar. É sempre assim.

— Você só não esteve com o cara certo até agora. — Ele sorriu e a puxou de volta para seus braços.

Ela se soltou do abraço dele e saiu da cama.

— É verdade. — Ela começou a juntar e separar as roupas espalhadas. — E por um bom motivo.

— O que você está fazendo? Por que está fazendo isso? Não foi só para uma noite, Clara. Eu *quero* ficar com você. — Ele jogou o jeans que ela lhe dera de volta no chão.

— Isso foi um erro, Peter. Está bem? Foi um erro.

Ele afastou as cobertas, deu um pulo para fora da cama e parou na frente dela.

— O que você está falando? Nós transamos a noite inteira! Você sabe há quanto tempo eu queria fazer isso com você? Como pode ser um erro?

Ela desviou o olhar do corpo nu dele.

— Porque você é meu melhor amigo e, se eu perder isso, não vou ter mais nada. — A tristeza na voz dela o deixou em um silêncio surpreso. Ela se virou e lhe entregou a camisa. A flanela macia deslizando de sua mão teve uma sensação de despedida, mas ela se recusou a pegá-la de volta. — Se nós continuarmos amigos, só amigos, não vamos arruinar o que temos.

Depois de uma longa pausa, ele falou outra vez, a voz falhando.

— *Este* é o erro, Clara. Não a noite passada. — Ele vestiu apenas o jeans, pegou o resto das roupas e saiu na manhã fria e escura, batendo a porta.

Ele não falou com ela por mais de uma semana. Embora ela se recusasse a ceder, também não estava disposta a desistir. Ela o convidou para jantar, comprou ingressos para um jogo do Lakers e para um show de monster trucks, pegou emprestada a Harley-Davidson de um cliente para eles darem uma volta. Pouco a pouco, ao longo dos meses seguintes, eles foram retomando devagar a amizade, até que quase parecia que as coisas haviam voltado ao normal. Então, no fim do verão, ela conheceu Ryan.

— Eu decidi uma coisa ontem — disse Clara, e Peter deu uma olhada para ela sobre o ombro. Ela respondeu ao olhar, depois baixou os olhos para o gesso em seu braço. — Pus um anúncio do meu piano.
    — Como assim?
    — Para vender.
Peter parou de trabalhar na TV e se virou.
    — Está falando sério? Por quê?
    — Está na hora — ela respondeu. — E eu preciso de dinheiro.
Ele se sentou ao lado dela no sofá futon desarrumado e passou a mão pelo rosto. Ainda não era nem meio-dia e ele já tinha um começo de barba crescendo. Ela ouvia os fiozinhos raspando contra os calos de sua mão.
    — Se você está precisando de dinheiro, eu posso ajudar.
Ela sacudiu a cabeça.
    — Não, tudo bem. Mas obrigada. Eu estou cansada dessa droga de piano mesmo. De carregá-lo para todo lugar que eu vou. Subindo e descendo escadas. Toda vez que eu me mudo, custa uma fortuna para afiná-lo. E eu nem ao menos sei tocar. — Ela levantou um ombro. — Então...
    — Mas nós acabamos de trazer ele para cá.
    — Não se preocupe. Se alguém o comprar, eu não vou pedir para vocês o transportarem de novo. Se alguém realmente pagar os três mil dólares que eu pedi por ele, posso contratar profissionais para fazer o transporte desta vez.
    — Não foi isso que eu quis dizer e você sabe muito bem.
    — Que foi? Você acha que eu não deveria vender? — Clara se inclinou para a frente e pôs a tigela no chão, depois juntou o cabelo em um rabo de cavalo e tentou prendê-lo com um elástico. Até o dia anterior, nunca imaginara os movimentos que estavam envolvidos em atos tão simples como

segurar uma colher ou prender o cabelo. Com um suspiro profundo, ela jogou o elástico para o outro lado da sala com a mão boa.

Ele foi até lá, pegou-o do chão, deixou-o no colo dela e voltou ao aparelho de TV.

— Na verdade, acho que pode ser uma boa ideia.

Ela largou o elástico no sofá e afastou o cabelo do rosto.

— Acha mesmo?

Ele virou a televisão para o sofá e a ligou na ESPN, onde a câmera percorria a multidão e o locutor dizia: "A Hollywood Casino 400 de hoje no Kansas Speedway será uma das dez corridas de Danica Patrick na NASCAR Sprint Cup deste ano..."

— Acho. Veja, nós o transportamos — ele fechou os olhos, contando — três vezes, contando com esta. Não sei quantas vezes você o transportou antes de terminar com o Frank, mas com certeza foi uma dor de cabeça para você.

— Não foi bem assim.

Ele moveu os dedos da mão esquerda.

— É, a dor não foi exatamente na cabeça. — Ele olhou para o sofá futon desarrumado de seu sono da noite com uma expressão indecifrável... embora Clara pudesse imaginar o que havia passado por sua mente. Ele esticou as cobertas antes de se sentar ao lado dela e se encostar castamente na parede. Do outro lado, o Blüthner combinava com seu cabelo preto brilhante, seu corpo volumoso, sua natureza imperturbável. Eles eram como um par de sentinelas, cada um de um lado, cuidando dela.

Seu pai havia lhe dado o Blüthner na semana antes de morrer. Ela não havia pedido um piano, jamais pensara em aprender a tocar. Mas lembrava do entusiasmo dele quando o trouxe para casa. Ele puxou o banquinho para os dois se sentarem juntos, lado a lado.

— Isto é para você — ele lhe disse, sorridente, pousando a mão no teclado, o outro braço em volta dela. — Algo muito especial, para você saber o quanto eu te amo.

Ela fechou os olhos com força. Tinha sido muito precipitada.

— Eu já volto — disse para Peter, levantando-se.

— A corrida vai começar.

— Eu sei. Só preciso tirar o anúncio.

Ele levantou a mão para detê-la.

— Clara, deixe-o lá.

— Não posso.

— Sim, você pode. Eu sei por que está se agarrando a ele, mas você não precisa disso.

— Não, foi um impulso idiota. Eu não posso me imaginar sem ele depois de todo esse tempo, sabe? Eu sentiria falta.

Ele soltou o ar pelo nariz com um som de desgosto e sacudiu a cabeça.

— O que foi? — ela perguntou.

Ele apertou com força o controle remoto, aumentando o volume.

— Nada, esqueça.

Ela tirou o controle remoto dele e desligou a TV.

— O que foi?

— Você está focando a coisa errada, só isso. Acabou de terminar um relacionamento, quebrou a mão. Mas, veja, você está em um lugar novo, uma parte nova da cidade, pintura nova nas paredes. É hora de sacudir a poeira e recomeçar. Pense no futuro, para variar um pouco. — Ela não respondeu, e ele baixou as mãos para o colo. — Mas o piano é seu. Faça como quiser.

Clara jogou o controle remoto no futon.

— Vou fazer. — Ela pegou o notebook e tornou a se sentar ao lado dele. Abriu os e-mails para encontrar o link e remover o anúncio e, quase no alto de sua caixa de entrada, havia uma nova mensagem com a linha de assunto:

PARABÉNS! *Você fez uma venda! Envie a fatura agora.*

— Que bosta... — ela murmurou, depois olhou para Peter. — Alguém comprou o piano.

— Por três mil dólares?

— Parece. Mas, espera, pode ser uma brincadeira. Ou um golpe. Mas por que alguém ia fingir comprar um piano?

— Você não pode mandar um e-mail para eles para conferir se é legítimo?

— É, posso. — Ela clicou no link para ver as informações de contato do comprador. — Greg Zeldin, Nova York, Estado de Nova York. Esse nome parece real? Deve ser fake.

— Procure no Google.

— Não, eu vou enviar a fatura. Se for golpe ou algo assim, ele não vai pagar. Enfim, agora eu não preciso tirar o anúncio, porque aparece "Vendido" nele.

— Eu sei o quanto você gosta de sinais. Devia entender isso como um sinal.

Ela lhe deu uma olhada. Ele piscou para ela.

Peter se inclinou para ver enquanto Clara seguia as breves instruções para preencher e enviar a fatura. No campo reservado para instruções especiais, ela digitou: *Esqueci de especificar que o custo do transporte é responsabilidade do comprador.*

— Não sei quanto custaria para embalar e enviar para Nova York, mas com certeza é muito. De jeito nenhum que ele vai pagar tudo isso e mais o transporte. Esse piano não pode valer tanto para ninguém além de mim.

Peter olhou para ela, suspirou e tornou a ligar a televisão.

— Vamos ver a corrida — disse ele.

Depois que o festival de batidas do NASCAR terminou, com a vitória de Matt Kenseth e com Danica Patrick em um decepcionante trigésimo segundo lugar, Peter foi embora e Clara abriu uma cerveja, pôs para tocar um CD de noturnos de Chopin interpretados por Arthur Rubinstein e abriu o notebook para checar os e-mails.

De: Greg Zeldin <grisha@zeldinphotography.com>
Data: 21 de outubro de 2012 às 11h59 PDT
Para: "clarabell1986@gmail.com" <clarabell1986@gmail.com>
Assunto: Re: CLARABELL lhe enviou uma fatura
Bom dia,
Fiz o pagamento no valor de US$ 3,000 e tomarei as providências para o transporte. Meus assistentes poderão pegar o piano daqui a mais ou menos uma semana. Que dia seria mais conveniente para a senhora?
Atenciosamente,
Greg Zeldin

De: Clara Lundy
Data: 21 de outubro de 2012 às 15h14 PDT
Para: Greg Zeldin <grisha@zeldinphotography.com>
Assunto: Re: CLARABELL lhe enviou uma fatura
Olá, sr. Zeldin,
Sinto muito por ter que lhe dizer isso, mas não posso vender o piano. Vou lhe devolver o dinheiro mais a taxa de serviço.
Espero que isso não seja um problema.
Clara Lundy

De: Greg Zeldin <grisha@zeldinphotography.com>
Data: 21 de outubro de 2012 às 15h21 PDT
Para: Clara Lundy
Assunto: Re: CLARABELL lhe enviou uma fatura
Sra. Lundy,
Lamento lhe dizer que *é* um problema. Eu já fiz o pagamento, portanto o piano é legalmente meu. Se puder, por favor, me diga onde meus assistentes devem pegá-lo, eles estarão aí no sábado, 27 de outubro, entre 13h e 16h. Espero que *isso* não seja um problema.
Greg

De: Clara Lundy
Data: 21 de outubro de 2012 às 15h23 PDT
Para: Greg Zeldin <grisha@zeldinphotography.com>
Assunto: Re: CLARABELL lhe enviou uma fatura
Caro Greg,
Como eu disse, o piano não está mais à venda. Vou devolver seu pagamento. Desculpe pelo inconveniente.

Clara se conectou à sua conta e viu que Greg havia de fato enviado os três mil dólares. Mais dinheiro do que ela jamais tivera de uma só vez. Quando seus pais morreram, Clara herdou a poupança e um pequeno seguro de vida da universidade, mas sua tia e seu tio usaram parte disso para cobrir as despesas do funeral e depois, pensando nos gastos futuros com universidade para ela, investiram o restante. Jack, seguindo a dica de um velho cliente e colega texano, até acrescentou uma grande parte de suas próprias economias à herança de Clara e comprou ações de uma empresa sediada em Houston chamada Enron. Eles nunca se recuperaram financeiramente depois que a empresa foi à falência três anos depois, em 2001, e, quando Clara ficou sozinha, nunca teve muito sucesso para poupar a renda modesta que ganhava como mecânica.

Agora, vendo aqueles três mil dólares, ela parou para pensar. Como o noturno que estava ouvindo, com suas duas linhas melódicas tocando em contraponto uma à outra, sentia-se igualmente puxada entre as duas vozes em sua cabeça: fique com o dinheiro, devolva o dinheiro, fique, devolva. Então a música terminou com uma coda que soou para Clara como nostalgia, ou talvez saudade de casa, e ela olhou para o Blüthner. Moveu o cursor para o ícone Devolver este Pagamento na tela do computador e clicou.

III

$\mathcal{K}$atya tirou a chaleira do fogo e despejou a água fervente sobre o pó de café. Por quanto tempo ainda teriam eletricidade? Já fazia oito meses desde que Mikhail solicitara o visto de saída; imaginava que a energia elétrica poderia ser cortada a qualquer momento, e já era quase inverno outra vez. E ela não tinha ajuda. Sem dinheiro entrando para sustentar a todos, sua sogra havia voltado para casa em Kolpino e para seu emprego na fábrica da Izhorskiye Zavody. Mikhail não ajudava com o filho, embora não estivesse trabalhando. Ele se candidatara a um emprego como ascensorista em um hospital, mas ainda estava esperando a resposta. Essas vagas para empregos não qualificados eram rapidamente preenchidas por judeus com visto de saída recusado, todos eles com formação especializada. Então ele passava as horas do dia pensando na vida e as da noite sentado no restaurante do Hotel Leningradskaya, onde um atendente de bar judeu com quem ele fizera amizade o deixava tomar os restos das bebidas dos clientes pagantes depois que eles iam embora.

Ele devia estar lá esta tarde, ela imaginou. Enquanto isso, seu velho amigo Boris Abramovich a surpreendera com uma visita, trazendo uma garrafa de bom conhaque armênio e uma coleção de agulhas, linha e botões, todos os quais eram *defitsitny*, escassos, nas lojas locais. Katya ficou tão feliz por vê-lo e finalmente ter uma companhia amiga para conversar. Grisha era bem-humorado, mas, por enquanto, apenas balbuciava. Ela e

Boris não tinham se visto muito desde a formatura, quase três anos e meio antes, em 1977. Ele lhe mandava cartas, geralmente de cidades no exterior por onde sua companhia de balé fazia turnês, mas também de dentro da União Soviética. No ano anterior, ele havia feito o impossível: mandara lhe entregar um buquê de flores de estufa depois de ter recebido o prêmio de Artista do Povo da URSS.

— Você está linda como sempre — disse ele.

Ela tocou o cabelo, alisou o suéter, escondeu um sorriso.

— Fiquei muito feliz com o seu prêmio — disse. — Me conte, o que você vai fazer agora? Como o mundo mudou para esse grande coreógrafo?

Quando ele inclinou a cadeira da cozinha para trás e cruzou as mãos na nuca, ela teve medo de que as pernas de metal barato não aguentassem, mas não falou nada.

— Este é meu desejo, Katya. Quero construir um repertório que mostre a desorientação criada pelo pensamento comunista. Uma metáfora em movimento para a opressão do espírito humano — respondeu ele. — É bom, não é? Um disfarce perfeito para uma revolução social. O que eles vão achar disso, hein? — Ele riu em um timbre agudo, quase uma risadinha nervosa.

Katya pôs o café, o conhaque e torradas em uma bandeja e a colocou na mesa.

— Vão achar que você é antigoverno. Uma revolução social? Seria muito perigoso para você.

— Para nós.

— *Nós* quem?

Boris deu de ombros.

— Alguns de nós, que pensamos da mesma maneira. Nós parecemos bem inocentes, não é? Ninguém desconfia de uma companhia de balé itinerante. — Ele deixou a cadeira cair de volta no lugar com um baque. — Talvez eu produza um balé de Tchaikovsky, mas não um daqueles dramas bobos com cisnes fofos e belas adormecidas. Eu penso em algo sobre a vida do revolucionário Nikolai Tchaikovsky. Ou talvez um balé psicológico baseado em *Doutor Jivago*. Ou *Arquipélago Gulag*. Algo importante. — Ele estendeu a mão e segurou o braço dela enquanto ela servia seu café, olhando-a com fanatismo nos olhos. — Você pode me ajudar, Katya.

— Como?

— Como às vezes fazíamos no conservatório. Eu crio a coreografia. Você pode compor a música.

— E depois? Deixamos a KGB nos arrastar para a Sibéria?

— Você se esqueceu de seus ideais, Katya? Não faz tanto tempo assim que a gente conversava sobre criar uma vida melhor na Rússia. Lembra aquela noite em que ficamos acordados lendo o poema de Nekrasov, "Quem é feliz na Rússia"? Nossa obrigação é lembrarmos uns aos outros de nossa dignidade humana. Precisamos fazer algo para defender o futuro de nossos filhos, porque o tempo presente não é bom. Pense no seu filho, certo? Você quer que ele tenha o direito de ler e pensar o que quiser? De defender as próprias convicções? Não ser uma ferramenta obediente do governo?

Embora admirasse o entusiasmo dele, ela não era uma ativista.

— Você não tem filhos, Borya. Não sabe do que está falando. É diferente quando se tem alguém para proteger.

— Eu estou falando de proteger todos nós, Katya. Estou falando de mudar o mundo.

— Com o balé?

Boris inclinou a cadeira para trás outra vez. Os chinelos que ela lhe dera na porta eram pequenos demais para ele e um ficou pendurado em seus dedos quando ele cruzou as pernas esbeltas.

— Sim, com o balé. Você acha que isso não pode mudar o mundo? Acha que tudo tem que ser revolução violenta?

— Então você quer combater Brejnev com música e dança? Inserir textos *samizdat*, clandestinos, nos programas no teatro? — Ela sacudiu a cabeça. — Não adianta nada. Você não tem como ganhar. Só acabará sendo punido. Lembra o que aconteceu com Rostropovich por negar as políticas musicais oficiais? Ou Shostakovich? O mais inteligente a fazer é se manter discreto, eu acho.

— Ou ir embora, não é? — Seus olhos se tornaram duros de repente e ela gelou.

Quando estudantes, eles haviam sido amigos muito próximos, se apresentando juntos, compartilhando refeições e, às vezes, indo a festas, quando ele conseguia convencê-la a ir. Faziam longas caminhadas e com frequência acabavam no Cemitério Tikhvin, onde andavam sob as árvores entre os túmulos de famosos compositores e mestres de balé: Balakirev, Petipa, Rimsky-Korsakov, Rubinstein, Tchaikovsky. As coisas mudaram entre eles na noite depois de uma de suas apresentações finais, quando Boris enlaçou os dedos nos dela, os dela cansados de tocar, os dele doloridos de aplaudir, e declarou seu amor. Ele havia sido idiota antes, lhe disse. Como pudera não ter reconhecido seus verdadeiros sentimentos por ela? Queria que eles se casassem, que unissem suas paixões, formassem a própria companhia de balé, viajassem e descobrissem os prazeres e excessos do mundo, tivessem filhos se ela quisesse. As crianças teriam os cabelos escuros dela e os olhos cinzentos dele e seriam capazes de criar música e de dançar. Enquanto ele lhe propunha tudo isso, ela se viu forçada a lhe contar: já estava comprometida com Mikhail a essa altura, embora ainda amasse Boris e quisesse que eles fossem sempre amigos. Claro que ele não tinha como engolir de volta as palavras apaixonadas que havia dito, o que acabou constrangendo a ambos e, desde então, ela tivera o cuidado de mantê-lo a uma distância apropriada.

E então ocorreu a ela que essa visita surpresa poderia ser um teste. Qualquer pessoa podia ser um informante. Um *stukach*. Era um dos poucos meios de progredir: ajudando a KGB no trabalho do dia a dia de manter vigilância sobre o povo soviético, denunciando dissidentes, localizando os chamados prisioneiros de consciência. No ano anterior, testemunhas haviam visto dois agentes forçarem um compositor nacionalista ucraniano popular, Volodymyr Ivasyuk, a entrar em um carro da KGB. Três semanas depois, seu corpo foi encontrado enforcado em uma árvore. Os olhos haviam sido furados.

— Eu não quero ir, Borya — ela disse, com cuidado. — Eu nunca quis ir embora.

— Mas seu marido quer. Ele fez uma solicitação. E você vai com ele, não vai? — Foi uma pergunta, mas soou a Katya como uma ameaça, como um desafio. Ela não tinha ideia de qual era a posição de Boris: a favor ou contra o Kremlin? A favor ou contra ela?

Então, depois de alguns momentos de silêncio, o relógio batendo suavemente na parede acima deles, o café já frio, ele disse, em uma voz doce e suplicante:

— Toque alguma coisa para mim, Katya. Por favor? Faz tanto tempo.

Ela se levantou sem dizer nada e o conduziu à sala, então parou, refletindo se deveria levar Boris para sua cama. Será que isso protegeria a ela e Mikhail? E o filho deles, que estava nesse momento dormindo em um estrado no chão? Mas não podia imaginar tal traição. Não. Respirou fundo e indicou o sofá estreito encostado na parede. Ele se sentou. Ela sentia os olhos dele em suas costas enquanto se acomodava na frente do piano.

Ia tocar, como ele pedira, mas seria cautelosa. Não haveria cisnes fofos, mas também nada revolucionário. Depois de um momento de reflexão, ela escolheu o segundo movimento da "Sonata para Piano em dó sustenido menor" de Pyotr Ilyich Tchaikovsky, composta em 1865, durante seu último período no conservatório, 112 antes de ela e seu visitante se graduarem.

Boris fez um pequeno som de reconhecimento.

— Boa escolha — disse ele. O sofá rangeu uma queixa quando ele se recostou nas almofadas gastas.

Ela imaginou que ele fechava os olhos enquanto ela tocava o tema simples em ritmo de marcha, em um gesto de patriotismo soviético. Esperava que o entusiasmo de sua execução escondesse sua profunda inquietação.

𝒪 telefone tocou.

— Clara? — A voz era grave e melodiosa, como a de um locutor de rádio, e o uso de seu primeiro nome suficientemente íntimo para lhe arrepiar os braços.

— Quem é?

— É Greg Zeldin.

Ela deu uma olhada para a fechadura da porta para ter certeza de que estava travada. A imobiliária havia garantido que a frequência daquela área estava melhorando, mas Clara sabia que tinha que haver alguma razão para o aluguel ser tão barato.

— Como você conseguiu o meu número de telefone?

— Estava na sua fatura.

— Merda — ela resmungou. — Por que você está ligando? Não recebeu o meu e-mail?

— Sim, recebi. Mas achei que poderíamos conversar sobre isso pessoalmente.

— O quê? — Clara abriu as lâminas da persiana com a ponta dos dedos e espiou pela luz do crepúsculo para garantir que ele não estivesse parado do lado de fora de seu prédio. Só porque o endereço dele dizia Nova York não significava que ele de fato estivesse lá. — Escute, eu sinto muito — disse ela, largando a persiana com um pequeno estalo. — O negócio está desfeito. Eu nunca nem deveria tê-lo posto à venda.

— Mas eu já te paguei. Já comecei a fazer os preparativos. Você não pode simplesmente cancelar o negócio.

— Sim, eu posso — ela declarou. — Eu devolvi o pagamento. Então fique com o seu dinheiro e eu fico com o meu piano e podemos esquecer que isso aconteceu. Boa noite, Greg. — Estava prestes a desligar quando ouviu a voz ansiosa dele pelo pequeno alto-falante do celular.

— Espere! Por favor!

Ela pôs o telefone de volta no ouvido e suspirou antes de se jogar no futon e olhar para o teto.

— Se for questão de dinheiro, eu pago mais. — A voz de locutor de rádio se tornou ofegante e subiu algumas notas, como se ele estivesse tentando, e não conseguindo, parecer mais calmo do que se sentia.

— Não tem a ver com dinheiro.

— Clara, por favor. Me escute. — Ele pigarreou. — Eu *preciso* desse piano.

Ela balançou a mão boa em um gesto de impaciência.

— Há milhares de outros pianos à venda. Melhores que este. Mais baratos.

— Eu preciso *deste*.

Ela fechou os olhos.

— Eu também.

Ele não disse nada por um momento. Clara o ouvia exalando lentamente.

— Está bem. Que tal isto, então? Alugue-o para mim.

— Alugar? Mas...

— Por uma semana, duas semanas no máximo. Fique com o dinheiro e deixe meus assistentes irem pegar o piano. Quando eu tiver terminado, devolvo para você.

— Mas para quê?

— Isso importa?

Ela pensou por um momento.

— É, talvez importasse se eu quisesse alugar, mas eu não quero. Sinto muito. Preciso desligar agora.

Ela deixou cair na caixa postal na primeira vez que ele ligou de volta, e na segunda. Na terceira vez, ela atendeu de imediato e disse:

— Por favor, pare com isso.

— Deixe-me explicar — ele falou, apressando as palavras. — Eu sou fotógrafo. Faço trabalhos comerciais, de moda, retratos, casamentos ocasionais se estiver precisando de dinheiro. E música: instrumentos, concertos, capas de CDs, esse tipo de coisa. — Ele fez uma pausa. — Há uma série fotográfica em que venho pensando desde muito tempo, que precisa usar um Blüthner vertical ebanizado antigo. Eu tenho procurado, mas não há muitos desses por aí. Seria muito importante para mim se você me deixasse usar o seu.

Ela se levantou e andou pela pequena sala.

— Clara? — disse Greg. — Você está ouvindo?

— Que tipo de série?

Houve uma pausa do outro lado.

— Bom, eu estou tentando representar a ausência de música.

— Com um piano? Como um piano mostra uma ausência de música? Ele faz música.

— Faz mesmo?

Ela olhou para o Blüthner. Seu silêncio era ao mesmo tempo uma resposta e uma crítica.

— Acho que não todo o tempo.

— Eu sou fascinado pelos instrumentos usados para fazer música. E pelas pessoas que os tocam para fazer música. Mas o que acontece com a música se o musicista morre? Ou se o instrumento é destruído? E aí?

— Sei lá. — Ela fez um breve som de riso, uma mistura audível de incômodo e curiosidade.

— Você já esteve em um carro ou em uma festa em que estivesse tocando música alto e de repente ela é desligada? Fica aquele eco de silêncio que a gente consegue sentir. Dá quase para ver, como se tivesse ocorrido alguma mudança física no espaço. Você entende o que quero dizer? — Ele respirou fundo. — Então eu quero usar o piano, o seu piano, como o símbolo de qual é a sensação de habitar o mundo quando a música para. Quero mostrá-lo simplesmente ali parado, sem ninguém tocando, apenas um objeto comum.

Ela ficou intrigada com a ideia: aquilo descrevia exatamente o que era o Blüthner em sua vida. Mesmo assim, ainda não estava convencida.

— Eu ainda não entendo por que você precisa *deste* piano.

Quando ele respondeu, sua voz soou tensa.

— Minha mãe tocava um Blüthner vertical quando eu era criança e eu nunca me esqueci dele. Acho que sou sentimental.

Clara sentiu um arrepio nos braços. Não ouvira ninguém falar de música daquele jeito tão entusiasmado desde que seu pai morrera. Era a única coisa pela qual ele parecia ter verdadeira paixão. Pensou em sua mãe: braços cruzados, sapatos funcionais mesmo aos sábados de manhã, ombreiras em todas as blusas e casacos como um jogador de futebol americano ou um soldado vestido e pronto para ir a campo. Depois pensou em seu pai: um fantasma mesmo antes de morrer, uma sombra por trás de um jornal aberto, uma voz desencarnada ao telefone dizendo: *vou chegar tarde, não me espere para o jantar.* Ainda que seus pais estivessem ignorando um ao outro, e a ela também, daria qualquer coisa para estar de volta ao seu chalé amarelo, deitada no chão da sala enquanto o som de música clássica e a fumaça de cigarro flutuavam pelo ar acima dela.

— Onde você faria isso? Em Nova York?

— Não, na Califórnia. Não muito longe de Bakersfield, na verdade. Como eu disse, só precisaria de uma semana e meia mais ou menos, talvez nem tanto se tudo der certo, e eu tenho certeza que dará. Os rapazes que vão fazer o transporte são muito bons. Eles trabalharam muitos anos para um cenógrafo em Los Angeles e eu já os contratei algumas vezes para trabalhos grandes — disse ele. — Não é um mau negócio, é? Três mil dólares por menos de duas semanas de aluguel?

Não, ela pensou. Não era.

— E então, o que me diz? Se me deixar alugá-lo, isso atenderá a nós dois. — Ele parecia tão convincente, tão seguro de si, que, em contraste, Clara imediatamente percebeu como era insegura em relação a tudo: o apartamento ruim, sua situação financeira, seu rompimento com Ryan, seu futuro. Até mesmo o maldito piano que ela não sabia tocar e do qual não podia se separar. *Espero que você consiga descobrir o que quer. De verdade.*

— Está bem — ela decidiu —, você pode alugar o piano. Mas vai lhe custar cinco mil dólares em vez de três, mais um extra se você ficar com ele mais de duas semanas. Ele desafina sempre que é transportado e a afinação não é barata. De acordo?

— Perfeito — ele respondeu, com evidente alívio. — Está ótimo, Clara. Excelente. Obrigado. — Seu nome na voz dele soou como uma carícia em seu ouvido. Ela o pressionou com mais força no celular. — Vou lhe enviar o dinheiro agora. Meus assistentes estarão aí neste sábado, dia vinte e sete. Está bem assim para você?

— Está — disse Clara. — A propósito... bom, eles devem saber, já que são profissionais... mas precisou de mim e mais três amigos para subir um lance de escadas com ele.

— Eles vão saber lidar.

— E você promete que vai ter cuidado com ele?

— Sim — disse ele —, claro. Posso assinar um contrato de aluguel, se você quiser.

— Como posso ter certeza que você será cuidadoso?

— Como podemos ter certeza de qualquer coisa? — ele perguntou. — Acho que você terá que confiar em mim.

Depois que desligaram, Clara o procurou na internet. Seu site trazia coleções de trabalhos nas diversas categorias que ele havia mencionado e ela clicou em todas elas. Seu estilo era diferente. Ele parecia gostar de contrastes fortes: grandes extensões de céu e de terra e figuras humanas se movendo entre eles. Sentiu-se atraída principalmente pelas paisagens, que transmitiam movimento que havia sido detido no tempo: vento em árvores, ondas em uma praia, água transbordando sobre um rochedo, nuvens de tempestade turbilhonando no céu. Achou interessante que, nos retratos, poucas das faces dos sujeitos eram nítidas; em vez disso, suas identidades eram obscurecidas em perfis ou atrás de sombras pesadas ou simplesmente embaçadas. O trabalho a agradou. Despojado, direto, sóbrio.

Ela clicou na biografia.

"Eu registro o que está lá e o que não está, para que você possa ver o que eu escuto."

— Greg Zeldin

Greg Zeldin cresceu em Los Angeles. Mudou-se para Nova York aos vinte e poucos anos para estudar música e fotografia de arte. Passou vários anos como assistente de muitos dos principais fotógrafos publicitários e de moda do mundo antes de abrir seu próprio estúdio cinco anos atrás.

Greg fez uso de técnicas fotográficas tradicionais e modernas, bem como de seu entendimento de composição musical, para desenvolver um estilo sinestésico que o crítico de arte do New York Times *Euben Goethe chamou de "uma interpretação das forças misteriosas da música, natureza, tempo e humanidade que é tão profundamente lírica quanto visual".*

Greg está disponível para projetos documentários, editoriais e comerciais. Para mais informações sobre contratação, exposições ou compra de fotografias, por favor entre em contato conosco. Agradecemos a sua visita.

A música perdida

"Quando separamos a música da vida, o que obtemos é arte."
— *John Cage, compositor*

Ao contrário das faces obscurecidas em seus retratos, sua própria fotografia de rosto era notavelmente nítida: o torso estava em um ângulo lateral, mas o rosto voltava-se diretamente para a câmera, uma das sobrancelhas grossas arqueada em uma expressão ao mesmo tempo arrogante e vulnerável. A imagem parecia em conflito consigo mesma e ele poderia ter um ar ameaçador, se não fosse pelo aspecto de pêssego da pele translúcida e a penugem suave que as entradas profundas em seu cabelo deixaram para trás na testa. Os lábios eram cheios acima de uma linha do queixo quadrada e, embora sugerissem um sorriso, não havia sinal deste nos cantos de seus olhos intensamente azul-claros. O olhar sagaz era tão implacável que Clara sentiu a presença dele ali naquela sala, olhando fixamente para ela.

Para que você possa ver o que eu escuto. Ela olhou para o piano e pensou sobre isso. Havia conhecido pessoas que sempre estavam ouvindo música na cabeça, sempre cantarolando ou assobiando ou tamborilando um ritmo que soava apenas na imaginação delas. Seu pai a levara uma vez a uma apresentação de uma jovem pianista americana que executou peças de Rachmaninoff e Prokofiev. Clara não se lembrava de nada do concerto a não ser dos comentários dele depois. Ele disse que o jeito que as mãos da pianista voavam pelo teclado, o modo como ela movia o corpo inteiro na cadência e balanço da música, o faziam sentir a música até nos ossos. Disse também que poderia ouvir as composições outra vez quando quisesse em sua mente, que desejava ter o talento de produzir música, mas não tinha, por isso se sentia agradecido pelas gravações mentais.

— Você também guarda a música na cabeça assim, Clara? — ele perguntou. Procurando em sua imaginação por uma resposta e não encontrando nenhuma, ela apenas concordou com a cabeça. — Então você entende — ele declarou solenemente, e a levou para casa em silêncio.

Ela se perguntava agora como seria ter uma caixa de música na mente. Sempre que algo por acaso grudava em sua cabeça, um jingle de um comercial de televisão, alguma canção de sucesso, ela achava a sensação claustrofóbica e não via a hora de aquilo parar. Quando a música estava tocando em um aparelho de som ou na oficina, ela conseguia ignorá-la ou se desligar se começasse a achar cansativa, mas agora se perguntava se isso seria uma deficiência sua. Se fosse capaz de reter uma canção na mente, talvez pudesse ter aprendido a realmente tocar piano. Poderia ter sido como a pianista do concerto que tinham visto, cujas mãos eram provavelmente delicadas e limpas, e não cheias de calos e manchas de graxa e quebradas.

III

Katya enfiou as mãos no cabelo, puxando-o pela raiz. Mikhail ficou observando sem demonstrar sua raiva crescente enquanto pequenos chumaços de fios caíam sobre o retângulo de tapete que parecia mais novo que o resto.

— O que você fez? — ela gritava. — O que você fez? O que você fez?

Grisha estava no chão chorando junto com sua mãe; ao lado dele, onde ela a derrubara, a *avoska* espalhara todo o frango que ela ficara duas horas de pé na fila para comprar.

— O que *eu* fiz, Katya? — A voz de Mikhail começou sua ascensão instável. — O que *eu* fiz? Eu lhe disse que ia pensar em como tirar seu piano da Rússia. Eu poderia tê-lo empurrado pela janela ou queimado como combustível, mas eu lhe disse que encontraria um jeito, e encontrei. Você devia estar de joelhos na minha frente, me agradecendo de todas as maneiras que pudesse imaginar pela minha solução brilhante para o seu problema, e não gritando comigo desse jeito. — Suas faces pálidas ficaram vermelhas e ele bateu o dedo na faixa rala de pelos em sua têmpora. — Por um ano você me tratou como se eu fosse um cidadão de segunda classe. Calada o tempo todo. Nenhum sorriso. Você só quer apodrecer aqui neste lugar, não é? Você me disse que não ia embora sem aquela merda de piano, então eu pensei, pensei e, quando você me contou da visita do seu amiguinho bailarino, eu tive essa ideia e você devia me agradecer por ela. Mas agora você está aí, fazendo meu filho chorar, perturbando os vizinhos, se desfigurando. Levanta do chão! Você me dá nojo.

Katya havia afundado no tapete onde seu piano estivera durante os três anos que eles moravam naquele apartamento pobre. Quando largou o cabelo, ela se agarrou às fibras que haviam aconchegado o Blüthner, absorvendo as vibrações de sua música.

— Naquela noite em que eu fui procurar o Boris, você devia ter visto a cara dele! — Mikhail riu. — Digamos que ele não estava esperando uma visita minha. A cara de culpa dele! Ele não é KGB nenhum, estou lhe dizendo. Quando ele contou para você todas aquelas ideias mirabolantes, passou pela sua cabeça como ele ia arrumar o dinheiro de que precisava? Talvez ele seja algum menchevique transformando piruetas em reforma social, vai saber. Pouco me importa. Mas eu sei uma coisa sobre ele que você não sabe.

— O que você está falando? — ela perguntou sem olhar para ele. — Só me diga o que fez com o meu piano. — Suas lágrimas caíam nas fibras do tapete; era como se toda a sua alma estivesse vazando pelos olhos.

— Simples — disse ele, a voz vibrando de satisfação consigo mesmo. — Eu nunca pude acreditar que um homem como ele, leve como um sussurro, elegante como uma czarina, tivesse tanto amor por uma mulher, mas ele tem, Katerina, ele tem. — Mikhail se inclinou para perto dela, seus joelhos estalando quando ele se agachou. Pôs o grosso dedo indicador sob o queixo de Katya e levantou seu rosto para olhar bem para ela. — E não é você. São as *babki** que ele carrega na carteira.

— Encontrar a fraqueza não é tão difícil, sabia? — ele continuou. — Não importa se estamos falando de uma estrutura, um circuito ou uma pessoa. Um bom engenheiro sabe o que procurar, mas um grande engenheiro consegue ver sem esforço. A fraqueza de Boris é tão evidente quanto seus mocassins elegantes. Ninguém na Rússia tem dinheiro para essas coisas, Katerina. Quando você emprestou meus chinelos para ele na porta no dia em que ele veio aqui, não notou como seus sapatos eram

---

* Gíria para grana, vem da expressão "tsarskaya babka", a avó real, Ekaterina II, que era representada na nota de 100 rublos. (N. da T.)

finos e macios? Italianos, sem dúvida. Mesmo que um bailarino viaje para a Itália, ele não tem condições de comprar esses luxos com um salário soviético. Você percebe onde eu quero chegar? Será que essa sua mente simplória está conseguindo me acompanhar?

Mikhail riu.

— Tenho que dar crédito ao seu amiguinho; ele entendeu bem depressa. Quando eu mencionei seus sapatos finos e sugeri que a KGB talvez gostasse de saber onde ele arrumava a grana para essas coisas, ele percebeu a situação perigosa em que estava. Não é tão difícil enxergar, é, Katerina? Eu não sabia exatamente o que ele anda comprando e vendendo, mas, quando sugeri que fosse algo que ele pudesse esconder na bunda enquanto rodopiava pela fronteira, depois vender para alguém que ia enfiar no nariz, a cara dele me contou que eu estava certo. Talvez depois de comprar aqueles sapatos chiques ele use o dinheiro das drogas para financiar sua pequena revolução, não sei. Problema dele. E o que ele enfia na bunda não me importa, Katya. Tenho certeza de que ela já foi estendida muitas vezes por uma variedade de objetos. Mas a KGB tem uma grande imaginação para essas coisas. Quem sabe as maneiras criativas que eles inventariam para examinar o buraco cavernoso de Boris se tivessem razão para acreditar que ele esconde algo ali.

— Onde está o meu piano?

— *Chi-chi-chi.* Estou tentando lhe contar. Eu fiz uma proposta. Em troca do meu silêncio, ofereci vender o piano para ele.

— Por quê? — ela gritou.

— É só por um tempo, Katya. É a minha solução para tirar essa sua porra de piano da Rússia em segurança. Nós vamos para a Europa primeiro, eu já lhe falei. Boris também vai para a Europa com sua companhia de balé, como disfarce para levar as drogas, certo? E para comprar sapatos.

— Ele riu de novo. — Então eu sugeri que ele escondesse seus opiáceos atrás da... como chama mesmo? A chapa de ferro? Acho que ele até concordou que era muito mais lógico um bailarino itinerante esconder seu estoque em um instrumento musical do que dentro de seu maltratado reto. Estou surpreso por ele não ter pensado nisso antes. Talvez a quantidade transportada até fosse a mesma, vai saber qual é a amplitude do vazio dele, mas certamente seria mais fácil fingir inocência se as drogas fossem descobertas dentro de um piano. E assim também ele ficaria livre para se dar ao luxo de uma cagada decente no caminho. E, quando ele terminar seu contrabando, vai nos devolver o piano. Todos ficam felizes. — Mikhail sorriu largamente, mostrando os dentes pequenos e amarelos, e abriu as mãos em um gesto de triunfo. — Viu? Eu prometi que ia resolver o problema. Agora, pare com essa choradeira antes que sua infelicidade fique contagiosa. Logo nós iremos embora. Vamos todos ter uma grande aventura, até seu precioso piano.

Katya baixou a cabeça e um soluço arfante escapou de sua boca, uma dor que não podia preencher o espaço onde o Blüthner havia estado. Não havia razão para ter esperança de voltar a vê-lo, o que quer que Mikhail tivesse feito com ele. Nunca imaginara que ele pudesse ser tão cruel. A raiva, que fervilhava dentro dele continuamente quanto mais tinham que esperar, ela podia perdoar. Mas não sua crueldade. E Boris, poderia essa história ser verdadeira? Ela não sabia a quem perguntar. Se nem mesmo em seu próprio marido, em quem mais ela poderia confiar?

A criança, temporariamente abandonada aos próprios recursos, havia parado de chorar por um momento, apenas o suficiente para recuperar o fôlego antes de começar outra vez.

III

Na manhã do sábado em que os transportadores de Greg iam chegar, Clara dirigiu até a Oficina Kappas Xpress pela primeira vez desde seu acidente uma semana antes. A mãe de Peter, Anna, estava no computador, preenchendo um pedido de compra, e, quando a viu, empurrou a cadeira para trás e aproximou-se de Clara com os braços abertos.

— *Yassou, koukla** — disse Anna, segurando o gesso de Clara com ambas as mãos. — Coitadinha, olhe só você. E já tão *magrinha*. Você está comendo a comida que eu mando, não é? Eu digo ao Peter para levar para você.

— Estou, sim, obrigada. — Clara a abraçou, respirando seu cheiro familiar de talco e óleo de motor. Peter, ela pensou, tinha sorte de ter uma mãe como Anna.

— Mas ele fez aquele *avgolemono* sozinho — disse ela, e piscou.

Clara riu, e então percebeu que não fazia isso havia algum tempo.

— Ele me contou. Estava muito bom. Ele aprendeu com a melhor.

— Quando você vai vir jantar aqui, hein? Quando vai voltar ao trabalho?

— Por mim eu voltava agora — respondeu Clara —, mas não posso fazer nada. — Ela levantou a mão inchada.

— Volte. Você pode ficar no escritório, na caixa registradora. Ou fazer o atendimento dos clientes, até melhorar. Não é bom para você ficar em casa sozinha.

---

* Em grego: Olá, boneca. (N. do E.)

Clara sacudiu a cabeça.

— Eu levo a vida inteira para digitar. E esse já é o trabalho do Teddy. Você não precisa de dois. — Ela encolheu os ombros e deu um meio sorriso. — Tudo bem. Eu volto assim que tirar o gesso.

Anna se inclinou para ela e sussurrou:

— Você precisa de dinheiro? Se precisar de alguma coisa, é só falar.

— Obrigada.

Peter subiu do fosso, suas botas de trabalho pesadas sobre os degraus íngremes de metal, limpando as mãos em um pano sujo de óleo meio enfiado no bolso da frente.

— Oi — disse ele, sorrindo ao vê-la. Depois se virou para a mãe e falou algo em grego.

Ela concordou com a cabeça e piscou para Clara.

— Sempre alguém precisa de alguma coisa — falou, antes de deslizar a porta de vidro e gritar para o marido. — Estou indo!

— Está tudo bem? — Peter perguntou, indo até ela.

— Tudo certo. Pronta para tirar este peso do braço. — Ela indicou o fosso da oficina com o queixo. — Por que você está fazendo troca de óleo?

— O Alex sempre deixa uma bagunça lá embaixo. Eu sei quanto você detesta quando ele faz isso, então... — Ele jogou o pano dentro de um balde. — Quer almoçar?

Clara sorriu para o modo como os olhos dele, inclinados ligeiramente para baixo nos cantos, sempre revelavam suas emoções.

— Não posso, desculpe. Só vim pegar emprestados aqueles cobertores para mudança que estão em algum lugar por aqui.

— Não vai me dizer que já está mudando de novo! — Ele piscou para ela.

— Bom, eu recebi os cinco mil dólares daquele fotógrafo, então talvez eu devesse. E procurar um lugar no térreo para não ter que subir escada com o piano outra vez.

— Ou podia deixar ele ficar com o piano e morar no lugar que quiser, feliz para sempre.

Ela apertou os lábios em uma linha fina e lhe lançou um olhar de vá-
-para-o-inferno.

— Você pode, por favor, me ajudar com os cobertores? Os transportadores do Greg vão vir pegá-lo hoje e eu quero ter certeza de que ficará embalado direito.

Peter pareceu prestes a dizer alguma coisa, mas pensou melhor, só sacudiu a cabeça e saiu para procurar os cobertores.

Seu sentimento de proteção pelo Blüthner a pegou de surpresa. Imaginou Greg inspecionando-o na entrega, examinando as teclas amareladas, os riscos e arranhões. Como uma mãe mandando o filho para a escola no dia de tirar fotografia, ela queria garantir que ele estivesse com a melhor aparência possível. Então pôs gotinhas de pasta de dente em um tecido macio e limpou cada uma das oitenta e oito teclas de trás para a frente.

— Agora sorria — disse ela, e fechou a tampa do teclado.

Ao examinar a caixa, ela parou no lado dos agudos, onde notou o que só podia ser uma impressão digital de Peter. Havia outra menor quase por cima dessa e ela imaginou se poderia ser dela. Borrifou um polidor especial de superbrilho para piano que havia comprado no Kern Keyboards e as removeu.

Passou o pano por todos os centímetros da laca ebanizada, parando em cada uma das marcas maiores. Limpou algumas manchas de água, dedos e gordura, mas não conseguiu cobrir os riscos acumulados ou os dois sulcos no alto do móvel que já estavam lá quando ela ganhou o piano. Eram pequenos o bastante para não terem aparecido nas fotos que ela postara no anúncio. Ela as tocou como se as notasse pela primeira vez. Será que Greg ia se aborrecer por ela não ter avisado sobre essas marcas? Será que elas apareceriam nas fotografias dele e estragariam o efeito?

De repente, a ideia de um estranho tomando posse, mesmo que temporária, de seu piano a encheu de pânico — será que realmente devia deixar que ele o levasse embora? — e ainda estava na ansiedade da dúvida quando bateram na porta.

Dois homens, sérios e robustos, a cumprimentaram.

— *Estamos aquí para el piano* — um deles disse. Era careca e tinha uma cicatriz que saía de trás da orelha direita, descia pelo pescoço e entrava pelo emaranhado de pelos que aparecia na gola da camiseta. Ele estava carregando um punhado de mantas acolchoadas para transporte. O outro era mais alto, de pele escura e cabelo ondulado que chegava ao meio das costas. Ele apoiava o braço no alto de uma plataforma acolchoada e estofada que era claramente uma peça de equipamento para mudança.

Ela ficou ali parada olhando para eles. O rapaz careca a encarou de volta para ela, esperando. O outro conferiu o número de metal pregado na porta logo acima do olho mágico, verificou o papel em sua mão e disse:

— O transporte?

— Ah, sim, desculpe. — Ela abriu a porta para eles passarem. — Entrem.

Eles limparam os pés antes de entrar, embora não houvesse nenhum capacho na porta, depois foram direto para o piano, afastaram-no da parede e começaram a embalá-lo com as mantas grossas que haviam trazido.

— Eu tenho mais cobertores — disse ela, e o careca a olhou e sacudiu a cabeça, como se a estivesse repreendendo.

Ela observou enquanto eles prendiam as mantas com fita adesiva para mudança e davam orientações um para o outro em espanhol. Esse era apenas mais um serviço para eles, apenas mais um dia. Pareciam saber o que estavam fazendo, mas não pareciam particularmente preocupados com o piano; era apenas mais um objeto que precisavam transportar de um lugar para outro. Clara se aproximou e arrumou a manta onde ela havia escorregado do canto da caixa do piano.

— Vocês precisam ter cuidado com ele — falou. — É muito... antigo.

— Sim, senhora.

Com as mantas colocadas, eles manobraram o piano para cima da plataforma acolchoada, ajeitando-o até que a extremidade dos graves estivesse bem apoiada contra o suporte que subia em ângulo reto. O rapaz mais alto segurou o piano enquanto seu colega passava alças grossas de nylon por fendas na plataforma. Cada alça atravessava por cima do piano e era amarrada firmemente do outro lado. Quando esse processo terminou, eles se agacharam um pouco e afivelaram o segundo conjunto de alças em volta dos quadris.

— Listo — o mais alto disse. Na contagem de *tres*, eles se levantaram, erguendo o piano do chão. O careca olhou para Clara com uma expressão ilegível, como se tivesse todo o tempo do mundo, apesar do fato de estar carregando metade de uma carga de duzentos e cinquenta quilos.

— Ah — disse Clara, dando-se conta de que eles estavam esperando por ela. Foi depressa para a porta e a segurou aberta. Os rapazes avançaram em passos cuidadosos e sincronizados até o piano estar fora do apartamento, no alto da escada. Fizeram uma pausa no degrau superior, depois contaram até três novamente e levantaram a plataforma, o homem careca na frente, descendo os dois primeiros degraus. O rapaz alto estabilizou o piano e, então, lentamente, deixou-o se inclinar para a frente até ele se apoiar quase por completo nas costas de seu colega. O homem careca parecia forte, mas não era muito grande, certamente não o bastante para aguentar o peso do piano sozinho.

— Esperem — Clara chamou, o pânico crescendo outra vez. — Vocês têm certeza que conseguem fazer isso?

Eles nem deram sinal de ouvi-la, porque continuaram em sua lenta descida dos catorze degraus, uma distância que parecia ter sido traiçoeira para Clara. Com certeza as alças iam soltar, ou as pernas deles iam ceder, e o piano ia desabar. Ela prendeu a respiração, pronta para o desastre, mas eles conseguiram. Sem trocar nenhuma palavra, baixaram o piano dos degraus. O homem careca usou o pé para ajeitar a posição de um carrinho de carga e eles empurraram e colocaram o piano sobre ele, depois começaram a rolá-lo em direção ao estacionamento.

Clara soltou o ar e correu escada abaixo. Apesar da aparente competência deles, não sabia o quanto seriam cuidadosos quando ela não estivesse olhando.

— Com licença — ela disse para o rapaz careca, protegendo os olhos do sol de fim de tarde com a mão. — Como é o seu nome?

— Juan.

— Juan — disse ela, — pode me dizer para onde vão levar o piano? — Ele apertou os olhos, como se não tivesse entendido. — Vocês têm permissão? Para me contar, quero dizer. — Ele desceu a rampa do caminhão e subiu para a carroceria. — Claro que vocês devem ter permissão — ela continuou. — Eu só estou alugando para o fotógrafo, não estou vendendo Tem lógica que eu queira saber para onde ele está indo.

Eles empurraram o Blüthner pela pequena inclinação da rampa.

— *Cuídate, Beto* — Juan disse para o colega. Ela sabia espanhol suficiente para entender que isso significava *cuidado*.

Ela puxou o ar de susto e Juan olhou para ela.

— Está tudo certo, senhora. Sem problemas.

Dentro do baú do caminhão havia duas mochilas, uma caixa de ferramentas e outra pilha de mantas acolchoadas. Os transportadores prenderam o piano no corrimão que se estendia pela lateral do caminhão, depois viraram o carrinho sobre sua parte plana para que não ficasse rolando por dentro do baú. Eles saíram, fecharam a porta e a trancaram. Juan foi para a cabine do caminhão, mexeu lá dentro e pegou um mapa.

— Aqui — ele falou, apontando para uma cidadezinha logo a oeste de Las Vegas que havia sido circulada com tinta azul. — Depois aqui. — Ele apontou para uma grande área verde identificada como o Parque Nacional do Vale da Morte, e girou o dedo em volta. — E por aqui.

Clara se inclinou e examinou o mapa.

— O quê? Por que aí? O que ele vai fazer com o piano aí?

Juan levantou uma sobrancelha e deu de ombros.

— Tirar fotos. E então... — Ele fechou as mãos em punhos e fez um movimento rápido de abrir os dedos, depois bateu uma mão na outra duas vezes como para limpar o pó. Clara não sabia o que ele quis dizer com aquilo, mas não serviu para reduzir nem um pouco as suas preocupações.

— Eu não entendi — ela falou.

Sem mudar a expressão, Juan levantou as mãos para o rosto, fingiu que estava segurando uma câmera e fez um som de clicar o obturador.

— Não. — Clara sacudiu a cabeça. — Eu sei que ele é fotógrafo. Eu não entendi o que ele vai fazer com o meu piano no Vale da Morte.

Juan encolheu os ombros de novo.

— O que ele mandar. — Então fez um gesto com o queixo para Beto e eles subiram para a cabine, Beto atrás do volante, Juan ao lado.

Clara ficou ali parada, com os braços imóveis ao lado do corpo, tentando conciliar esse estranho itinerário com a explicação de Greg sobre seu ensaio fotográfico.

Apoiando o braço na janela aberta, Juan se virou para olhar para ela e fez um aceno de cabeça com um vago sorriso que sugeria que ela havia sido enganada naquele acordo, que algo sinistro estava para acontecer. O movimento de abrir os dedos teria sido um símbolo de finalização de alguma coisa? Ou de pôr fim em algo?

Quando o caminhão começou a se afastar, Clara virou e correu até seu apartamento, subindo os degraus de dois em dois. Pegou a mochila, o celular e as chaves, trancou a porta, atrapalhando-se por causa da súbita liberação de adrenalina, desceu correndo de novo, escorregando uma vez e se segurando com a mão quebrada, que doeu, mas não o suficiente para fazê-la reduzir a velocidade, até estar em seu carro, virando a chave na ignição e pensando, pensando, pensando: que rota eles devem ter pegado? Para leste até a Oswell, provavelmente, em vez de oeste para a Mount Vernon, já que nesta havia uma interdição para um projeto de construção no sentido sul, e depois pegariam a Rodovia 58.

Ela os alcançou no semáforo da Virginia Avenue. O cotovelo de Juan continuava para fora da janela no lado do passageiro e o pisca-pisca esquerdo estava ligado embora eles já estivessem na faixa reservada apenas para conversões. Provavelmente nem podiam ouvir o som da seta com a *cumbia* que berrava no rádio do caminhão. A luz passou para verde e o caminhão avançou.

— Vai, vai — Clara disse para o carro entre eles. — Anda logo. — Ela buzinou e o motorista olhou para ela pelo retrovisor. Ela fez sinal para ele se mover e apontou para o caminhão. — Eu estou seguindo eles! — gritou, exagerando as palavras como se ele realmente pudesse ouvi-la através do vidro. Ele lhe deu o dedo médio e mudou de faixa.

— Muito bem — disse ela. — Muito bem. — Estava exatamente atrás do caminhão. E agora? Fazê-los parar? Insistir que eles devolvessem o piano para seu apartamento? Dirigir atrás deles, com os pelos do braço de Juan balançando ao vento, as batidas vigorosas repercutindo do rádio do caminhão, era uma ideia idiota, ela percebeu. Aliviou o pé do acelerador e ficou um pouco para trás. *Eu devia voltar para casa.* Mas sua mão quebrada se recusou a virar o volante.

Katya saiu do carro e apertou os olhos contra o sol forte. Nem na Itália o sol fora tão brilhante quanto era na Califórnia. Aqui, ele refletia em tudo: nas vitrines das lojas, nos parquímetros, até nas calçadas. Ela pôs os óculos de sol que a mulher do Conselho para Judeus Soviéticos do Sul da Califórnia lhe havia dado quando foi pegá-los no aeroporto de Los Angeles, apenas quatro semanas antes. A mesma mulher, Ella, estava com eles agora, levando Katya e Mikhail de um lugar para outro, ajudando-os a se instalarem.

— Isso — disse Ella, com um sorriso. — Você parece uma verdadeira americana com eles. — Katya não gostava dos óculos; tinham uma armação pesada que cobria suas sobrancelhas e apoiava-se incomodamente em suas faces. Sua vontade era jogá-los na rua, mas não o fez, porque precisava deles. Ressentia-se com isso, e o incômodo a fazia se sentir culpada, e a culpa a fazia se sentir ainda mais deprimida do que já estava.

Mikhail era só sorrisos, feliz como uma criança no dia do aniversário, e entrou na frente deles no United Desert Bank da Califórnia, onde Ella os orientaria pelos passos necessários para abrir sua primeira conta bancária. O dinheiro que eles iam depositar, quatrocentos dólares, parecia uma quantia enorme em comparação com o que haviam tido para subsistir na Rússia e na Itália; fora dado a eles por uma sinagoga local.

— Nós não ganhamos esse dinheiro — ela sussurrara para Mikhail quando a secretária do rabino entregara a ele o envelope com as notas. — Não podemos aceitar.

Mas seu marido não estava constrangido com a caridade. Quando, depois de terem se mudado para uma casa alugada paga com um empréstimo sem juros, ela se recusara a ir a um depósito da FEMA, a agência de gestão de emergências dos Estados Unidos, pegar latas de comida amassadas que os supermercados haviam doado, ele foi. Disse que planejava devolver o dinheiro a todos assim que recebesse seu primeiro pagamento como engenheiro para uma grande firma americana. Mas, antes, precisava aprender inglês suficiente para conseguir uma entrevista; depois de um mês em Los Angeles, ele ainda sabia só umas poucas palavras.

O gerente do banco convidou-os a se sentar diante de uma mesa grande.

— *Здравствуйте. Добро пожаловать в Америку.** — disse ele. — Ele sabia o suficiente do idioma para lhes dar as boas-vindas aos Estados Unidos, porque tantos imigrantes russos tinham vindo parar em West Hollywood. Seu banco era amigável com os novos residentes apesar de seus pequenos depósitos iniciais; ele sabia que os russos eram viáveis. Os médicos, tradutores e engenheiros, e mesmo os operários, com frequência trabalhavam com mais afinco que os americanos, por se sentirem gratos por sua nova liberdade e sua segunda chance. Em casamentos e outras reuniões, seu primeiro brinde era sempre para os Estados Unidos. O gerente sabia que eles seriam clientes fiéis, em algum momento pediriam empréstimos para comprar casas e carros e abrir negócios. A hospitalidade com eles era um bom investimento.

Katya e Mikhail mostraram os passaportes e os cartões brancos emitidos pelo INS, o serviço de imigração, que provavam sua situação de refugiados. Ella os ajudou a preencher a documentação: seu novo endereço na North Genesee Avenue, o tipo de emprego procurado, as informações de seu fiador. Eles escreveram seus nomes desajeitadamente em inglês e assinaram o formulário.

Na parede atrás da mesa havia cartazes emoldurados com a marca do banco que mostravam locais famosos da Califórnia: a ponte Golden Gate, Lago Tahoe, Disneyland, Venice Beach e outros. Enquanto Mikhail

---

* Em russo: Olá. Bem-vindos à América. (N. do E.)

preenchia mais alguns papéis, Katya ficou olhando para uma imagem específica acima do ombro do gerente.

Após um momento, ele olhou para trás para ver o que tinha chamado a atenção dela.

— Gostou? — ele perguntou.

Era uma imagem estranha comparada com as demais, que pareciam todas determinadas a definir o estado como um lugar de sol, cor e felicidade perpétuos. Essa era a única em branco e preto, uma fotografia magnífica do que parecia ser um lago congelado rachando em polígonos no primeiro plano, picos pálidos de montanha ao fundo e um céu de inverno acima. Mais representativa de sua terra natal, ela pensou, parecia deslocada ao lado das outras. Como ela própria se sentia. Ela deu um meio sorriso e confirmou com a cabeça.

— É a Bacia de Badwater, o ponto mais baixo da América do Norte. Sinistro, não é?

Katya balançou a cabeça outra vez. Teria que procurar o significado dessa palavra em seu dicionário em casa.

— Como diz ali, fica no Parque Nacional do Vale da Morte. São uma quatro horas e meia, cinco horas de viagem a nordeste daqui, na divisa com Nevada. É uma paisagem um pouco desolada, mas vale uma visita se vocês tiverem a oportunidade. Temos muito para ver aqui na Califórnia. Deveriam levar seu filho à Disney. É uma verdadeira instituição americana.

Katya balançou a cabeça uma vez mais.

— Tudo certo — disse o homem, e entregou a Mikhail seu talão de cheques temporário com uma capa de plástico brilhante. — Não deixem de me procurar se houver algo mais que eu possa fazer para ajudá-los enquanto estiverem se instalando.

Ella traduziu e Mikhail sorriu largamente.

— *Отлично. Спасибо. Спасибо** — disse ele, balançando a cabeça e apertando a mão do gerente. Depois cutucou Katya, que estava de novo

---

* Em russo: Excelente. Obrigado. Obrigado. (N. do E.)

perdida na fotografia em branco e preto na parede, e ela despertou do devaneio para onde havia escorregado.

— Obrigada também — ela agradeceu.

Naquela noite, depois que o marido e o filho dormiram, Katya foi na ponta dos pés até a cozinha e acendeu a luz. Ela olhou em volta para as peças reluzentes, o balcão de azulejos brancos, a grande geladeira que podia conter mais comida do que eles comeriam em uma semana. Em Leningrado, seu apartamento tinha apenas vinte e sete metros quadrados, exatamente nove por pessoa. Apenas a cozinha era quase desse tamanho, e eles tinham ainda dois quartos, um banheiro grande, uma sala, um quintal nos fundos, tudo cheio com muito mais mobília doada do que eles precisavam. As paredes haviam sido pintadas recentemente de um branco tão brilhante quanto o futuro deles deveria ser. As grandes janelas nas paredes faziam Katya se sentir exposta, embora dessem para a cerca coberta de trepadeiras, ou para os limoeiros, ou para as roseiras. Pensou em sua mãe, sempre curvada sobre uma panela em um canto úmido, tentando transformar quase nada em uma refeição decente. Ela ficaria atordoada pela grandiosidade dessa cozinha e provavelmente insistiria em dormir em uma cama montada ao lado da mesa de café da manhã para que outros pudessem morar sob o mesmo teto. *Eu não preciso dormir no meu próprio quarto, que desperdício! Isto é mais do que suficiente para mim. Eu poderia morrer aqui, é tão bonito.* Katya pensou nisso, e nos outros *refuseniks* que esperavam aprovação para deixar a Rússia. Eles não se importavam se teriam que aprender outra língua, uma nova moeda, um novo sistema de transporte, um novo conjunto de regras. Valia a pena. E daí se tivessem que vender tudo antes de partir? Talvez eles não se importassem de nunca mais ver seus parentes ou amigos que ficaram para trás. Mas Katya se importava.

No aeroporto, ela havia soluçado até sua cabeça doer enquanto se abraçava a seu pai e sua mãe pela última vez na vida. Era um fato. Se você saía, nunca mais voltava. E seus pais, que jamais sairiam da Rússia, seriam enterrados perto de onde haviam vivido uma vida modesta. Ela nem sequer veria seus túmulos. Depois de um ano em Los Angeles, receberia seu *green card* e seria uma cidadã legalizada e não mais uma refugiada. Em mais cinco, poderia fazer um teste de inglês e se tornar cidadã americana. Mas a ideia de ser enterrada em um cemitério americano lhe doía no coração.

Por que está pensando em sua morte, Ekaterina? Está pronta para se juntar a mim? Ela vinha ouvindo essa voz dura em sua cabeça desde que partira de Leningrado. Não sabia de quem era a voz. Talvez fosse um *domovoi* que a seguia de casa para casa. Os americanos teriam espíritos do lar? Provavelmente não. Provavelmente não queriam duendes peludos mantendo a paz para eles. Ela abriu a porta do forno e espiou dentro. Nenhum *domovoi* ali. Mais provavelmente era a música perdida que a estava perseguindo. Mas não era a música que abria as nuvens e a elevava para a cor; era a ausência de música que estava sussurrando. Seu país ficava do outro lado do mundo. Seus pais estavam emudecidos pela distância. Seu piano se fora. Sem essas coisas, havia vazio demais em sua cabeça.

— Eu a receberia de braços abertos — disse ela em voz alta na cozinha azulejada, sua voz ecoando da brancura brilhante de volta para ela.

E seu filho? Ele é muito pequeno.

Ela baixou a voz.

— Grisha ficará bem. Há muitas oportunidades aqui. Ele não vai precisar de mim.

Talvez isso seja verdade. Os filhos americanos parecem encontrar sucesso. Mas e seu marido?

— Ele não é o homem com quem eu me casei. Está bravo o tempo todo, exceto na frente de outras pessoas. Para os outros, ele é alegre e gentil, mas guarda o pior de si para mim. Ele sempre diz que entende de música, mas nunca se lembra de nada sobre isso. O mesmo com o idioma. As palavras em inglês são difíceis demais para ele. Ele bebe mais agora e sua desculpa é que isso o ajuda a destravar a língua.

Será...
— Pare.
Ela abriu a geladeira, o ar frio gelando sua camisola, e olhou os legumes e verduras que nem se lembrava de ter comprado. Estava com fome, mas nada parecia apetitoso. Enquanto Mikhail lutava para aprender inglês, para ela o idioma vinha fácil. Leite. Ovos. Suco de Laranja. Alface. Maionese. Cenouras. Queijo. Ela fechou a porta, sentou-se à mesa da cozinha e baixou a cabeça sobre os braços dobrados.

Os três tinham voado de Leningrado para Viena com oito malas, vestindo tantas de suas roupas quanto possível por baixo do casaco, embora fosse meados de maio e estivesse relativamente quente. Como não tinham quase nenhum dinheiro, seus pais haviam lhes dado tanto quanto podiam e eles o usaram para comprar artigos que estavam em alta demanda na Europa: vodca russa, caviar, matriocas de qualidade, ornamentos pintados à mão, roupas de cama e mesa. Outros haviam lhes dito que vender esses produtos importados no mercado clandestino era sua única esperança de ganhar dinheiro suficiente para sobreviver à emigração.

Depois de duas semanas terríveis na Áustria, vivendo em um apartamento minúsculo e escuro com duas outras famílias, todos os quais estavam sofrendo de gastroenterite viral que arruinava o humor coletivo, bem como o banheiro que compartilhavam, eles foram transferidos de trem para uma aldeia italiana no mar Tirreno chamada Ladispoli. Tinham dois quartos de paredes úmidas com a tinta descascando em um prédio cheio de outros refugiados russos aguardando permissão para se estabelecer permanentemente nos Estados Unidos, Canadá ou Austrália. Katya se lembrava daquela primeira noite na Itália. Na varanda de seu apartamento compacto em um prédio sem elevador, ela viu a lua cheia, amarela e pesada no céu, que parecia mais perto da Terra do que deveria estar. Isso a assustou. O ar era quente e tinha cheiro de mar, e isso também a assustou. Ela devia estar adorando aquilo, mas não conseguia.

Moraram na Itália por um ano e nove meses. Venderam quase tudo que haviam trazido nas feiras de usados aos domingos de manhã em Roma, mas, quando chegou o outono, precisavam de mais dinheiro para pagar o aluguel e comprar comida.

— Me dê seus discos para vender — Mikhail lhe falou. A pequena coleção de Katya era de seus compositores russos favoritos: Tchaikovsky, Rachmaninoff, Prokofiev, Mussorgsky, Scriabin, Borodin, Taneyev, Shostakovich. Tudo que lhe restara de seu lar e de sua música, embora, claro, eles não tivessem vitrola para tocá-los.

— Não — ela lhe respondeu. — Prefiro passar fome.

— Então você vai procurar emprego. Estou cansado de você aí com essa cara de sofrimento o dia inteiro enquanto eu tenho que arcar com toda a responsabilidade.

Mikhail vinha fazendo pequenos trabalhos informais em restaurantes e construções.

— Construção de estradas — ele dissera amargamente depois de um dia fechando buracos na Strada Statale. Enquanto Katya limpava casas, uma mulher idosa em seu prédio cuidava de seu filho e lhe dizia que ela tivera sorte de encontrar trabalho, porque nem todos conseguiam. Ela se sentia uma traidora, porque tudo que queria era ir para casa.

— Misha, eu quero ir ao Vale da Morte — Katya lhe disse alguns dias depois de terem aberto a conta no banco. Ela estava cansada de perambular pela cidade com Ella, recolhendo doações e roupas de segunda mão para encher sua casa grande demais e já cheia demais.

Para sua surpresa, ele concordou. Talvez ele também estivesse cansado da cidade, embora isso fosse algo que ele não admitiria nem em sonho. Em uma manhã de sexta-feira no meio de abril, eles equiparam seu carro de terceira mão, um Cadillac DeVille bege-escuro 1972 de que Mikhail era incomumente orgulhoso, com comida, bebida e cobertores extras para seu filho e fizeram a viagem de quatro horas até Panamint Springs sem paradas. Almoçaram quando chegaram lá, encheram o tanque de gasolina, compraram um mapa do parque e pediram que o homem no balcão lhes mostrasse a rota para a Bacia de Badwater.

— Mas vocês sabem que este lugar é enorme, não é? — perguntou ele. — Tem muito mais para ver além de Badwater. A Mesquite Flat Sand Dunes, Salt Creek, Devil's Golf Course, Mosaic Canyon, Ubehebe Crater, Racetrack Playa... — Ele foi levantando um dedo diferente para cada local; então olhou para eles e fez uma pausa. — Eu acho que devia primeiro ter perguntado quanto tempo vocês pretendem ficar.

— Só hoje — respondeu Katya. — Depois vamos voltar para Los Angeles.

— Vocês deviam pensar em passar pelo menos uma noite, se puderem. Tem um lugar barato para ficar em Beatty, do outro lado do parque, com um cassino e piscina. Se conseguirem ficar, poderiam fazer assim para ver um bom número das áreas mais acessíveis. — Katya e Mikhail se entreolharam e observaram enquanto o homem circulava e numerava algumas atrações e traçava uma linha para leste por dentro do parque, contornando-o até a cidade de Beatty, depois para sudoeste de volta ao parque para mais alguns lugares e, por fim, para fora pelo lado sudeste. — Vocês podem ir para casa daqui, com uma paisagem um pouco diferente.

Eles agradeceram e, seguindo o costume de tanto tempo, fizeram como lhes havia sido dito para fazer.

Dirigiram quase em silêncio enquanto a civilização ia se tornando apenas um ponto no retrovisor e um terreno completamente diferente surgia em volta deles. Katya olhou sobre o capô de seu carro cor de terra para a estrada cor de terra que cortava pelo meio de colinas baixas cor de terra pontilhadas ocasionalmente com aglomerados de vegetação cor de terra. Começou a recear que tivessem cometido um erro; tudo parecia tão solitário e deserto, não desoladamente belo. Seria por isso que alguém lhe dera o nome de Vale da Morte?

Grisha era pequeno demais para notar a paisagem, mas, depois que estacionaram e saíram do carro, ele gritou de prazer e correu por todas as direções. Katya riu também, observando-o dar seus passos instáveis sobre areia e pedras com as perninhas rechonchudas. Até Mikhail pareceu relaxar. Ele desenhou uma série de esboços, depois agachou e estendeu os pés um de cada vez, como se estivesse executando uma dança cossaca em câmera lenta; sobre o som do vento possante, Katya ouvia os joelhos dele estalarem. Ele lhe ofereceu uma Coca-Cola, que tinha esquentado, mas ela bebeu mesmo assim, sentindo a efervescência irritar seu nariz.

— Vou tirar uma fotografia sua — disse Mikhail. Ele levantou a câmera Polaroid que Ella havia lhe emprestado ("Aproveitem!", ela lhes dissera) e a apontou para Katya. Ela estava tirando areia das mãos abertas do filho e se virou para trás quando seu marido a chamou; ele apertou o botão bem enquanto uma lufada de vento soprava o cabelo sobre o rosto dela.

— Tire outra — ela falou. — Eu não estava pronta.

Mas ele sacudiu a cabeça e fechou a câmera.

— Não podemos. É muito caro. Só uma foto em cada lugar.

Eles tinham apenas um rolo de filme instantâneo de oito fotos e tiraram cinco naquele dia antes de se registrarem no quarto mais barato do hotel. Comeram os restos de seu almoço no quarto, depois Katya deu banho em Grisha.

— Eu vou até o cassino — Mikhail lhe disse, batendo o dedo na têmpora com um sorriso astuto. — Para ganhar o custo do hotel e mais um pouco, assim vamos poder comprar um bom café da manhã e outro rolo de filme.

Mas, quando voltou aos tropeços para o quarto horas depois, cheirando a álcool, ele bateu a porta e soltou uma chuva de palavrões. Havia sido enganado, ele insistiu, em uma voz arrastada; tinham-no embebedado e se aproveitado dele, porque tiveram medo de seu talento superior no jogo. Katya pediu para ele fazer silêncio, com receio de acordar os outros hóspedes, e o ajudou a se deitar. Não houve nenhum café da manhã no dia seguinte.

De volta a Los Angeles, Katya manteve o hábito de se sentar sozinha na cozinha depois que sua família adormecia. Bebia de acordo com seu humor: chá se estivesse melancólica; café se estivesse ansiosa, embora isso às vezes a deixasse acordada por horas; vodca se os sussurros do *domovoi* ou a música perdida fossem insistentes demais em seus ouvidos. Nessa noite, uma noite no início de maio, com grilos trinando do lado de fora da janela, Katya se serviu de meio copo de vodca da garrafa escondida de Mikhail.

Espalhou sobre a mesa as oito fotografias da viagem e estudou cada uma delas por vários minutos. A embalagem dizia que o filme produzia "supercores", mas todas as imagens pareciam tão opacas e marrons quanto a pintura desbotada de seu carro, Katya sempre de pé sozinha ou com seu filho na frente de picos escarpados, leitos de lago secos ou areia impassível. Sem árvores, sem flores, sem outras pessoas: apenas paisagens vazias que sugeriam um mundo sobrenatural frio e despovoado. Nem ela parecia ela mesma. Mikhail havia conseguido pegá-la apenas quando estava meio virada, ou com os olhos fechados, ou inclinada sobre o filho. Havia apenas uma em que o rosto dela era nítido. Ela estava de pé sobre a superfície seca e coberta de sal da Bacia de Badwater, o lugar que parecera um lago congelado quando ela o vira na parede do gerente do banco. Olhava para os penhascos acima, Coffin Peak era o nome de um deles, ela se lembrava, com algo semelhante a nostalgia. Atrás dela, o cenário de fato parecia congelado. Era assim que ela se sentia por dentro: morta. Como, na verdade, em todas as fotos. Até o gerente do banco chamara esse lugar de desolado, uma palavra que ela não conhecia, mas, de certa forma, entendia.

Não há música ali, veio o sussurro em seus ouvidos.

A voz estava certa. Aquelas paisagens de calor pareciam congeladas porque estavam presas em tempo e silêncio. Assim como ela.

Talvez não fosse exatamente que ela não parecesse ela mesma naquelas fotografias. Em vez disso, talvez fosse como ela de fato parecia.

Na estrada, o trânsito no sentido leste era pesado o bastante para Clara conseguir acompanhar o caminhão sem dar muito na vista. Ela decidira segui-los por um tempo, já que não tinha mesmo nada melhor para fazer e as montanhas estavam se iluminando em um lindo brilho vermelho conforme o sol se punha atrás dela. Abriu sua janela, depois a do lado do passageiro também, para eliminar a incômoda turbulência de baixa frequência quando ela atingia uma certa velocidade. Daria meia-volta logo, mas ainda não.

Quando Clara era pequena, sua mãe nunca andava de carro com as janelas abertas; ela não gostava do vento tirando seu cabelo do lugar, dos fios soltos grudando no batom cor de malva. Mas o tio Jack sempre abria as janelas. Como passatempo, ele consertava velhas caminhonetes Chevrolet da década de 1950, nenhuma das quais tinha ar-condicionado e, quando Clara foi morar com eles, seu tio com frequência a levava em longos passeios durante aquele intervalo solitário entre o jantar e a hora de dormir. Eles saíam de Bakersfield na direção das Sierras, passando pelos campos de petróleo, as falésias sobre o rio Kern, a faculdade. Ocasionalmente, iam até o grande parque do condado, onde podiam sair do carro e caminhar, quase sempre em silêncio, procurando os pavões que gostavam de andar por ali. Ou iam para o norte até os contrafortes de Sierra Nevada, ou para o sul até as videiras nativas, ou para oeste entre pomares de frutas cítricas e campos de amêndoas e pistaches. Ele não tentava compensar as partes perdidas e vazias da vida dela; apenas passeava de caminhonete com ela em uma velocidade sossegada, com as janelas abertas, deixando o vento falar por eles.

Esse era o ritmo confortável em que ela entrara agora, seguindo secretamente o caminhão. Os campos cultivados e vinhedos passavam como fotografias em movimento, depois se abriam em áreas de pastos e colinas baixas cobertas de grama. A meia hora de Bakersfield, eles se aproximaram do parque eólico de Tehachapi Pass; à sua direita, as gigantescas turbinas brancas faziam suas rotações lentas e sincronizadas. Ela imaginou os mecanismos internos, a energia criada pelas pás girando o eixo de transmissão, a caixa multiplicadora aumentando sua velocidade para energizar o gerador, que, então, convertia energia cinética em corrente elétrica, que fluía por um cabo por dentro da torre da turbina. Observar as máquinas a relaxava; ela adorava a simplicidade complicada das partes móveis, os elementos estáticos que podiam produzir megawatts a partir do ar.

Seu celular tocou, despertando-a do devaneio.

— Oi — disse Peter quando ela atendeu. — Está com fome?

Clara pensou um pouco. Eram quase sete horas e ela não tinha comido nada desde o almoço.

— É, na verdade estou — respondeu. — Mas não estou por perto. Estou... na estrada. Tive que ir para um lugar.

— Ah — disse ele. — E aí, os caras pegaram o piano?

— Pegaram.

— E você está legal?

— Não muito. — Ela acelerou só um pouquinho, novamente sentindo a necessidade de ficar perto do Blüthner. Fixou o olhar no caminhão e deixou que ele a puxasse. Queria ter oito anos outra vez, ou seis, ou dois. Queria estar no carro com a mãe e o pai, no tempo em que ainda eram uma família que ia viver feliz para sempre, todos eles. Queria deitar no banco de trás e adormecer, embalada pelo murmúrio de suas vozes. Ela abafou a vontade de chorar com uma fungada.

— Clara, fale comigo.

— Eu estou bem. Só quero ter certeza que eles vão chegar lá em segurança.

— *Lá* onde?

— Las Vegas, acho. E depois eles vão para o Vale da Morte, embora eu não saiba exatamente onde. — De repente ela entendeu por que ainda não tinha dado meia-volta. — Eu sei que é estranho, mas eu quero conhecer o Greg.

— Porra, Clara. Você foi junto com eles? O que está acontecendo? Por que você quer conhecer esse homem? — Ele fez uma pausa. — Você tem conversado com ele?

— Eu não vim *junto* com eles. Estou atrás deles, no meu carro. E não, eu não tenho conversado com o Greg. Não tem nada a ver com ele, tem a ver com o piano.

O suspiro de Peter soou como um vento suave em seu ouvido.

— Desculpe, eu sei que isso não é da minha conta, mas não parece certo, você sair desse jeito, indo nem sabe aonde para encontrar um estranho. Em que lugar você vai se encontrar com ele?

— Eu não sei. Ninguém sabe que eu estou seguindo o caminhão. Foi um impulso repentino...

— Que porra, Clara. Estou indo aí agora.

— Pare com isso. Eu sei cuidar de mim.

— Vai ser meia-noite quando você chegar lá. Nada de bom acontece à meia-noite em Las Vegas.

— Bom, o que acontece em Vegas fica em Vegas, certo? — Ela tentou rir, mas soou forçado. — Escute, não vou fazer nenhuma besteira. Só preciso fazer isso.

Ele ficou em silêncio por um instante.

— Você pode fazer uma coisa por mim? Pode me ligar quando chegar lá para eu saber que você está bem?

Ela quase podia vê-lo segurando o telefone junto ao rosto com a barba por fazer, curvado para a frente como fazia quando estava trabalhando, como se pudesse isolar e solucionar o problema fechando-o dentro de seu espaço físico. Ela sorriu.

— Eu ligo. Prometo.

— E, se você ficar cansada, deixe o vento entrar. Apareceu um cliente aqui esta semana que dormiu ao volante e se enfiou em um poste telefônico. Por sorte não estava em alta velocidade. Então fique com os vidros abertos.

— Eu vou fazer isso.

— Eu sei — disse ele.

Quando eles desligaram, o que restava do brilho do sol já havia quase desaparecido. Ela pôs um CD que havia sido o favorito de seu tio, que ele chamava de sua coletânea para dirigir, embora eles raramente tocassem alguma coisa em seus passeios juntos: James Taylor, Cat Stevens, Neil Young, Bob Dylan. Ela pulou para a frente até achar a música de que mais gostava, "Homeward Bound", de Simon e Garfunkel, e a ouviu enquanto a noite a envolvia. A temperatura caiu rapidamente na base das montanhas, mas ela manteve as janelas abertas mesmo assim, o cabelo voando no rosto, grudando em seus lábios. As luzes vermelhas do caminhão de mudança avançavam ininterruptamente.

Ela começou a se sentir sonolenta e sua mente divagou para sua casa de infância, como às vezes fazia. Era apenas nesses momentos que conseguia ter um vislumbre do rosto de seus pais.

As imagens deles haviam começado a se dissipar da memória de Clara quase imediatamente. Quanto mais ela tentava invocá-las, mais imprecisas elas se tornavam. Em questão de dias, ela não conseguia mais visualizar a forma da marca de nascença de seu pai. Não conseguia mais lembrar de que lado do rosto sua mãe tinha uma covinha, ou se seus olhos eram verde-acastanhados ou castanho-esverdeados, ou quando tinha sido a última vez que ela a abraçara. Tinha lhe dado um abraço de despedida antes de ela sair para a casa de sua amiga Tabitha aquela noite, não tinha? Sentia o cheiro de cigarro, ouvia a música, mas seria Chopin? Ou talvez um dos russos? Os rostos deles, porém, estavam lentamente desaparecendo, derretendo como deve ter acontecido no incêndio.

Alguns anos depois que eles morreram, ela fez algumas pesquisas. Quando as chamas lambem um corpo, as camadas externas da pele começam a fritar e descascar. Depois de alguns minutos, as camadas mais profundas e mais espessas da pele se encolhem e rompem, deixando vazar a gordura corporal amarela que está contida abaixo, o que alimenta ainda mais o fogo. Então os músculos ressecam e encolhem e, por fim, os ossos, que levam mais tempo para queimar, até que tudo que fica é um esqueleto carbonizado, irreconhecível a não ser por dentistas e médicos com radiografias e outros registros médicos.

Clara tinha apenas uma foto para recordar, já que os álbuns de família haviam queimado com eles. Sua mãe a havia enviado para Ila muitos anos antes. Alguém a tirara na praia perto da casa deles em uma tarde de fim de verão; as sombras na imagem eram longas, a luz baixa e avermelhada sobre os corpos. Sua mãe usava um maiô azul e chapéu, com as pontas retas do cabelo loiro avermelhado aparecendo sob a aba. Ela estava olhando direto para a câmera, o peso sobre uma das pernas. Escondia um cigarro nas costas, mas não muito bem; a fumaça subia em espirais acima do ombro como se estivesse sussurrando em seu ouvido. Ela sorria sem mostrar os dentes. Seu pai estava de calção de banho, a barriga ainda não protuberante. O chapéu bucket sombreava sua testa e, como ambos usavam óculos de sol, pareciam estar disfarçados. Poderiam ter sido um par anônimo de pais de trinta e poucos anos, estranhos escolhidos na calçada para posar, exceto que Clara era visivelmente ela mesma na foto, uma criança pequena sentada na areia entre eles, os olhos fechados contra o sol.

Ressentia-se com a fotografia por parecer estar cruelmente escondendo os rostos que ela mais queria ver.

Ela se culpava, claro. Se os tivesse amado mais, seria capaz de lembrar cada detalhe de seus rostos vivos. Se os tivesse amado com mais força, talvez eles não tivessem morrido.

Dirigiram por mais duas horas até que o caminhão parou em um posto de gasolina. Agora que eles provavelmente a perceberiam e iriam querer saber por que ela os seguira por três horas até o meio do nada no leste da Califórnia, Clara estava constrangida. Querer conhecer Greg parecia uma explicação inadequada dadas as circunstâncias, então ela tentou se esconder parando o carro junto a uma bomba um pouco mais longe e ficando em uma posição em que eles não poderiam vê-la enquanto ela enchia o tanque.

Os dois homens ficaram ao lado do caminhão enquanto Beto punha a gasolina, esticando as pernas e fazendo piadas que ela não conseguia ouvir. Não importava, desde que não notassem ela nem seu Corolla branco. Eles pararam de rir e, no silêncio tranquilo que se seguiu, o olhar de Juan viajou pelas bombas e o prédio do escritório e pousou, brevemente, nela. Ela se virou de costas. Um ou dois minutos depois, ouviu as portas batendo e o caminhão recomeçando a andar. Encaixou o bocal da bomba de gasolina no suporte e entrou no carro, com as montanhas escuras e as luzes iminentes de Las Vegas à frente.

No entanto, após quarenta e cinco minutos, logo a leste da divisa Califórnia-Nevada, o caminhão saiu da rodovia e entrou em uma cidadezinha cheia de lojas de ponta de estoque e cassinos decadentes. Clara os seguiu pela rua principal praticamente abandonada em direção ao letreiro em neon caricaturesco do Hotel e Cassino Lucky's Golden Strike, o tipo de lugar que ela imaginava que pudesse atrair mais insetos que clientes. Para um sábado à noite, não parecia muito movimentado. Mas talvez isso fosse de esperar em um hotel deteriorado no meio do nada. Havia alguns caminhões no grande estacionamento e um manobrista de meia-idade estava largado em uma cadeira ao lado de um quadro com algumas chaves penduradas. Clara estacionou atrás de um desses caminhões e observou Beto ir até o fim de uma fileira vazia e fazer uma curva larga e cuidadosa para vir parar em uma vaga perto da entrada. Juan saiu, fez alguns agachamentos, alongou os ombros para trás e moveu a cabeça de um lado para o outro. Depois deu a volta e abriu a traseira do caminhão. Ele fez pressão contra o piano, balançando-o gentilmente como para checar a integridade das amarras. Aparentemente satisfeito, ele pegou as duas mochilas e jogou uma para Beto. Suas vozes soaram pelo ar claro e frio, mas ela só conseguiu entender algumas palavras soltas: *cansado* e *tomar algo* e *en la mañana*. Juan trancou o caminhão e eles entraram no hotel, passando pelo manobrista, com quem trocaram cumprimentos com o queixo sem parar, um gesto que sugeria algum tipo de reconhecimento mútuo, não como indivíduos, mas como membros de uma ordem social que frequentava cassinos decadentes na divisa de estados no meio da noite.

Clara desligou o motor e os faróis e fechou as janelas quase até em cima. Estava com fome e cansada e teria adorado se esticar em uma cama, mesmo que fosse em um quarto alugado por apenas 29 dólares, mas, se os motoristas não iam tomar conta do piano durante a noite, ela ia. Pensou em Peter e em como ele ficaria preocupado se soubesse o que ela estava fazendo. Em como acharia seu comportamento ridículo. Por que vigiar um piano trancado no estacionamento de um cassino? Essa era uma desvantagem da lealdade: a lógica nem sempre interrompia sua manifestação.

Relutante, ela digitou o número de Peter e ficou aliviada quando caiu na caixa postal.

— Estou em um hotel — disse ela. — Vou desabar de sono, então não precisa ligar de volta. Só queria avisar que estou bem. Ok? — Ela odiava deixar mensagens de voz. Sempre se sentia sozinha falando assim com o vazio.

III

Katya tirou as fotografias da gaveta, espalhou-as sobre a cama e passou o dedo pelas bordas brancas que começavam a desgastar. Nos cinco anos desde que viera para Los Angeles, ela olhava as fotos sempre que seu coração parecia estar partindo, sempre que o sol festivo e cegante era demais para ela suportar. Achava que se sentisse o pior talvez, de alguma forma, isso a fizesse se sentir melhor.

Katya tentava ser feliz. Ella os havia apresentado para a grande comunidade de imigrantes russos, ajudando-os a estabelecer relações com pessoas trabalhadoras e solidárias que estavam sempre ansiosas para compartilhar refeições e informações. Convidava-os para ir à sinagoga, embora eles não fossem religiosos. Ajudou Katya a matricular Grisha na pré-escola, onde ele aprendeu inglês e fez amigos. Também a levou ao Exército da Salvação para comprar um piano Yamaha vertical usado com um belo acabamento de nogueira. Depois de entregue e afinado, ele soava correto, mas nada especial. Para Katya, tinha um timbre oco, sem o calor essencial a que ela estava acostumada, e a música que tocava nele mal a emocionava. Com recomendações de Ella, conseguiu alguns alunos. Mas nenhum deles, nem mesmo os russos, tinha paixão pelo piano. A Califórnia era muito ensolarada. Ninguém queria ficar dentro de casa e praticar. Na Rússia, os invernos eram longos e as pessoas se voltavam para a música em busca de luz e calor. A música, se adequadamente tocada, podia derreter a tundra. Mas quem precisava de um piano se havia praias por todo lado?

Para piorar a situação, seu marido estava agora ainda mais infeliz do que ela. Ele não conseguira aprender a língua e, portanto, não tinha perspectivas em sua área de trabalho. Em vez de se tornar um engenheiro de destaque, supervisionando a construção de belas estradas americanas, era forçado a andar por elas atrás do volante de um táxi amarelo. Enquanto seus ex-camaradas prosperavam, ganhando dinheiro e estabelecendo novas raízes, Mikhail se retirava da sociedade. O constrangimento por sua falta de sucesso o levava a não buscar a companhia de outros russos e ele vivia em paranoia de que seus vizinhos americanos o rejeitariam se soubessem que ele era um fracasso. Quando estava em casa, ele mantinha as janelas fechadas para que não pudessem espioná-lo e proibia Katya de tocar qualquer música russa, com receio de que alguém a ouvisse e achasse que eles eram comunistas. Embora estivesse tão infeliz em Los Angeles, ele sabia que morreria de vergonha se, por alguma razão, o mandassem de volta para a União Soviética. Ironicamente, voltar era o que ela queria mais do que tudo. A passagem do tempo não diminuía em nada a saudade de seu país natal e de seus pais. Ela ainda se sentia como se parte de seu coração tivesse sido decepada e ainda não podia perdoar seu marido por ter feito o corte.

Grisha entrou no quarto de Katya e se sentou ao lado dela.

— Me conta a história? — ele pediu.

Estava com oito anos, a mesma idade dela quando o velho alemão lhe dera o Blüthner, tantos anos atrás.

— *Chi-chi-chi* — Katya lhe disse, ainda olhando para as fotos. — Você já conhece essa fábula tão bem. Não precisa que eu conte.

— Mas eu quero ouvir de novo — disse ele, deitando-se de costas e aproximando a cabeça do colo dela.

Ela suspirou e procurou entre as fotografias a que tinha sido tirada na parte do Vale da Morte conhecida como Racetrack Playa. Tinha sido um trajeto longo e difícil para chegar lá; as estradas eram ruins e seus dentes batiam mesmo contra a vontade. Quase no fim, seu filho começou a chorar, implorando para eles pararem o carro, primeiro em inglês, depois em russo. Mas Mikhail só segurou no volante com mais força.

— Agora já viemos até aqui — disse ele.

No primeiro plano da fotografia havia uma grande pedra quase quadrada. Atrás dela via-se um longo rastro pelo solo de barro seco, que havia se rachado em formas poligonais que se estendiam até o horizonte. Como Mikhail pressionara o botão da câmera cedo demais, Katya aparecia caminhando em direção à pedra, mas ligeiramente fora do enquadramento. Haviam lhes dito que essas pedras eram chamadas de "rochas deslizantes" porque se moviam por Racetrack Playa sem intervenção humana ou animal, deixando rastros na superfície de argila fina do leito seco do lago.

A pedra lembrou Katya de seu Blüthner, brilhante, preta e solitária. Como se ele estivesse deslizando para longe enquanto ela o perseguia. Perguntava-se onde seu piano estaria naquele momento, se estava em um caminhão cheio de drogas, ou empurrado contra a parede de algum bar, ou queimado como lenha e perdido para sempre.

— Esta grande pedra parece um piano, não é? — ela disse ao filho. Repetia a mesma coisa todas as vezes. — E o deserto, ele parece tão solitário, porque não há ninguém para tocá-lo. Solitário e congelado, por mais quente que esteja a temperatura. — Então ela suspirou e começou.

— *Era uma vez uma menina chamada Sasha que morava com sua família bem no norte da Rússia, onde estavam os pastores de renas. Era sempre muito, muito frio em sua pequena aldeia. Havia neve e gelo por toda parte, e sempre nevascas durante os meses impiedosos de inverno. Os aldeões não eram felizes. Eles não tinham música ou dança e só o que podiam fazer era contar histórias uns aos outros para manter as mãos frias da Morte fora de seu pescoço por mais uma noite.*

Então, um dia, passou por ali um estrangeiro puxando seus pertences em um trenó. Um homem maluco, um cigano. Ele estava tentando atraves-

sar o mundo, mas se perdera e acabara na aldeia de Sasha. Os aldeões não confiavam em estrangeiros; por isso, quando o homem percorreu o lugar pedindo comida e abrigo, ninguém quis ajudá-lo. Como todos o rejeitaram, ele baixou o queixo sobre o peito e retomou sua viagem tortuosa, puxando o pesado trenó atrás de si. Sasha o viu e seu coração ficou apertado. Ela correu ao cesto onde restava apenas uma crosta de pão para sua família e colocou-a em um pano com um pouco de carne seca de rena. Pegou um recipiente onde havia só mais um gole de vinho e correu pela neve, seguindo os rastros deixados pelo trenó do estrangeiro. Quando ela lhe deu esse presente, ele caiu de joelhos, segurou as mãos dela entre as suas e lhe implorou que aceitasse uma demonstração de gratidão por sua bondade. Caminharam de volta para a casinha de Sasha e, lá, ele descarregou algo que nenhum dos aldeões jamais havia visto: um piano. Disse a ela que o vinha carregando consigo por milhares de quilômetros. Fora dado a ele por um príncipe e, embora tão pesado, era especial demais para ser abandonado no bosque ou na neve para as intempéries o destruírem. Mas você, disse ele, é merecedora desta caixa de música, e ele lhe mostrou como pressionar as teclas de marfim para produzir sons.

Sasha ficou encantada e passava dia após dia tentando entender o piano. Ela pressionava uma tecla por vez, aprendendo as notas, depois acrescentava mais outra, descobrindo padrões. Ouvia atentamente os sons na natureza, o vento assobiando sobre o gelo e os grunhidos e zurros das renas e o farfalhar do fogo. E aprendeu como imitá-los com notas vindas do piano. Logo estava combinando essas notas em melodias, acrescentando camadas de harmonia e mudando o andamento para transformar os sons solitários de assobios, zurros e farfalhos em algo diferente, algo como uma imagem da primavera quando o gelo derrete e as cores explodem onde antes tudo era cinza. Sasha ficava muito feliz produzindo esses sons, e sua família ficava feliz ouvindo-os.

Então eles notaram que o gelo e a neve em volta de sua casa estavam derretendo e, em pequenos trechos, surgiam coisas verdes para as quais eles não tinham nomes. Depois o próprio sol afastou algumas nuvens e lhes mostrou a sua face. Logo os outros aldeões também perceberam e não tardou para que se juntassem em torno do piano, ouvindo enquanto Sasha tocava sua estranha música, que penetrava na pele deles como um arrepio, só que era quente e estimulante e os fazia querer ficar na ponta dos pés e girar e rodopiar! Sasha tocava composições alegres e maravilhosas e os aldeões dançavam e os espaços de verde no solo se expandiam e pequenos animais vinham mordiscar ali e descansar. Em poucas semanas, a aldeia havia mudado completamente. Tornou-se um lugar de encantamento e música e felicidade, um refúgio aquecido longe do toque gelado da Morte, e isso prosseguiu por muitos anos.

A música flutuava em brisas mornas sobre as terras em volta e até os mares ao norte, espalhando esperança e alegria. Outros estrangeiros vieram visitar, tendo ouvido estranhas histórias de comerciantes e caçadores, ou mesmo a própria música, e às vezes decidiam ficar. Um desses visitantes foi um homem que escondia seu coração ganancioso por trás de um rosto bonito. Era extremamente charmoso e lisonjeava Sasha escutando-a com muita atenção enquanto ela tocava e fazendo-lhe muitos elogios sobre a beleza de sua música. Quando, depois de algumas semanas, ele lhe propôs casamento, ela aceitou.

Eles viveram felizes juntos por um tempo e, a princípio, Sasha não percebeu que um certo ar sombrio passava pelo rosto de seu marido sempre que aldeões vinham se sentar ou dançar em volta do piano. Ele, então, decidiu que as pessoas deveriam pagar para desfrutar da música de sua esposa. Por que ela a daria a troco de nada? Eles eram pobres. Por que não lucrar com a arte dela? Mas Sasha discordou. O piano fora um presente para ela, e havia sido um presente antes disso. Devia ser compartilhado, como o calor do sol que brilhava sobre a aldeia quando ela tocava. Além disso, todos os aldeões eram pobres também e não tinham como pagar.

Um dia veio um novo estrangeiro que também se encantou com a música de Sasha. Comerciante rico de passagem, ele compartilhava a visão mercenária de seu marido sobre a magia do piano, só que a queria toda para si, achando que assim poderia ficar ainda mais rico. Ofereceu mais dinheiro pelo instrumento do que Sasha ou seu marido jamais poderiam sonhar, mas ela recusou. Sasha não podia se imaginar separada de seu piano, nem da alegria que ele trazia a ela e a todos os aldeões. Porém, no dia seguinte, quando ela estava visitando seus pais, seu marido aceitou a oferta do estranho e, juntos, moveram o piano para a barraca que ele havia montado durante sua estada. Quando Sasha voltou e não encontrou o piano, ficou arrasada. Mesmo vendo-a cair ao chão em prantos, seu marido não se comoveu. "Com esse dinheiro, podemos construir uma casa maior e comprar tudo que quisermos", ele lhe disse. Mas Sasha não queria uma casa maior, nem queria comprar coisas.

Enquanto ela chorava, um vento incomum soprou pela aldeia. O sol, cuja face brilhara por tanto tempo, recuou para trás de uma cortina espessa de nuvens e a temperatura começou a cair. De repente, os aldeões, a essa altura acostumados ao clima mais quente, tremiam sem seus casacos e botas. O marido não se preocupou; ele estava ocupado contando o dinheiro.

Na porta, soaram batidas furiosas. O comerciante rico que havia comprado o piano estava ali com o rosto vermelho de raiva e os punhos fechados. O piano estava quebrado, ele disse. Ele não conseguia fazer música como Sasha fazia, não conseguia fazer as flores desabrocharem ou o solo ficar verde, e exigia seu dinheiro de volta. O marido se levantou e o encarou, e ele era muito maior que o estranho. Dessa vez não fez nenhuma tentativa de esconder sua ganância por trás de um rosto charmoso. Avançou sobre o comerciante ameaçando matá-lo se ele não fosse embora.

O homem correu para salvar a vida e levou a raiva consigo. Se não podia fazer música e não podia ter seu dinheiro, queimaria o piano. Ele o quebrou em pedaços e colocou gravetos sob a pilha de madeira para inflamar o fogo. Sentou-se ao lado enquanto o piano queimava para se esquentar, porque, sem a música de Sasha, o rigor do inverno havia rapidamente retornado. Os aldeões se aconchegavam, mas não conseguiam impedir o frio de penetrar *em seus ossos. A neve caía, o gelo se formava, e os aldeões morriam de frio em suas camas. O marido ganancioso morreu segurando seu dinheiro e o comerciante cruel morreu quando a última brasa do piano se resfriou em cinzas. Logo não havia nada ali além de uma terra árida e estéril, vazia de animais e aldeões. Era tão frio que até as renas e seus pastores passaram a ficar bem mais para o sul.*

Quanto a Sasha, ela congelou dentro de um caixão de gelo criado por suas próprias lágrimas, mas não estava morta. Diziam que ela ainda estava lá, esperando que uma alma bondosa trouxesse um piano para o frio tristonho, para degelar seu coração e dedos, para que que ela pudesse derreter a neve com música e trazer a aldeia de volta à vida.

Apesar de sua vigília no estacionamento, em algum momento Clara adormeceu. De repente houve um barulho, uma batida suficientemente alta para acordá-la. Ela levou um momento para se lembrar de onde estava, e por quê. Ajeitou-se e espiou através da fina camada de orvalho que embaçara o vidro do carro. O sol começava a avermelhar o horizonte e ela estava com frio. Bocejou e se sentou lentamente, massageando o formigamento que começara no cotovelo esquerdo e viajava em uma corrente de agulhadas para dentro de seu gesso.

Bang! Bang! Bang!

Ela deu um pulo no banco e olhou pela janela, onde um homem vestido de preto estava com os punhos levantados. Ela gritou e se afastou mais depressa do que teria imaginado possível, pressionando as costas contra a porta do passageiro e levantando os joelhos, pronta para chutar. Procurou a maçaneta atrás de si com a mão boa, mas seus movimentos se atrapalharam com o sono e a adrenalina.

— Ei, calma! — O homem gritou. — Está tudo bem. Você é a Clara?

Tateando atrás das costas, ela finalmente encontrou a maçaneta e quase desabou para fora no asfalto frio. Lembrou-se de algo que havia aprendido nas aulas de defesa pessoal que seu tio a fizera frequentar aos dezesseis anos: *Ponha algo entre você e o possível agressor: distância, um obstáculo grande, qualquer coisa que dificulte para ele alcançá-la.*

— Clara, é o Greg. Sou Greg Zeldin. — Ele levantou os punhos e Clara, piscando em sua confusão, agora viu que ele estava segurando dois copos de papel com vapor saindo de dentro. Café. Ele os ergueu ainda mais alto, um pequeno gesto de bandeira branca. — Sou a pessoa que comprou seu piano.

Ela reconheceu a mesma voz da conversa ao telefone. Clara respirou, mas teve o cuidado de não baixar a guarda totalmente.

— Alugou, você quer dizer.

Ele exalou pelo nariz com um pequeno bufo e o ar de suas narinas se transformou em vapor.

— Certo — disse ele. — Aluguei.

— O que você está fazendo aqui? — ela perguntou.

Ele deu a volta pela frente do carro. Instintivamente, ela recuou um passo, mas ele a alcançou, sem se abalar, e lhe entregou um copo.

— Eu é que deveria estar fazendo essa pergunta a você. — Ele pôs a mão no bolso da calça e tirou dois envelopes de creme, dois de açúcar e um palitinho vermelho de plástico. — Eu não sabia como você gosta.

— Com creme — ela respondeu, e tentou pegar os envelopes com os dedos inchados de sua mão quebrada. Eles caíram no chão e um explodiu, enchendo de meleca branca seus tênis e a barra do jeans. — Ah, que droga — ela resmungou.

— Espere. — Ele pegou o café da mão dela e o colocou sobre o capô do carro. Depois abriu o envelope de creme que continuava intacto e o despejou no copo. — Você quer mais um? — Ele tirou mais um do bolso e o mostrou a ela com a serenidade autoconfiante de um mágico puxando um coelho de dentro da cartola. Ela aceitou distraída, pensando, enquanto ele mexia o café, no que mais ele poderia extrair dos bolsos de sua roupa toda preta: camiseta, casaco, jeans, sapatos. Ele parecia bem capaz de certas bruxarias. Podia imaginá-lo como um artista em um circo. *O Grande Zeldin*. Tudo que faltava era uma cartola e uma capa.

Ele era bonito, ainda que de uma forma não convencional: pele muito clara que avançava pela testa até a linha bastante recuada do cabelo curto, sobrancelhas grossas que não se moviam quando ele falava, lábios quase femininos. O cavanhaque cuidadosamente aparado mostrava uma erupção de fios brancos em um pequeno ponto do queixo. O olhar claro era marcante, como o de um lobo. No entanto, em vez de se sentir ameaçada, ela se viu magnetizada. Talvez ele fosse mais fascinante do que atraente.

— Você está se perguntando como eu sabia que era você — ele disse, seus olhos penetrantes nos dela enquanto lhe entregava o café com creme.

Ela se perguntava exatamente isso, mas não gostou daquele tom didático.

— Imagino que seus assistentes tenham me visto no posto de gasolina. — Ela apertou os olhos através vapor do café e tomou um gole, esforçando-se para não desviar o olhar, como se aquele fosse um desafio que ela, de alguma maneira, não podia se dar ao luxo de perder.

— É, parece que sim, mas eles não juntaram os pontos até saírem esta manhã para conferir o caminhão e virem seu carro aqui e você dormindo dentro.

Clara olhou em volta e notou que todos os caminhões tinham ido embora. Seu carro estava exposto e sozinho no meio do estacionamento.

— É... — disse ela, e não conseguiu pensar em mais nada para acrescentar. Sentindo-se exposta também, ela pegou dentro do carro o suéter embolado que havia encontrado no banco de trás e usado como travesseiro. A temperatura havia caído durante a noite e ela estava com frio.

— Eu mesmo cheguei tarde — disse Greg. — Fui de avião para Las Vegas e aluguei um carro. Que lugarzinho horrível aquele. Toda vez que chego lá sinto como se minha alma se corroesse um pouco. Fora que não há nenhum sentido em jogar nos grandes cassinos. Eles tratam você como um rei... é, talvez mais como um nobre de baixa linhagem... e uma garçonete desanimada que provavelmente teve uma infância terrível lhe traz rodadas e rodadas de bebida enquanto você gasta seu dinheiro, blackjack, caça-níqueis, o que for, e, se você começa a se dar bem, eles não gostam muito disso. Os funcionários da casa, com seus ternos baratos, começam a circular, observando. A casa sempre tem que ganhar no fim. Você já ouviu aquela frase, "A casa sempre ganha"? Mas em lugares como este aqui — ele indicou com o polegar a casa de jogos deteriorada às suas costas — eles não se importam tanto, pelo menos por um tempo. Um pouco de ação entusiasma os indigentes. — Ele interrompeu seu solilóquio para tomar um gole de café, observando-a enquanto isso, como se esperasse uma resposta.

— Eu não jogo? — disse ela, elevando a voz no fim em uma pergunta, como se ela mesma não estivesse muito segura disso. Imediatamente, quis reafirmar com mais decisão, *Eu não jogo*, mas chamar atenção para isso só faria piorar ainda mais.

— Diz a moça que seguiu um caminhão de mudança para o meio do nada. — Quando ele sorriu, ela enrubesceu.

Atrás dele, o amanhecer subia lentamente sobre os cumes serrilhados da Clark Mountain, embora nada além disso indicasse que era manhã. Os jogadores ainda deviam estar todos dormindo, Clara imaginou. Sentia-se esquisita parada em um estacionamento quase vazio ao alvorecer, bebendo café trazido por um estranho. Mas isso também dava ao dia uma vaga sensação de potencial.

— Por que você está aqui, então? No meio do nada — disse ela, acrescentando — com o meu piano.

— Eu já lhe disse. Vou fotografá-lo.

— Onde?

— Vários lugares.

— Como em cassinos?

— Não. Ao ar livre.

— Em lugares abertos?

— Sim.

— Mas e as condições climáticas? E o pó? — Sua voz subiu de tom e ela girou o braço, mostrando o terreno. Pensou no gesto que Juan havia feito com as mãos na véspera, a sugestão de perigo que havia nele.

— Eu lhe disse para não se preocupar. Eu vou tomar cuidado. Confie em mim.

Ela tomou um gole do café, que estava quente, mas com gosto de velho, e despejou o resto no chão.

— Eu não entendo por que você está fazendo isso — ela falou.

Os olhos de Greg se apertaram levemente enquanto ele a fitava. Ele não teve pressa para responder.

— Eu imaginaria que cinco mil dólares seriam resposta suficiente para qualquer pergunta que você pudesse ter sobre meus planos para a próxima semana ou pouco mais. Ou será que cuidar da sua própria vida tem um custo extra?

Por mais que ela achasse o plano dele interessante, ou que sua voz ao telefone tivesse sido um conforto na escuridão, ele, de repente, era um adversário.

Enquanto crescia como aprendiz na oficina de seu tio, ela aprendera praticamente todos os aspectos de manutenção e conserto de carros. Sabia consertar qualquer coisa. Mas o que fazia dela uma boa mecânica, o que mantinha os clientes fiéis, era o que seu tio lhe ensinara sobre como tratá-los.

— Você tem que se pôr no lugar deles — ele lhe dizia. — Seu carro falhou ou quebrou, totalmente do nada. Agora eles estão atrasados para o trabalho, todo o seu dia se desorganizou, eles estão pensando em quanto dinheiro isso vai lhes custar. Eles estão irritados. Não com você, mas vão descarregar em você. Você não pode tomar isso como algo pessoal. Contraia a barriga como se estivesse recebendo um soco. Depois respire fundo, calma e gentil, sem nenhuma atitude agressiva, e explique em termos leigos o que aconteceu com o carro, quanto tempo vai levar para consertar, quando vai custar. Demonstre alguma empatia, mostre onde fica a máquina de café, mas nunca tente dizer a eles por que estão errados por estar bravos ou agressivos. Isso se chama "desaquecimento".

— Você tem razão — ela disse para Greg. — É a sua vida. Mas tem a ver com a minha também. Eu não estou lhe perguntando o que você vai comer no jantar ou a que horas você vai acordar de manhã. Só estou perguntando sobre o meu piano. — E então ela se forçou a sorrir e continuou a olhar para ele com o que esperava ser uma expressão agradável e "desaquecedora", até ele suspirar e se encostar no carro dela.

— Desculpe, eu não devia ter sido tão insensível. Obviamente você não estaria aqui se não estivesse preocupada, mas eu lhe garanto — ele estendeu a mão e tocou-a no braço — que ele ficará em segurança. Juan e Beto são bons. Nós todos seremos muito cuidadosos. — Ele a fitou com tanta convicção que até aquele seu olhar frio pareceu esquentar.

Ela balançou a cabeça.

— Então, Vale da Morte, certo?

— O lugar favorito da minha mãe. — Ele baixou os olhos para seu copo. A primeira vez, ela se deu conta, que ele tirara os olhos dos dela desde que aparecera.

— Você disse que ela tocava piano. Você toca também? Seu site diz que você estudou música.

Ele sacudiu a cabeça.

— Sim, estudei. Mas não toco. Você toca?

— Não.

— Isso é interessante, não? Estamos os dois discutindo por causa de um piano que nenhum de nós toca. — Ele terminou seu café e amassou o copo, olhando em volta em busca de algum lugar para jogá-lo. Como não encontrou, enfiou-o no bolso do casaco, junto com qualquer acessório ou segredo que pudesse estar carregando ali. — Eu ainda não o vi. Quer me mostrá-lo antes de você ir embora? — Não *eu* ir embora, ela notou. Não *nós*.

Ela encolheu os ombros.

— Tudo bem — respondeu. Ele a conduziu até o caminhão e ela notou, caminhando atrás, que o andar dele era irregular. Sua perna esquerda fazia um pequeno arco para fora cada vez que ele a movia à frente, apenas o suficiente para dar a impressão de um passinho de dança. Mas isso não parecia inibi-lo, e podia até ter acrescentado algo a sua autoconfiança. Talvez fosse um desafio, esse andar na frente dela com sua pequena oscilação:

Não há nada que você possa pensar sobre isso que eu já não tenha pensado, mas vá em frente e tente mesmo assim. Ou talvez o modo como ele andava com as costas retas acima dessa perna puxando para fora e encarava o amanhecer com o queixo erguido fosse seu emblema pessoal de triunfo sobre alguma coisa. Ou talvez não fosse nada, ela pensou, enquanto ele destrancava e abria a porta do caminhão. Talvez ele fosse apenas um imbecil com uma deficiência.

O caminhão estava estacionado de frente para oeste, então, quando a porta traseira se abriu, a luz do primeiro sol matinal encheu o interior da carroceria. Greg entrou, um pouco desajeitado com sua perna, e, quase como uma reflexão tardia, virou-se para oferecer a mão a Clara.

— Precisa de ajuda? — ele perguntou.

— Não, obrigada. Eu me viro. — Ela segurou no corrimão com a mão boa e subiu.

— O que aconteceu com seu braço?

Clara baixou os olhos para o braço. Uma semana depois do acidente, seus dedos ainda estavam inchados e a pele descascava um pouco na borda do gesso. Era desconfortável e irritante, mas ela estava se acostumando.

— Não foi meu braço. Foi a mão. Bom, na verdade foi o pulso, mas é como se fosse a mão. Eu quebrei enquanto transportava o piano. Uma pena que eu não tivesse os seus assistentes para transportá-lo para mim. Eles fizeram parecer bem fácil. Claro que, se eu não tivesse quebrado a mão, nem teria posto o aviso de venda, para começo de conversa.

— Nesse caso, eu não lamento totalmente que você a tenha quebrado — ele disse, com um sorrisinho. — Mas lamento que tenha doído.

Ele soltou as cordas, afastou o piano da parede e começou a desembrulhá-lo. Suas sobrancelhas grossas se uniram em concentração enquanto ele tirava camadas de mantas acolchoadas e as jogava de lado, movendo-se mais rápido e mais urgentemente quanto mais se aproximava da superfície do piano.

Era fascinante testemunhar mais alguém demonstrando tanto interesse pelo Blüthner. Para ela, o piano se tornara abruptamente parte de sua vida, significativo apenas porque fora seu pai que lhe dera. Naqueles primeiros dias, ela o aceitara do mesmo modo como teria aceitado uma nova pinta em seu braço ou um centímetro extra em sua altura. Mas, depois que ele morreu, o Blüthner parecia inevitável. O guardião involuntário de sua infância. Nunca imaginara que ele pudesse ser importante para mais alguém além dela.

Greg pousou a mão levemente no alto do piano e ficou olhando para ele por um momento antes de deslizar os dedos por sua extensão, parando nos sulcos no lado dos agudos. Ele fechou os olhos ali, moveu as pontas dos dedos por eles e em volta deles, sentindo sua suave topografia como se estivesse lendo a história do piano.

— Eu não vi isso nas fotos — disse ele, tão baixinho que Clara quase não o ouviu.

— Eu sei, desculpe. Não sei de onde essas marcas vieram. Na verdade, estavam piores quando o piano chegou, mas nós mandamos arrumar e restaurar a caixa.

— Sim — disse Greg. Ele abriu os olhos lentamente e examinou o resto da caixa com os olhos, as mãos. Clara observou-o acariciar o piano, correndo os dedos finos sobre a tampa e a lateral do teclado, descendo pela armação das pernas até embaixo. — Sim — ele repetiu, sua voz pouco acima de um sussurro.

Ele afastou mais o piano dos corrimãos do caminhão, expondo sua parte traseira ao sol, depois deu a volta e agachou atrás dele. Um som estranho lhe escapou, algo entre um riso e um soluço. E então ele ficou em silêncio outra vez. Fez um ligeiro movimento com a cabeça, ou talvez estivesse tremendo; Clara não saberia dizer. Ela se aproximou para ver o que o havia impressionado. Ele estava olhando para a minúscula inscrição na base do lado dos graves. Alguém, ela sempre supusera que tivesse sido o fabricante, gravara uma única palavra ou nome no ébano e, aparentemente, tonalizara-a para que não se destacasse.

Ela havia notado aquela marca logo depois que se mudara para Bakersfield com seus tios. O piano tivera que ficar guardado na oficina até que um quarto fosse desocupado, o que seria do bebê, seu primo, se ele tivesse vivido. O lugar se tornara uma espécie de quarto de depósito porque sua tia sensível não conseguira mais se desfazer de nada facilmente depois da morte dele. Então, por algumas semanas, enquanto sua tia e uma vizinha desmontavam aos poucos o quarto e o esvaziavam das coisas sobre as quais ninguém falava abertamente, Clara dormiu em um estrado na sala de estar e o piano ficava na oficina, com o teclado voltado para a parede por segurança. Ela não falava muito naquelas semanas — na verdade, mal soltara uma palavra por alguns meses — e ainda não havia desenvolvido aquela relação benéfica com seu tio, então só se sentia realmente confortável na oficina com o piano. Ela se deitava no concreto frio e ficava olhando para o painel lateral liso do móvel. Fingia que o preto reluzente era o espaço sideral e procurava imagens de seus pais em meio aos reflexos indistintos dos itens atrás dela: o baú de ferramentas, o equipamento de jardinagem e as decorações de Natal. Durante um desses períodos deitada ali, ela descobriu a pequena inscrição no canto, aquela para a qual Greg estava olhando com uma expressão insondável: Гриша.*

Ela nunca soubera por que aquilo estava ali.

---

* O nome de Grisha em búlgaro. (N. do E.)

A campainha tocou. Katya estava transferindo folhados de queijo da assadeira para a grelha para esfriar. Havia feito demais, como de hábito. Talvez pudesse levar alguns para a classe de oitava série de seu filho. Não, isso o constrangeria. Mães americanas não faziam essas coisas. Pelo menos não depois do ensino elementar. A campainha tocou de novo.

— Já vou! — ela gritou, apressando-se com os últimos. — Já vou! — exclamou de novo, limpando as mãos enquanto ia para a porta. Ela alisou o cabelo e olhou em volta para a sala, esperando que fosse uma das vizinhas com um convite para jantar ou para uma festa. Fazia muito tempo que não ia a uma festa. Mas provavelmente não era uma visita social; desde que sua velha amiga Ella morrera, ela não havia tido muitas visitas espontâneas, e não era muito boa em cultivar amizades. Tinha receio de convidar pessoas para vir à sua casa, porque nunca sabia quando Mikhail chegaria resmungando alto sobre clientes mal-educados e gorjetas horríveis, o trânsito, a poluição e os buracos nas ruas.

— Eu poderia fazer ruas muito melhores do que essas mesmo que não tivesse olhos! — ele gritava e, com uma bebida na mão, se jogava em uma cadeira que rangia sob seu peso. Os horários de Mikhail no táxi eram imprevisíveis, especialmente quando ele bebia. E ele bebia muito ultimamente.

A pessoa em sua pequena varanda era um homem. Talvez fosse alguém para perguntar sobre aulas de piano, ela pensou. Havia posto um anúncio no quadro de avisos da comunidade no parque.

— Olá — disse ele.
— Olá.
— Você é Ekaterina Zeldin?

Pronunciado desajeitadamente na voz daquele homem, seu nome completo parecia estranho e sonoro. Havia algo naquela sonoridade que a fez lembrar o primeiro compasso do "Prelúdio em mi bemol menor" de Scriabin. No rosto dele também. A metade esquerda tinha uma mancha de nascença roxa escura, uma *rodimoye pyatno* como a que Gorbachev tinha na testa, só que mais espessa e larga, estendendo-se da têmpora para baixo sobre o olho e continuando para além da linha do queixo até o pescoço. Seus cílios, ela notou, eram tão pálidos que ela chegava a duvidar que oferecessem alguma sombra para os olhos castanho-claros. Ele era alto, muito mais alto que Mikhail, e estava ali parado de um jeito hesitante e constrangido, segurando um envelope com ambas as mãos. Talvez fosse do correio? Ou da polícia? Mas não estava de uniforme, e seus sapatos eram muito limpos. Os policiais americanos lustravam seus sapatos?

Ela sempre acreditara que Mikhail a havia levado para esse país de maneira incorreta. Mesmo enquanto passavam aquelas semanas em Viena, esperando, depois nos longos meses na Itália, onde finalmente haviam recebido permissão para entrar nos Estados Unidos, parecia-lhe que estavam seguindo na rota de algo ilegal. Mas essa preocupação não lhe trazia nenhuma vergonha. Que viesse a polícia, que a mandassem de volta para Leningrado, ainda que agora a cidade se chamasse São Petersburgo outra vez. Desde que ela pudesse levar Grisha, depois de todo esse tempo talvez tivesse uma chance de ser feliz. Ah, mas era tarde demais para ir para casa agora. Haviam solicitado a cidadania por naturalização, estudado para o exame e passado um dia inteiro sentados em um prédio federal aguardando sua vez de fazer o teste de cento e cinquenta perguntas. No final do exame, eles precisavam escrever uma oração completa em inglês. Mikhail escolheu a opção mais fácil, algo sugerido a ele por outros que já haviam passado: "Eu amo os EUA". Katya citou Tolstói: "Todas as famílias felizes se parecem; cada família infeliz é infeliz à sua própria maneira".

— *Da* — ela respondeu. Então se lembrou de onde estava e acrescentou:
— Sim.
— Pediram que eu lhe trouxesse isto. — Ele lhe entregou o envelope. O endereço do remetente era de um hotel na Finlândia. No centro, o nome dela estava escrito em cirílico e, em uma caligrafia e cor de tinta diferentes, seu endereço em Los Angeles em inglês. Ela deslizou o dedo sob a aba do envelope, com o coração acelerando.

Дорогая Катя!

Если ты получила это письмо, значит, ты уже живешь в своей американской мечте. В Калифорнии действительно много солнца? Может быть, ты думаешь, что я плохой человек, и, возможно, ты права. Но я не настолько плох, чтобы забыть о тебе. Не настолько плох, чтобы не вернуть пианино, даже спустя столько времени.

Может быть, когда-нибудь, я расскажу тебе, где путешествовал твой отважный инструмент. Он был надежным партнером, умел хранить свои секреты. И мои тоже. А какой сильный звук! Хотя никто не мог добиться от него такого звучания, какое удавалось извлечь тебе, Катя. Как зверь, покинувший любимого хозяина и вынужденный служить другому, он должен подчиняться, но дух его уже сломлен.

Твой муж разузнал кое-что обо мне, но он ошибся. Я не так жаден, как он. Я всего лишь позаимствовал идеи у наших капиталистических врагов, чтобы заработать для более благородного дела. Пожалуйста, не суди строго; каждый несет свой крест. Сейчас гласность меняет нашу жизнь, не так ли? Возможно, ты была права. Балет не изменит мир. А гласность изменит. Как и те Mauerspechte, которые разобрали обломки старой стены и дали возможность пройти с востока на запад.

Что бы ни говорил тебе муж, я приобрел у тебя пианино только для того, чтобы когда-нибудь потом снова вернуть его тебе. Я не позволял никому играть на нем, если не был уверен, что руки исполнителя чисты. Если бы оно могло говорить, то поведало бы тебе, что о нем хорошо заботились. Теперь оно снова твое. Пианино находится в распоряжении одного моего знакомого из музыкального отделения UCLA, который обещал его отреставрировать. Так что инструмент вернется к тебе в целости и сохранности.

Я все еще надеюсь, что однажды ты сочинишь музыку для моего балета. Может быть, его темой станет ослабление напряженности.

Твой Борис

Querida Katya!

Se você estiver lendo isto, quer dizer que agora está vivendo um sonho americano. Há muito sol na Califórnia, não é? Você talvez pense que eu sou má pessoa, e talvez esteja certa. Mas não sou tão mau a ponto de esquecer você. Não tão mau que não devolveria seu piano, mesmo que demorasse.

Algum dia talvez eu lhe conte por onde seu resistente instrumento viajou. Ele foi um parceiro leal e guardou bem seus segredos. Os meus segredos também. E que timbre robusto! Mas ninguém soube tirar música dele como você fazia, Katya. Era como um animal que passara de um dono amado para um novo dono; podia ser obediente, mas seu espírito estava partido.

Seu marido descobriu algo sobre mim, mas ele estava errado ao pressupor que eu fosse tão ganancioso quanto ele. Eu só tomei ideias emprestadas de nossos amigos capitalistas para conseguir dinheiro para uma causa mais nobre. Por favor, não me critique severamente demais; todos nós temos nossa própria vergonha para suportar. Agora há a glasnost que muda o mundo, não é? Talvez você estivesse certa. Não é o balé que muda o mundo. É a glasnost que mudará o mundo. E os *Mauerspechte** que removeram as pedras do velho muro e tornaram possível passar do leste para o oeste.

O que quer que seu marido tenha lhe contado, você tem que saber que eu só comprei seu piano para um dia poder devolvê-lo a você. Nesse tempo, eu me assegurei de que todas as mãos que o tocaram estariam limpas. Se ele pudesse falar, ia contar a você que sempre foi tratado com muito cuidado. Agora ele é seu outra vez. Ele está com um conhecido meu do departamento de música da UCLA, que prometeu restaurá-lo. Ele disse que o devolverá a você em segurança.

Eu ainda espero que, um dia, você componha uma trilha musical para o meu balé. Talvez com um novo tema de détente.

Boris

As lágrimas desceram pelo rosto de Katya. Treze anos e cinco meses haviam se passado desde a última vez em que ela tocara o Blüthner. Ao longo dos anos, a esperança muito tênue de que Mikhail e Boris não a tivessem traído, de que o piano seria devolvido, havia se desfeito lentamente até seu luto não ser pela separação do Blüthner, mas pela morte dele, e ela finalmente parara de acreditar que poderia voltar a vê-lo. O homem em sua varanda lhe ofereceu um lenço.

— Você está com o meu piano? — ela perguntou, a esperança fazendo sua voz falhar.

---

* Literalmente: pica-paus do muro. Eram as pessoas que removiam pedaços do Muro de Berlim como souvenirs ou para abrir passagem. Foi o começo da remoção do Muro. (N. da T.)

— Eu? Não. Não, não está comigo. Eu só trouxe a carta. Meu colega ia trazer, mas ele teve que sair da cidade, parece que a sogra dele está doente, então ele me pediu para encontrar seu endereço. Acho que o rapaz que estava com seu piano sabia que você estava em Los Angeles, mas não sabia onde. Enfim, o Andries, que é o meu colega, me contou essa história sobre esse velho amigo coreógrafo dele que lhe despachou um piano. Boris, não é? Sim, é isso. Então, de alguma forma, Boris entrou em contato com Andries. Parece que eles não se falavam há mais de uma década. E, aparentemente, ele está em algum gulag siberiano por tráfico de drogas. Eu acho que ele disse que era Krasnoyarsk... — Na prisão! Boris está na prisão?

O homem ergueu as mãos.

— Ei, eu não sei nada. Andries me contou tudo isso pouco antes de partir para Amsterdã. Mas, sim, ele disse que Boris estava na prisão por tráfico de drogas ou algo assim. Seja como for, esse piano, que parece que é o seu piano, apareceu na universidade em um grande engradado com duas cartas, uma para Andries e essa aí. — Ele indicou o papel nas mãos de Katya. — Ele me falou que não estava em condições de lidar com isso agora, mas que Boris lhe disse que era urgente que ele mandasse consertar o piano e o devolvesse a você o mais depressa possível. Cá entre nós, acho que Boris lhe pagou muito bem para fazer isso. Praticamente cobriu as passagens da família dele para a Holanda.

— Onde está o meu piano?

— Ah, sim. Ele pediu para alguns de seus alunos o levarem ao Immortal Piano. Parece que eles são os melhores quando se trata de consertar um instrumento danificado.

— Como assim, "danificado"?

— Não se preocupe. Depois que encontrei seu endereço, eu liguei para eles e me disseram que estava como novo e pronto para ser entregue. — Ele ergueu as sobrancelhas pálidas como se fosse um encolher de ombros. — Eu posso levá-la até lá agora, se quiser.

Katya se lançou sobre ele, pressionando o rosto contra os botões de sua camisa, apertando-o como se ele fosse seu salvador, como se ela o amasse.

Talvez as duas coisas fossem verdade; ele a encontrara e a levaria para seu amado piano, e a traria de volta à vida, como em sua fábula.

— Obrigada, obrigada! — ela exclamou.

Ele riu.

— *Пожалуйста** — disse a ela.

— Você fala russo? — Ela se afastou para olhá-lo.

— Ah, não, só uma palavra aqui e ali. Mas falo tcheco e polonês. E inglês, claro.

— Eu o compensarei por me ajudar. Posso ajudá-lo com o russo, se quiser. Ou lhe ensinar piano. Você toca piano?

— Não, não. Não tenho ouvido para isso. Bem que eu gostaria de ter.

— Posso ensinar, se você quiser. Eu não tenho muito, mas posso fazer isso como um agradecimento por você trazer o piano de volta para mim. — Ela se encostou nele outra vez, pressionando o rosto contra seu coração, e ele riu de novo e a abraçou levemente em resposta.

---

* Em russo: Por favor. (N. do E.)

— Você sabe o que é isto? — Clara perguntou a Greg.

Ele confirmou com a cabeça, sem tirar os olhos da inscrição.

— É um nome — respondeu em voz baixa. — *Grisha*. — Ele fez uma pausa. — Não acredito. Não posso acreditar.

— O quê?

Ele se virou para ela.

— Onde você o conseguiu?

Ela ficou espantada com a acusação que ouvia na voz dele. Ou talvez fosse pânico.

— Foi um presente. Do meu pai.

— Quando?

— No meu aniversário de doze anos — disse ela. Estava começando a se sentir na defensiva. — Por quê?

— E agora você tem...?

— Acabei de fazer vinte e seis.

O rosto claro de Greg empalideceu.

— Então deve ter sido em... — Ele franziu a testa enquanto calculava — ... 1998?

— Sim — ela respondeu, e ele ficou balançando a cabeça, distraído, pelo que pareceu a ela um tempo incomumente longo. — Você está bem? Por que quer saber tudo isso?

— Você por acaso sabe onde seu pai o conseguiu?

— Não. E nunca tive oportunidade de descobrir. Meus pais morreram pouco depois que ele deu o piano para mim.

— Em um incêndio — ele disse após um instante, encarando-a.

Clara sentiu um arrepio que levantou os pelos em sua nuca. Uma série rápida de imagens girou por sua mente: a mãe de Tabitha, agachada ao lado de seu saco de dormir, *Houve um incêndio*; ela mesma, usando um vestido novo e incômodo, de pé entre seu tio e sua tia de rostos tristes no funeral de seus pais; o Blüthner preto reluzente refletindo sua imagem encolhida no chão de concreto da oficina de seu tio.

— Como você sabe que houve um incêndio? Você me *pesquisou*?

Clara havia procurado a si própria uma vez na internet, imaginando se haveria algo sobre ela na rede. Encontrara um perfil em uma rede social que pertencia a outra Clara Lundy. Um site que listava as localizações e patrimônios líquidos de pessoas a mostrava ainda morando em um prédio de apartamentos de três endereços atrás. Havia um obituário de uma Clara Louise Lundy que falecera em 1976, com um relato respeitoso da vida dessa outra mulher que chegara a lhe dar inveja. A única ocorrência relevante era em um comentário que alguém havia postado em um site de avaliação de empresas locais. Depois de ter feito uma revisão do motor do cliente, ela foi elogiada por ser "simpática, competente... e gata". Mas não havia nada sobre ter perdido os pais em um incêndio em casa. Ela era menor quando isso aconteceu e seu nome não havia aparecido nas notícias.

— Não, isso não me ocorreu. Eu não tinha nenhum motivo para pesquisar você. Quando vi seu anúncio de um Blüthner vertical, era exatamente o que eu precisava, a época certa, a cor certa, e eu só achei que eles talvez não fossem tão raros quanto eu imaginava. Teria pesquisado se soubesse que o seu Blüthner era *este* Blüthner. Mas, todo esse tempo, eu achei que *este* Blüthner não existisse mais, das cinzas para as cinzas, do pó para o pó. Foi o que a minha mãe me disse.

Clara sacudiu a cabeça.

— Não estou entendendo. Como a sua mãe sabia do incêndio?
— Porque, antes de você ganhar este piano, ele era dela.
— O quê? Como você sabe?
— A inscrição atrás dele. O nome.
— Grisha — ela disse.
— *Eu* sou Grisha. — Ele apontou para o próprio peito, como alguém que estivesse demonstrando o fato para um não falante de inglês. — Sou Grigoriy em russo. Greg em inglês. E Grisha é como minha mãe me chamava.
— Então meu pai o comprou dela?
Pelo que pareceram minutos, o rosto dele permaneceu imóvel, exceto por uma veia que parecia ter ficado em alto-relevo no centro de sua testa.
— Não exatamente.
— O que foi, então? Você está dizendo que ele o *roubou*?
— Não, não, de jeito nenhum. Foi uma transferência de propriedade legítima. — Ele passou a mão pelo rosto, pressionou as têmporas e, quando a baixou, qualquer indício de amabilidade entre eles se fora e ele parecia de novo como em seu retrato: frio, focado, distante. — Mas tanto faz. Os termos do acordo entre eles não são importantes.
— São para mim — disse Clara. Seu pai não havia lhe contado nada sobre onde adquirira o Blüthner, nem por que ou como, ou quem tinha sido o proprietário antes dela. Claro que ela nunca pensara em perguntar quando tinha doze anos e, depois, sua proveniência parecera irrelevante. Ela não tinha conhecimento nem de sua música, nem de seus mistérios.
— Por favor.
Greg fechou os olhos e respirou fundo.
— Não é uma história feliz, tudo bem? Minha mãe amava este piano, mas algo aconteceu e sua única esperança de protegê-lo foi se desfazer dele. Ela não o vendeu; ela o deu.
Clara estava tão surpresa que, por um momento, só conseguiu ficar olhando para ele, embora sua mente fosse um turbilhão de perguntas.
— Mas ele não estava no incêndio? — ele perguntou.

— Estava em uma oficina, para restaurar a caixa.

Ele balançou a cabeça.

— É, faz sentido. — Ele olhou para seu relógio. — Os rapazes vão estar aqui a qualquer momento e nós precisamos começar logo para eu conseguir fazer todas as fotos antes que nosso contrato expire. — Ele estendeu a mão e Clara deslizou a sua automaticamente para a palma dele, que estava seca e quente. Ele a segurou por um instante a mais do que pareceria necessário, olhando-a com atenção. Ela teve a sensação de que algo significativo passava entre eles, conduzido em uma corrente de história compartilhada. Então ele soltou sua mão abruptamente. — Foi um prazer conhecê-la — disse ele, em um tom comercial, e estendeu a mão que acabara de liberar na direção da porta aberta do caminhão, convidando-a a se retirar.

— Espere — disse Clara. — Você não pode simplesmente ir embora desse jeito depois de ter me contado que a sua mãe era a dona anterior do meu piano. Você é de Los Angeles, certo? Eu também, de Santa Monica. Como sua mãe conheceu meus pais?

— Eu não disse que ela conhecia.

— Mas então eu não entendo. Por que ela achou que o piano estava no incêndio?

— Alguém contou para ela. Não é nada de mais.

— Quem?

Greg a prendeu naquele seu olhar firme, o rosto completamente calmo. Depois de um momento, passou a mão pela frente da calça num gesto de limpar uma poeira que não existia. Fez isso como para marcar o fim de algo, um gesto de determinação e, quando falou de novo, sua voz tinha uma clareza definitiva.

— Esse foi um momento difícil em minha vida. Não tenho interesse em conversar sobre ele, nem com você nem com ninguém. Esse assunto me deixa bravo, e eu não quero ficar bravo.

Juan e Beto vieram caminhando sem pressa em direção a eles, os dois com os olhos avermelhados e com cara de ainda estarem sentindo os efeitos do que quer que o cassino lhes oferecera como distração na noite anterior. Ela se virou de costas. Sentia-se boba parada ali, obviamente tendo dormido no carro, e por ter pensado que os havia seguido sem ser notada. Tocou o cabelo e pensou em seu hálito e em sua necessidade de um banheiro.

— *Vámonos* — disse Greg, com um sotaque bastante convincente. — *Quiero empezar temprano*. — Depois voltou-se para ela: — Eu vou cuidar do seu piano. — Sua boca sorriu, mas os olhos não. — Faça uma boa viagem de volta para casa.

Ela não tinha motivo para resistir; havia conseguido o que dissera a Peter que queria: conhecer Greg, ter certeza de que o Blüthner estava em boas mãos. Não sabia o quanto elas eram boas, claro, mas ainda tinha a sensação fantasma da mão dele na sua e estava um pouco constrangida por ter pensado que aquilo poderia ter significado alguma coisa. Respondeu com um movimento do queixo, um gesto que pegara de seu convívio com homens a vida inteira, uma maneira de comunicar seu reconhecimento de uma pessoa ou fato sem expor nada muito íntimo. Depois passou as mãos pela frente do jeans, removendo a poeira como ele aparentemente também havia feito, e saiu do caminhão.

Foi andando de costas para o seu carro, observando os transportadores jogarem as mochilas de novo dentro do caminhão, depois fecharem e trancarem a porta. Eles trocaram informações com Greg, que apontou vagamente para o horizonte na direção da divisa do estado, para onde ela também iria. Greg coxeou até seu próprio carro, um SUV preto que parecia maior do que o necessário e, apesar, ou talvez por causa, da marca chique, era um modelo com fama de dar defeito com frequência.

— Imbecil — ela disse alto. Mas eles já estavam com todas as portas fechadas, então ninguém, exceto o manobrista que voltara a seu posto, a ouviu.

Ela parou no posto de gasolina na esquina, encheu o tanque, esvaziou a bexiga, comprou um pacote de salgadinhos, outro de biscoitos com creme de amendoim e um copo de leite para o café da manhã, que comeu avidamente, sentada no carro estacionado, lembrando-se de que não tinha comido nada em quase vinte horas. Eram só sete e meia da manhã e o dia já parecia avançado. Sua mão estava latejando, o pescoço rígido. Ela queria um banho, uma cama, alguma música para embalá-la no sono.

Pensou na mãe de Greg dando o piano para protegê-lo. Do quê? Como e por que seu pai havia ficado com ele? Talvez alguém soubesse que ele estava procurando um piano para dar a Clara em seu aniversário. Quem sabe um conhecido mútuo? E depois alguém disse à mãe de Greg que ele havia sido destruído no mesmo incêndio que matara seus pais. A mesma pessoa que os havia posto em contato, ou o colega que ajudara seu pai a trazer o piano para casa na noite em que ele o deu para ela, ou alguma outra pessoa da universidade. Na verdade, poderia ter sido qualquer pessoa. Se a mãe de Greg não conhecia de fato seus pais, isso provavelmente não era importante. Ou talvez apenas estivesse exausta e irritada demais para se importar.

Se ela fosse direto para casa, poderia estar estendida em sua própria cama antes do meio-dia. Então pensou em Peter, em como ele devia estar preocupado. Conferiu o celular para ver se ele havia ligado, mas estava sem bateria. Cedo demais para telefonar, de qualquer maneira, ela refletiu, e ligou-o ao carregador. Decidida a enviar uma mensagem de texto a ele mais tarde para avisar que estava tudo bem, como havia prometido, ela ligou o carro e tomou o rumo de casa.

Mas mal fazia um minuto que estava na estrada quando uma imagem à frente chamou sua atenção, um cenário tão improvável que ela só veio a se dar conta do que era uns cem metros depois de passar por ele: Juan e Beto estavam descarregando seu piano na lateral da estrada.

Ela fez meia-volta cruzando o canteiro central de cascalho na estrada praticamente vazia e passou por eles na pista oposta, devagar dessa vez — não, ela não havia imaginado —, depois fez outra meia-volta mais adiante para poder parar atrás deles. Encostou em um ponto de parada parcialmente escondido no acostamento atrás de uma escavadeira e outros equipamentos de construção pesados estacionados ali. Suas mãos estavam trêmulas quando abriu a porta do carro e seu estômago revirou, fosse pela comida porcaria ou pela antecipação de ter que defender seu Blüthner de algum ato de agressão. Sentiu o grito se formando em sua boca, mas Greg chegou primeiro.

— *Cuidado!* — ele gritou em espanhol, correndo para afastar uma pedra que Beto não podia ver e em que poderia ter tropeçado, já que ele estava apoiando o piano do lado de baixo enquanto o desciam pela rampa. Então Greg foi para a lateral do piano e o estabilizou para o posicionarem sobre a plataforma de transporte.

Clara, um pouco aliviada pela supervisão de Greg, encostou em seu carro e ficou observando enquanto eles manobravam o piano para perto da placa azul e amarela com papoulas douradas que dava aos viajantes boas-vindas à Califórnia. Estava muito distante para ouvir o que eles diziam, mas era evidente que não iriam abandoná-lo ali na divisa de San Bernardino.

Eles andavam devagar, Greg por causa da perna e os rapazes porque manter o piano firme no terreno arenoso e irregular era difícil. Greg apontou para uma pequena elevação.

— Empurrem até o alto. Essa elevação parece bem plana. Depois tirem da plataforma e o coloquem no chão, ou ele vai ficar parecendo só um objeto de cenário. Eu quero que pareça que ele está aqui há um tempo. Como se tivesse um *propósito*.

Ele orientou Juan e Beto a deslocar o piano ligeiramente em uma variedade de ângulos até que, aparentemente satisfeito, recuou um pouco, ergueu os polegares e indicadores em dois Ls unidos na forma de um retângulo e olhou por dentro deles. Em seguida, apontou para os cones de trânsito com faixas laranja e brancas e Beto correu para tirá-los de dentro do enquadramento imaginário. Juan recolheu um graveto e algumas pedras e lixo que estavam no chão, mas Greg chamou, *"Déjalo!*, e acenou para ele sair, então ele encolheu os ombros e largou tudo de volta mais ou menos onde havia encontrado.

Ainda não a haviam notado, e ela continuou atrás do equipamento na esperança de que não notassem. Era interessante ver seu piano assim fora de contexto, sendo manuseado e posicionado por estranhos. O Blüthner era tão familiar para ela quanto seu próprio corpo, no entanto parecia muito diferente ali à beira da estrada, como uma versão de si mesma para a qual ela nunca havia olhado antes.

— Empurrem um pouco mais para o fundo — Greg gritou —, mas cuidado para ele não cair. Isso, ótimo. — Ele acenou no ar. — Agora venham para trás em minha direção um pouco para saírem do quadro. Assim está bom. Fiquem aí para o caso de eu precisar movê-lo. *Entiendes*?

Ela o observou agachar e focalizar o piano com sua câmera sofisticada, o sol da manhã iluminando a Reserva Nacional Mojave atrás. Ele estava quase imóvel, praticamente só inclinando a cabeça primeiro para um lado, depois para o outro. Clara tentou acompanhar o olhar dele, mas não podia saber o que ele estava enquadrando. Imaginou que sessões de fotos para revistas de moda em Nova York funcionassem assim, só que com modelos angulosas e roupas incomuns, pessoas correndo em volta para arrumar cabelo e maquiagem e ajeitar luzes. De repente, a preocupação a deixou. Greg era, evidentemente, um profissional, e parecia que ele de fato só queria fotografar o piano. O jeito como passou as mãos sobre o piano mais cedo, e como gritava para Juan e Beto terem cuidado sempre que o tocavam, sem falar no fato de que ele havia pertencido antes à sua mãe, tudo isso ela via como indicações de que ele provavelmente seria muito cuidadoso. Decidiu assistir até ele terminar e, depois, ir para casa. E, quando ele devolvesse o piano dali a duas semanas, ela pediria que ele lhe mostrasse as fotos. Queria ver pelos olhos de Greg como seria, nas palavras dele, quando a música parava. Havia certamente parado para o Blüthner quando ele fora para as mãos dela. Talvez essas imagens pudessem revelar algo sobre como ele havia sido antes.

Clara continuou assistindo enquanto Beto e Juan tornavam a embalar o piano e colocá-lo de volta no caminhão e Greg recolhia seu equipamento. Mas, quando ele saiu e apontou sua SUV na direção de Las Vegas, cuspindo uma nuvem de terra fina com os pneus traseiros enquanto cruzava o canteiro central, ela disse:

— Que se foda.

De jeito nenhum que ela iria embora agora, não depois da revelação de que o seu Blüthner havia pertencido à mãe dele. E daí que esse era um assunto sensível para Greg? Ele estava conectado ao passado dela e sabia algo sobre o piano, se não sobre seus pais, que ninguém mais sabia. E se ele resolvesse que ia ficar com o piano? E se ele o levasse até o Vale da Morte e depois se recusasse a trazê-lo de volta? Talvez fosse esse o significado daquele gesto de Juan, que esse era o plano de Greg desde o início. Além do mais, sem trabalho ou namorado, qual era sua pressa para voltar a Bakersfield? Portanto, quando o caminhão saiu para a estrada atrás de Greg, Clara, uma vez mais, seguiu atrás deles.

Seu telefone tocou. *Peter.* Ela o puxou do carregador e falou depressa:

— Desculpe, eu devia ter ligado.

— Não necessariamente — disse a voz do outro lado. — Eu só estou lisonjeado por você me achar tão atraente.

— O quê?

— Bom, imagino que não continue sendo por causa do piano, não é?

— Greg.

— Ah, isso. Assim. Fale de novo.

— Deixe de ser ridículo.

— Acho que não sou eu que estou sendo ridículo, não é mesmo? Pensei que tivéssemos acertado tudo lá no cassino, mas aqui está você outra vez, preenchendo meu retrovisor.

Ela não sabia dizer se ele a estava provocando ou se estava bravo. *Eu não quero ficar bravo.* Decidiu que preferia não descobrir o que aconteceria se ele ficasse.

— Achei que poderia acompanhar vocês por mais um tempo — disse ela, casualmente. — Na verdade, não tenho nada precisando de mim em casa agora.

— Não tem nada precisando de você aqui também.

Ela se forçou a pensar em uma resposta razoável.

— Eu sou mecânica.

— E daí?

— Você está indo com um caminhão de mudança e um SUV que é uma porcaria para dentro do Vale da Morte. Talvez precise dos meus serviços. — Depois de uma pausa, ela se permitiu um momento de otimismo. Não precisava da permissão dele para ir aonde quer que ele estivesse indo, mas seria uma aventura bem mais agradável se ele concordasse. — Além disso, acabei de receber uma bela quantia por uma locação, então, o que for preciso, eu posso fornecer sem nenhum custo. — Ela até sorriu quando disse isso e fez um sinal de polegar para cima, para o caso de ele estar olhando.

Ele riu.

— Você não pode estar falando sério. Uma mulher mecânica com a mão quebrada? Isso é um estorvo e não uma vantagem. Infelizmente vou ter que recusar sua oferta tão gentil, mas obrigado. Faça uma boa viagem de volta para casa, os rapazes estarão lá em duas semanas. Está bem assim?

— Espere — disse ela, mas ele já havia desligado.

Todos eles seguiram em frente, Clara apertando os olhos para a SUV preta reluzente de Greg, aquele exterior elegante que escondia uma transmissão pouco confiável e escorregadia que parecia no momento uma metáfora adequada para ele. Não estava ofendida por ele tê-la chamado de uma *mulher* mecânica; era a parte da mão quebrada que a incomodava, a pressuposição de que ela não seria capaz de lidar com qualquer problema imprevisto. Ela sempre fizera questão de ser exatamente o oposto: autossuficiente e autônoma, competente e não dependente. Bateu a mão quebrada no volante, forte o bastante para dar um grito de dor, mas, quando as lágrimas vieram a seus olhos, ela piscou para afastá-las.

Como ele ousava dizer que *ela* era um estorvo?

***E**ra sábado e Katya estava tocando, praticando escalas. Nas seis semanas desde que seu piano lhe fora devolvido, ela tocava sempre que possível. Tudo o mais podia esperar: comprar comida, fazer o jantar, escrever cartas para seus pais, até mesmo passar tempo com Grisha. Quando não estava tocando, ela estava pensando na sensação acetinada das teclas que tinham ficado amareladas por falta de uso, na pressão distintiva dos pedais, no timbre inigualável. E a música! Agora, peças que ela conhecia tão bem quanto as próprias mãos de repente pareciam renovadas. Fazia muitos anos que ela não compunha nada, no entanto agora podia sentir uma nova peça se tecendo em sua mente compasso por compasso. Pensava se seria essa a sensação de ser viciada em drogas. Ela não tocara muito no piano substituto, de que se livrara com prazer. Quando os homens da Immortal Piano lhe entregaram seu Blüthner, ela lhes deu uma boa gorjeta e lhes pediu para deixar o Yamaha no Exército da Salvação, para ser posto de novo em circulação.

Uma vez mais, estava flutuando acima do mundo cinzento. Seus dedos se sentiam livres, sua mente também. Seu Blüthner era uma conexão com a Rússia, com sua casa, que mesmo a própria música não conseguia igualar. Envolvida nas notas melodiosas, ela podia se esquecer do temperamento terrível de Mikhail, da exuberância e excessos de seus conhecidos americanos, da própria solidão profunda. Não olhava as fotos do Vale da Morte havia semanas. E a voz melancólica da música perdida que invadia seus pensamentos dia e noite não a perturbara mais nos últimos tempos. Talvez tivesse ido embora para sempre.

— Por que você está sorrindo? — seu filho lhe perguntou.

Ela não parou de tocar enquanto respondia.

— Eu acho que a tundra está degelando.

— Quando você vai terminar? — disse ele, parecendo irritado. Ele estava andando pela sala, esperando por ela, ficando impaciente.

— Daqui a pouco.

Ele deu um suspiro teatral.

— Você me conta a história? — pediu, inclinando-se sobre o piano.

Ela fez um gesto para ele se afastar.

— Não precisamos mais contar aquela história — ela respondeu.

— Então invente uma nova. Uma para depois que Sasha acordou.

— *Chi-chi-chi*. Você já está muito grande para essas fábulas bobas.

— Então vamos para algum lugar — ele implorou, sentando-se com força no banco ao lado dela. — Para o cinema, o parque, alguma coisa.

— E seus amigos da escola, Grisha? — Ela o amava, mas era enlouquecedor o quanto ele a requisitava. Especialmente agora, quando ela queria apenas flutuar, agradavelmente distraída da vida que fora forçada a aceitar como sua.

— Eu odeio a escola.

— Você já tem catorze anos. Vai para o ensino médio no outono! É hora de conviver com amigos da sua idade. — Ela parou por um momento e pôs a mão no rosto do filho.

Ele fechou os olhos.

— Ninguém gosta de mim.

Ela suspirou. Como ele era uma criança difícil às vezes.

— Está bem, nós vamos. Mas daqui a pouco — disse ela. — Depois que eu terminar de praticar.

Ele sentia falta dela. Embora ela continuasse aqui com ele, estava diferente. Sempre sorrindo do nada, sempre distraída. Toda a sua vida ela fora sua melhor amiga, o que ele considerava que fosse mútuo, mas agora havia outro em seu lugar. Ele queria subir no colo dela como fazia quando era mais novo, quando ela começara a lhe ensinar a tocar. Mas ela dizia que não, que ele já estava muito grande agora, e pesado. Então, em vez disso, ele se deitou no chão perto dela sobre uma réstia de sol da tarde e ficou olhando as partículas de poeira flutuando no ar, subindo e descendo com as escalas que ela tocava. Ele as imaginava se movendo por causa da música, cada uma delas presa a determinada nota, sua mãe dirigindo-as mesmo sem perceber. Golpeava-as com a mão como um gato, esperando que, se desmontasse sua coreografia, ela talvez terminasse mais depressa e o levasse para a praia ou para o shopping, como as mães de todos os seus colegas de escola. Ou pelo menos conversasse com ele antes que seu pai chegasse em casa, bravo ou bêbado ou ambos, e arruinasse tudo. Seu pai não tinha gostado quando o piano reapareceu, mas isso não surpreendia. Ele não parecia gostar muito de nada, e menos ainda de dirigir o táxi o dia inteiro, e chegar em casa para uma esposa que só queria tocar piano.

As partículas de poeira se moviam quando ele passava a mão no meio delas, mas sem se desfazer, apenas desviando amigavelmente em diferentes direções, como pequeninas nuvens em um céu ventoso. Sua mãe continuava as escalas maiores e menores harmônicas, a mão direita subindo enquanto a esquerda descia até elas estarem quatro oitavas separadas, depois invertendo a direção e aproximando-se novamente. Em seguida, ambas as mãos subiam duas oitavas em paralelo, depois desciam, depois voltavam aos movimentos contrários para um e outro lado e, por fim, as mãos se uniam outra vez. Ele conhecia o padrão, porque ela o fazia praticar também durante seus períodos de estudo, o que ele já havia feito naquele dia, logo depois do café da manhã. Queria adorar aquilo tanto quanto ela, mas não conseguia. Não conseguia ser tão rápido quanto ela, embora ela ficasse feliz quando ele tentava.

O sol esquentou em suas pernas, então ele deslizou de lado pelo chão até um local fresco atrás do piano. Sua mãe o mantinha bem afastado das paredes, ainda que o Yamaha tivesse ficado junto a uma das janelas da sala, bloqueando a vista.

— A música precisa de espaço para respirar — ela lhe dizia.

— Como na história? — ele perguntava.

— Sim, como na história — ela respondia.

*Por isso o Blüthner ficava no meio da sala, como se fosse um piano de cauda.

Reluzente e preto, avultando-se no centro da sala iluminada pelo sol, ocupando espaço demais pelo seu tamanho, ele ao mesmo tempo o intimidava e fascinava. Ele pôs a mão na traseira do móvel e sentiu as notas que sua mãe tocava. Outro conjunto de escalas, fá sustenido menor dessa vez: fá sustenido, sol sustenido, lá, si, dó sustenido, ré, mi, fá sustenido, de novo e de novo. Ele podia ouvir a música, podia até senti-la com suas mãos, mas desejava poder vê-la para entender o que significava para ela.

— Mãe, como é a cara da música? — ele perguntou, acima do som da escala.

— *Chi-chi-chi!* — ela o repreendeu. — Ainda não terminei.

— *Aff* — resmungou ele, mas suficientemente baixo para não incomodá-la.

Ele tinha um prego no bolso que pegara na volta da escola para casa, junto com um isqueiro Bic vazio e duas moedas gastas. A ponta do prego era como um lápis afiado, mas muito mais forte. Enquanto estava ali deitado no chão, uma ideia cruel passou por sua cabeça: que tipo de marca aquele prego faria na madeira? Embora ele soubesse que não devia fazer nada assim com o piano que sua mãe amava, talvez ainda mais do que amava a ele, depois que teve esse pensamento não conseguiu mais afastá-lo e, estendido ali com as partículas de poeira e as notas das escalas flutuando à sua volta, sentia o prego sendo atraído quase por uma força magnética para o lado dos graves do piano. Ele negociou consigo mesmo. Algo pequeno, pensou, tão pequeno que ninguém jamais notaria.

Escreveu seu nome com muito capricho. Minúsculas letras cirílicas bem na pontinha do piano. Foi extremamente cuidadoso, traçando cada uma várias vezes para obter uma profundidade uniforme. O contraste entre o brilho preto e a madeira escura natural de onde o acabamento havia sido removido não era muito perceptível. Gostava da ideia de se apossar do monstro que havia se apossado de sua mãe. Ele continuou, tão concentrado na tarefa que nem notou que ela havia parado de tocar, que as notas que ele ouvia eram simplesmente ecos de sua memória.

Estava terminando a última letra quando sua mãe levantou do banco, deu a volta e gritou:

— Grisha! *Что, черт возьми, ты делаешь?!**

---

* O que você está fazendo? (N. da T.)

III

𝒜 estrada para o Vale da Morte era longa e plana, três horas de viagem pela parte ocidental de Nevada passando por arbustos do semiárido, linhas de energia elétrica e torres de água. No meio de uma imensa extensão de deserto, destituída de qualquer outra cor ou distinção, uma enorme placa vermelha anunciava BORDEL ao lado de MOLHO PICANTE, FOTOS, SUVENIRES, mas não havia nenhum estabelecimento que Clara pudesse enxergar nas proximidades. Na verdade, a paisagem parecia basicamente abandonada. Dava uma sensação de paz dirigir a cento e vinte por hora nessa ampla bacia com montanhas baixas ao longe e um céu eterno, muito azul, se estendendo sobre tudo. Em certo ponto, eles atravessaram uma cidadezinha onde uma borracharia aberta vinte e quatro horas a fez lembrar de sua oficina, depois cruzaram a divisa estadual para a Califórnia outra vez.

Finalmente passaram por uma placa dando-lhes as boas-vindas ao Parque Nacional do Vale da Morte. Passava um pouco do meio-dia e o sol estava alto e quente. Clara sabia que esse era o tipo de lugar em que as pessoas podiam se perder e morrer de sede ou insolação. Nunca havia estado ali, mas seu tio uma vez lhe contara sobre um amigo. Ele estava acampando e uma cobra entrou em seu saco de dormir e se enrolou em uma de suas pernas. Quando o homem acordou assustado, a cobra o picou, e ele seguiu o velho conselho de cortar um X na pele e, então, sugar e cuspir o sangue com veneno. Mas ele cortou fundo demais. No fim, a picada não havia sido venenosa, mas o homem tinha lesado uma veia e, depois de se deitar para descansar, sangrou até a morte no chão do deserto.

Alguns quilômetros adiante, uma placa avisava sobre INGRESSOS, com uma flecha apontando para um posto da guarda florestal ao lado da estrada. No quiosque, Greg parou e pagou pelo acesso. Ela fez o mesmo na sequência. Vinte dólares não era exorbitante, mas a fez considerar seu saldo do cartão de crédito, sua falta de renda, suas despesas médicas e da mudança. Mesmo com a entrada inesperada dos cinco mil dólares, ela se preocupava com o custo que teria aquela aventura imprevista. Greg estacionou diante de um hotel rústico no estilo Velho Oeste e entrou com os rapazes, presumivelmente para reservar seus quartos, enquanto ela permanecia no carro, tentando decidir se deveria fazer o mesmo. Afinal, sempre podia dar meia-volta e estar em casa na hora do jantar, se quisesse.

Suas reflexões financeiras foram interrompidas pela voz de Greg lá fora.

— Que porra de horário de check-in. — Os três estavam de volta ao estacionamento. — Não faz mal. Eu quero mesmo fazer essas duas fotos antes de escurecer. — Então ele viu Clara e caminhou para o carro dela, sua óbvia irritação tornando o coxeio mais pronunciado. Ela abriu o vidro e apoiou o gesso na janela.

Ele se inclinou para perto dela.

— Isso já foi longe demais, não acha?

Se a tentativa era de intimidá-la, não estava funcionando. Ela havia decidido: ia ficar um pouco mais.

— Que diferença faz para você? Eu não estou atrapalhando nada.

— Eu já lhe disse, você é um estorvo aqui.

— Estive pensando sobre isso. *Por que*, exatamente, eu sou um estorvo? Você não é responsável por mim.

Ele a fitou com frieza.

— Não, com certeza não sou. — Depois deu um passo para trás e pareceu examinar a extensão de deserto rochoso além do hotel. — Pois bem — disse ele, após um momento —, se você quer ficar me seguindo como um cachorrinho perdido, eu não posso impedir. Mas fique fora do meu caminho, está ouvindo?

Ele ficou olhando de testa franzida para a paisagem estéril, o vento levantando a areia e soprando os fios de cabelo que lhe restavam. Ele talvez fosse cruel, ela pensou, um homem cruel e inescrupuloso. Mas algo lhe dizia que ele não era tão ameaçador quanto fingia ser. O que será que o deixava tão bravo?

— Combinado — ela respondeu. Então, quando ele se virou para voltar a seu carro, ela perguntou: — Para onde nós vamos primeiro?

Greg levantou os óculos de sol e a encarou com um olhar que conseguia ser inexpressivo e cortante ao mesmo tempo.

— *Nós*?

— Perdão. *Você*.

— Acho que você vai ter que esperar para ver — disse ele, e se afastou.

De volta à estrada de duas pistas que cruzava o Vale da Morte, eles dirigiram por uns quinze minutos, passando por tufos esporádicos de arbustos verdes empoeirados e uma placa avisando que a altitude era do nível do mar, até chegarem a uma pista de cascalho com a indicação TRILHA ECOLÓGICA SALT CREEK. Como Greg sabia para onde estava indo? Por mais seguro que ele parecesse ser sobre sua rota, devia estar bem familiarizado com o parque. Ela imaginou o quanto ele deveria ter planejado aquela expedição, e isso, por sua vez, aumentou a curiosidade sobre os motivos dele.

Depois de pouco mais de um quilômetro, a estrada terminou em um estacionamento pavimentado de onde uma passarela de madeira se estendia pela distância montanhosa com um riacho estreito de um lado e formações rochosas pálidas e superfícies sólidas do outro.

Clara ficou para trás, longe o suficiente para que ele não pudesse acusá-la de se intrometer, mas perto o bastante para observar, e leu várias placas que descreviam o ecossistema de Salt Creek. Greg mandou que os assistentes descarregassem o piano e começassem a rolá-lo pela passarela.

— O pôr-do-sol é por volta das seis e cinco — disse ele, olhando para o relógio. — Quero estar ao sul, em Badwater, nessa hora, então precisamos nos apressar. São cerca de trinta minutos daqui.

Juan e Beto aceleraram o passo. Enquanto Greg se esforçava para acompanhá-los, seu manquejar se transformou em uma espécie de pulinho que a fez se lembrar do velho sheepdog que seu tio tinha quando ela foi morar com eles. Shep tinha "uma trava na aceleração", como seu tio dizia, e, sempre que o cachorro tentava correr, produzia o mesmo passo em *staccato* que Greg agora. Ela amava aquele cachorro.

— Aqui — Greg orientou. — Desçam o piano e deixem o carrinho ali. Nós vamos colocá-lo no riacho.

— O quê? — ela gritou, puxada de volta de suas lembranças. — O que você disse?

— Eu estava falando com eles — Greg respondeu, abrindo e estendendo as pernas de seu tripé.

— Você disse que ia pôr o piano no *riacho*?

— Bem ali — ele gritou para Beto, apontando para o meio da água rasa. O sol cintilava na superfície, que era pontilhada de pedras de vários tamanhos.

— Na água? — Clara perguntou, parando na frente dele para que ele não pudesse ignorá-la.

Ele suspirou.

— Lembra do nosso acordo? Daquela parte de que você não ia me perturbar? — Ele colocou a lente na câmera e deu uma borrifada rápida de ar comprimido nela.

— Que se foda o nosso acordo. De jeito nenhum eu vou deixar você pôr o meu piano na água.

— E como você vai me impedir?

Para surpresa de ambos, ela arrancou a câmera das mãos dele e voltou para o estacionamento.

— Que porra é essa? Volte aqui! Essa câmera provavelmente vale mais do que a soma de tudo que você tem.

Clara o ouviu vindo atrás dela — passo, *tump*, passo, *tump* — e saiu correndo, entrou no carro e trancou as portas. Tinha acabado de fechar o vidro da janela do motorista quando Greg chegou. Ela pôs a câmera no banco do passageiro e a chave na ignição.

— Se você puser meu piano no riacho, eu vou embora e vou levar sua câmera junto — ela gritou através do vidro.

Ofegante, Greg inclinou-se contra a janela, apoiando um braço no vidro e mantendo no rosto uma expressão indiferente, apesar do subir e descer do peito.

— Você acha que eu não tenho outras câmeras comigo? Que tipo de fotógrafo eu seria se só tivesse trazido uma?

— Então imagino que não vá se importar se eu ficar com esta — disse Clara. Ela ligou o motor, colocou o braço sobre o banco e olhou sobre o ombro para dar ré.

— Espere! — Greg gritou, batendo no vidro quando o carro começou a andar. — Pare!

Com o coração acelerado, ela fez uma curva com o carro e acelerou para a pista como um piloto dublê de filme, uma manobra que Peter lhe ensinara em uma tarde de domingo, e arrancou pela estrada de cascalho. Ouviu Greg gritar, mas não conseguia vê-lo através da nuvem de poeira que seu carro havia levantado entre eles.

— Pare! — ela escutou. — Pare! — Mas não tinha certeza se era Greg que estava chamando ou sua própria consciência. Reduziu a velocidade, parou e olhou para a câmera, que havia deslizado de encontro ao encosto do banco. Ela a pegou e a segurou no colo, sentindo-se ridícula e infantil por tê-la tirado dele. Em seguida deu meia-volta com o carro.

Greg estava no meio da estrada, curvado com as mãos nas coxas. Quando ela se aproximou, viu que ele estava se esforçando para recuperar o fôlego. Sentiu-se ainda pior com isso, percebendo que ele provavelmente tentara correr atrás dela. Quando ele, finalmente, levantou o corpo, sua expressão trazia o peso da derrota. Ela parou ao lado dele e abriu a janela.

— Eu lhe disse que não ia deixar nada acontecer com o piano — ele falou. — E não vou deixar.

— Então por que o riacho? — A câmera continuava em seu colo.

— Você por acaso notou, já que é tão observadora, como ele é raso e que há uma elevação seca no meio dele? Não? Pois há, e é suficientemente larga para o piano caber sem se molhar. Na verdade, os rapazes provavelmente já o posicionaram no lugar. Devem estar parados no meio de Salt Creek esperando para eu fotografá-lo, o que eu farei assim que você me devolver a porra da câmera.

— Eu achei que você tivesse outras.

Ele tirou um lenço do bolso e o passou pelo rosto e pela nuca.

— Caramba, como você é chata. — disse ele, encarando-a. Era estranho como sua voz transmitia tanto e sua expressão tão pouco, como se ele estivesse escondendo a própria vulnerabilidade.

— Não, na verdade não sou — disse ela, e estendeu a câmera para ele com sua mão boa. Foi um alívio livrar-se dela. Greg examinou o corpo e a lente para ver se Clara havia causado algum dano, chegando até mesmo a ligá-la e percorrer algumas das imagens para ter certeza de que elas continuavam ali. — Escute, me desculpe, eu só...

— Eu me importo muito mais com esse piano do que você jamais poderia imaginar — disse ele, seu tom se desacelerando para uma voz mais amena. — Não tenho interesse em arruiná-lo agora.

Clara estava pensando naquele uso um tanto inusitado de *agora*, se poderia querer dizer que ele talvez tivesse interesse em arruiná-lo mais tarde, quando ele se virou e, sem dizer mais nada, começou a caminhar de volta para o riacho. Clara o observou, o coxeio mais pronunciado, o sol incidindo nele, a careca no alto da cabeça brilhando de transpiração. Apesar da postura arrogante e dura, do olhar irritado e intrépido, da aparente compulsão para a infelicidade, ela não desgostava inteiramente dele. Na verdade, achava-o estranhamente atraente. Em Greg, reconhecia algo de si mesma: um vazio cinzento onde algo havia se perdido. Aquele autocontrole dele sugeria uma ferida mais profunda do que o evento que tivesse causado seu andar irregular.

Pensar nas feridas dele levou Clara a se lembrar das suas, tanto físicas como emocionais. Ela caminhou até o riacho, querendo ver por si mesma que o piano estava seguro. Lá estava ele, no local seco no meio, onde Greg disse que estaria, com Juan e Beto de pé ao lado parecendo entediados, mas pacientes, aguardando instruções. A visão da água a deixou com sede, e a sede a deixou brava. Naquele momento, não queria precisar de nada, nem de bebida, nem de banheiro, nem do dinheiro de Greg, nem de senso de controle, e certamente não de um piano que ela não conseguia tocar nem deixar partir.

Ela se sentou na passarela e observou de longe enquanto Greg montava a câmera de acordo com algum cálculo misterioso que tivesse feito, depois organizava a cena gritando para seus auxiliares fazerem ajustes que, para ela, pareciam irrelevantes e só aumentavam o risco de que o piano se molhasse. Em certo momento, Beto tropeçou e Clara, com uma súbita lembrança da subida desastrosa pela escada, soltou um gritinho involuntário, o que, ao ver que ele havia recuperado o equilíbrio e estabilizado novamente o piano, a deixou ainda mais brava consigo mesma. Aconchegando a mão quebrada no colo, ela lutou contra uma vontade absurda de chorar. E perdeu.

Lágrimas grossas e abundantes abriram sulcos pela fina camada de pó e areia em seu rosto. Depois que começou, não conseguiu mais parar, e teve que se render a todas as emoções que estavam por trás e por dentro daquelas lágrimas, mas, ao mesmo tempo, olhava para si mesma como se fosse por uma perspectiva distante — *oh, tem uma mulher chorando ali* — e sentia uma grande ternura interior enquanto se inclinava para a frente, abraçando a mão com mais força. Essa divisão da consciência lhe possibilitou notar que a passarela estava tremendo com seus soluços, que seu nariz estava escorrendo de forma muito pouco atraente e que os sons patéticos que ela fazia talvez fossem altos o bastante para chamar atenção indesejada. Ainda assim, ela se permitiu continuar, deixar a frustração e a sede, a dor e o constrangimento e todo o resto escorrerem por suas faces e pingarem no jeans em gotas graúdas. Por fim, depois de alguns minutos, a fonte começou a secar, as lágrimas foram diminuindo, até parar. Ela se sentia vazia de uma maneira satisfatória, embora não inteiramente agradável. Não precisava mais se emaranhar em suas emoções: a batalha fora lutada e agora terminara. Ela era como um carro que ficara sem gasolina e a única opção era esperar no acostamento até conseguir o combustível para andar outra vez.

Ela levantou os olhos e viu que Greg tinha acabado e estava guardando seu colete e mochila, e os transportadores já haviam tirado o piano do riacho e o estavam posicionando sobre a plataforma móvel na passarela. O sol havia descido o bastante para dourar a paisagem com sua luz de entardecer e ela pensou com um distanciamento maravilhado como o piano parecia bonito e nobre. Não era de surpreender que Greg quisesse fotografá-lo. Qualquer outra coisa que houvesse na relação dele com o Blüthner parecia desimportante agora; sua curiosidade fora suplantada pela fadiga.

Por falta de lenço, ela limpou o nariz no dorso da mão boa e percebeu como se sentia suja. Embora estivesse acostumada a ficar suja de graxa de carros, esse tipo de sujeira de estrada não tinha a mesma dignidade. Talvez insistir em seguir Greg também não tivesse. Ela decidiu que era hora de ir para casa, mas queria assoar o nariz, e lavar o rosto, e cuidar de suas outras necessidades humanas antes de partir.

Escapou despercebida e dirigiu de volta para o hotel com a intenção de usar o banheiro e, talvez, deixar um bilhete para Greg para avisar que ele havia vencido, que ela ia sair do seu pé. Mas, ao parar no estacionamento, percebeu que estava esgotada e desejava desesperadamente se deitar, nem que fosse apenas por uma ou duas horas, antes de dirigir os mais de trezentos quilômetros até sua casa.

— Sinto muito, senhora — disse o homem na recepção. — Não temos nenhum quarto vago para esta noite. Eles são todos reservados com muita antecedência nesta época do ano. Fim de outubro, começo de novembro, costumam ser nossas semanas mais lotadas.

— Não tem nada mesmo?

— Não, lamento.

Ela suspirou, agradeceu e seguiu a orientação dele para ir ao banheiro público. Depois, enquanto esperava sua refeição no restaurante do hotel, escreveu um bilhete curto para Greg em um guardanapo de papel, desculpando-se uma vez mais por ter pegado sua câmera, dizendo-lhe que ia embora e desejando-lhe sucesso. Releu o que havia escrito, depois o dobrou, rasgou em pequenos pedaços e os jogou no cesto de pão. Em outro guardanapo, escreveu: *Vou embora. Clara.* O papel ficou ali sobre a mesa enquanto ela comia. Quando terminou, limpou a boca com o bilhete e o largou no prato vazio. Não devia nada a ele.

𝒦atya se aproximou do espelho do banheiro para aplicar rímel em um olho, depois se afastou para conferir o resultado. Satisfeita, repetiu o processo no outro olho. Não tinha muitas rugas; ela parecia jovem para quarenta anos, constatou, até bonita. Em seguida um pouco de batom, não demais. Não queria dar a impressão de ter feito algum esforço especial. Era a primeira vez que aplicava maquiagem, ou enrolava o cabelo, ou calçava sapatos de salto para dar uma aula de piano.

Também pela primeira vez ela se perguntava se seria apropriado convidar um aluno para vir à sua casa. Ela não tinha muitos, então normalmente ficava satisfeita que eles viessem. A maioria eram crianças pequenas que as mães traziam, depois ficavam sentadas no sofá lendo ou tricotando durante os trinta minutos da aula. Crianças mais velhas às vezes vinham de bicicleta depois da escola e a largavam descuidadamente no jardim da frente. Tivera algumas alunas adultas, mulheres cujos filhos tinham crescido e saído de casa e que queriam finalmente fazer algo para si mesmas, ou afastar a solidão que invadira seu ninho vazio. Um par de alunos, um casal que estava casado havia quase cinquenta anos, vinha duas vezes por mês na hora do almoço e se revezava durante uma aula única de meia hora, cada um deles ficando de pé ao lado do piano e oferecendo incentivo enquanto o outro tocava. Mas nunca um homem adulto viera no meio do dia, quando seu filho estava na escola e o marido no trabalho. Só que esse era o único horário livre que encaixara, uma vez que ele tinha uma agenda ocupada e a sua própria família.

Então por que *não* seria apropriado? Ela era uma professora e sua casa era a única sala de aula de que dispunha. O fato de que estaria sozinha com um aluno homem nunca fora um problema. Não era nada fora do comum, apenas mais uma aula introdutória.

Katya pôs biscoitos em um prato e separou o material para fazer chá, depois arrumou a sala de estar pela segunda vez. Olhou para o relógio: tudo já estava pronto fazia tempo demais e ainda faltava bastante para o horário da aula dele, ao meio-dia. Ela suspirou e se sentou ao piano. Tocar sempre ajudava a acalmar seus nervos, especialmente agora que tinha seu velho Blüthner de volta.

Escolheu o estudo de Liszt "La Campanella" por seu andamento *allegretto* animado. Além disso, era uma peça tecnicamente difícil, que exigia agilidade dos dedos para os grandes saltos com a mão direita. As primeiras notas eram tocadas lentamente, como uma preparação, e a peça ia se tornando gradualmente mais rápida, mais urgente e, em poucos minutos, complicada o bastante para deixá-la tão envolvida que ela se esqueceu do tempo e levou um susto quando a campainha tocou. Levantou-se de um pulo e correu para a porta, mas se forçou a fazer uma pausa e respirar fundo para parecer calma quando abrisse.

— Olá, entre — disse ela, estendendo o braço na direção da sala de estar como uma daquelas apresentadoras de game shows que vira na TV.

Ele sorriu, o que fez sua *rodimoye pyatno* mudar de forma na dobra do olho esquerdo.

— Espero não ter chegado muito cedo. Fiquei preocupado com o trânsito e justo hoje não teve nenhum.

Ela sorriu de volta e advertiu a si própria para se acalmar. Ele era só um aluno. O fato de ele ter, de alguma maneira, feito seus joelhos amolecerem e a cabeça rodar quando telefonou, do nada, vários meses depois de ter ajudado a reuni-la a seu piano, para perguntar sobre a oferta de aulas que ela lhe fizera não era algo a que devesse dar atenção. Mas como ela podia não dar atenção? Fazia tanto tempo que não sentia aquele frio na barriga por causa de um homem que nem conseguia lembrar da última vez.

— É um prazer vê-lo novamente. — Ela o conduziu até o piano e puxou o banco para ele. — Sente-se, por favor.

Ele sentou, e ela sentou ao lado dele.

— O piano ficou muito bom aqui. Aposto que você está feliz por tê-lo de volta depois de todo esse tempo, não é?

— Ah, sim — disse ela, sorrindo para ele. — Muito feliz.

Ele sorriu de volta, e ela percebeu os olhos dele subindo para os seus como uma carícia e baixou o olhar depressa.

Ele bateu as mãos uma na outra e as esfregou.

— E então, como isso funciona? Nunca tive uma aula de piano na vida.

Ela endireitou sua postura já ereta e fez um movimento afirmativo com a cabeça.

— Vamos lá. A primeira coisa que você precisa aprender é postura, a base para todas as habilidades expressivas e técnicas, que virão depois.

Ele imitou a postura dela, o que o deixou vários centímetros mais alto, o que ambos notaram e os fez rir.

— Ótimo — disse ela. — Agora, os movimentos básicos. Todo o seu braço deve estar relaxado. Nenhuma tensão no ombro, cotovelo ou pulso. Faça isso. — Ela se virou e puxou o braço direito dele, que estava sobre o colo, para deixá-lo pendurado entre ambos. Deu uma respirada rápida pela intimidade de tocá-lo, depois se forçou a retomar o foco. — Agora, levante o braço... relaxado, assim. Veja. — Ela demonstrou levantando o próprio braço como se ele estivesse flutuando para cima. — Mantenha a mão em um formato relaxado, assim. A palma deve estar arredondada como se estivesse segurando uma maçã. Está vendo? Tente agora. — Quando ele repetiu o movimento, pareceu um robô ou uma marionete manipulada por fios. — Sim, correto. Mais relaxado. Isso, agora arredonde mais a mão. Como uma... como é o nome? Cúpula? Sim, como uma cúpula. Isso. Agora observe, continue relaxado, mas cada ponta de dedo deve ser firme e precisa, não mole como macarrão cozido. — Ela desceu os dedos para o teclado e pressionou uma tecla com o dedo médio. — Só pressione com o terceiro dedo por enquanto, desse jeito. Pressione a tecla até o fim e solte. Isso produzirá um timbre de piano suave, profundo e bonito. Muito bem, agora você. — Ele obedeceu, pressionando como ela havia instruído, mas com força demais e soltando tão depressa que fez um som duro e percussivo. — Muito bom — disse ela. — É preciso muita prática. Tente de novo. E tente com a outra mão também. — Ele tocou a mesma nota várias vezes com cada uma das mãos, e todas soaram tão terríveis quanto a primeira.

— Há quanto tempo você toca? — ele perguntou.

— Desde que eu era muito pequena.

— Você teve aulas? Eu devia ter tentado aprender quando era criança.

— Meu pai começou a me ensinar, mas basicamente eu aprendi sozinha. Depois, mais tarde, com professores. Estudei piano na universidade.

— Você deve ser boa, então. Quero dizer, você *é* muito boa. Eu ouvi você tocando quando cheguei.

— Não sou ruim. — Ela sorriu, erguendo um ombro. A alça de seu vestido de verão escorregou e ela viu que ele percebeu e ficou olhando enquanto ela a puxava para o lugar.

— Você tocaria alguma coisa para mim?

— Não quer continuar sua aula?

— Quero, mas está bem claro que não vou me tornar um pianista hoje. Você é uma boa professora, não tenho dúvida disso. Mas não *tão* boa assim.

Eles riram.

— Tem algum pedido especial? — ela perguntou.

— Qualquer coisa. Algo de que você goste muito.

Ela balançou a cabeça, moveu-se mais para o centro do banco e ele deslizou para a ponta para lhe dar mais espaço. Ela levantou as mãos suavemente e fez uma pausa antes de descê-las sobre as teclas para uma peça incrivelmente rápida e tempestuosa que fazia suas mãos voarem para cima e para baixo até parecer que poderiam produzir faíscas. Seus pés trabalhavam os pedais e seu corpo se agitava com a energia que era transferida entre eles e o piano. Durou apenas dois minutos, mas, quando terminou, quase abruptamente, seu peito estava arfante e uma fina camada de suor brilhava em sua testa. Ela se virou para ele e sorriu.

— Que achou?

Ele respondeu se inclinando para beijá-la exatamente do modo como ela lhe disse para pressionar a tecla: profundo, suave, até o fundo da nota antes de soltá-la lentamente, muito melhor do que seu ataque sofrível ao piano teria sugerido. Ele abriu os olhos e ela piscou, ainda sem fôlego, em um silêncio atordoado.

— Perdão — ele disse, levantando-se. — Me desculpe. Eu não sei o que me deu. Por favor...

Ela também se levantou, levando a mão ao peito, seu coração batendo tão forte que ela achou que ele poderia ouvir.

— Você toca lindamente — ele falou, sacudindo a cabeça e olhando em volta, depois dirigindo-se desajeitado para a porta. — Me perdoe por... Obrigado. — Ele se virou para ela de repente e estendeu a mão.

Ela a apertou e a sentiu trêmula. Ou seria a dela?

— Obrigado — ele disse de novo. — Adeus.

Ele saiu e já tinha descido os degraus antes de ela se dar conta de que ele estava indo embora e correr para a porta.

— Volte na semana que vem — ela lhe disse. — Mesmo horário.

Ele parou e soltou um suspiro de alívio que relaxou todo o seu corpo; então se virou lentamente para ela, com um sorriso.

— Mesmo? — ele perguntou. — Tem certeza?

Ela balançou a cabeça e conteve um sorriso.

— Até lá — respondeu, e levantou a mão em um aceno antes de voltar para dentro de casa.

III

O sol havia se escondido atrás das montanhas quando ela voltou ao estacionamento, o ar fresco e rico de aromas do deserto carregados em um vento mais forte. Ela fechou os olhos e respirou profundamente. Será que algum dia já se sentira tão cansada? A estrada se esticava em direção ao horizonte, e só de lembrar a longa e monótona viagem do início daquele dia — tinha sido mesmo nesta manhã que ela chegara ao Vale da Morte? — ela sentiu a energia abandoná-la. Sabia que não conseguiria chegar a Bakersfield se não dormisse um pouco primeiro. Então procurou no porta-malas uma toalha para usar como cobertor, abriu um pouco as janelas para deixar entrar o ar da noite e deitou-se no banco traseiro. Em menos de um minuto estava profundamente adormecida.

O som de risadas a acordou. Mesmo com a poluição luminosa do hotel, as estrelas eram pontos brilhantes no espaço de céu visível pela janela quando Clara abriu os olhos e olhou para fora. A temperatura havia caído. Ela levantou o corpo, tateou em volta à procura do celular e conferiu a hora: 22h23.

— Tinha que ser. — Um minuto depois da hora de fazer um desejo. Quando ela era criança, muitas vezes ficava olhando para o relógio até ele marcar 22h22 e, então, fechava os olhos e fazia um desejo, mas, naqueles últimos anos, parecia que sempre perdia esse horário. Ela esfregou os olhos e bocejou. Não importava; não saberia mesmo o que desejar.

Ela se sentou e se espreguiçou, olhando em volta para ver quem estava rindo: umas pessoas sentadas em cadeiras dobráveis a alguma distância do hotel, as pontas vermelhas dos cigarros se destacando no escuro. Queria jogar água fria no rosto, mas estava com vergonha de enfrentar o funcionário da recepção outra vez. Havia um posto de gasolina logo do outro lado da estrada, onde ela poderia ir na saída. Quando estava prestes a passar para trás do volante, notou um envelope com o nome do hotel no banco da frente. Continha um bilhete, e uma chave.

Até os cachorros perdidos merecem uma cama decente.
Quarto 213 no bloco Roadrunner — G.

Foi só depois de pegar seu kit de viagem no porta-luvas e procurar Roadrunner no mapa na parede do lado de fora da entrada que ela se perguntou o que teria levado Greg a essa generosidade. Então se lembrou do recepcionista lhe dizendo que não havia nenhum quarto vago, e não havia razão para não acreditar nele; o restaurante e o bar estavam cheios e, mesmo a essa hora da noite, hóspedes entravam e saíam dos vários prédios que compunham o hotel.

Dois jovens casais, os quatro carregando notebooks e rindo, passaram por ela em uma das passarelas cobertas enquanto ela conferia os números nas portas. De repente, uma das mulheres se virou para trás.

— Você parece perdida — disse ela. — Precisa de ajuda? Os prédios aqui são meio confusos.

— Não — respondeu Clara, com um tom que pretendia ser de despreocupação. *Sim. Estou perdida. Estou confusa. Me diga o que fazer.* — Está tudo certo, obrigada.

— Está bem — disse a mulher, e levantou a mão no que foi parte aceno, parte continência. — Boa noite.

— Boa noite — falou Clara e, desorientada, virou-se de novo no sentido da recepção, e de seu carro mais além.

— Ei — outra pessoa chamou. Ela olhou para trás e viu Greg em uma porta. — Estou vendo que você encontrou meu bilhete. — Ele recostou no batente e cruzou os braços. Sua voz parecia cheia de presunção, mas seu rosto, como sempre, era ilegível. Ela teve vontade de lhe dar um soco.

— Está sonhando se acha que eu vou dormir com você — disse ela, alto o suficiente para fazê-lo olhar para a esquerda e para a direita antes de vir depressa até ela.

— Que conversa é essa? — ele sussurrou com irritação.

— Você pode me insultar quanto quiser, me chamar de cachorro perdido, dar risada por eu estar aqui, mas não pense, nem por um instante sequer, que eu esteja tão desesperada assim.

Ele levantou os braços e franziu a testa.

— Você não pode estar falando sério. Acha mesmo que eu estou tentando atrair você para o meu quarto? — Ele pareceu genuinamente surpreso. Ela sentiu as faces esquentarem, mas não ousou desviar o olhar. Por fim, ele baixou os ombros e fechou os olhos por um momento enquanto inspirava e expirava profundamente. — Não estou dando em cima de você, Clara. Não tenho nenhum desejo de dormir com você.

Ela ficou morta de humilhação. Não queria que ele desse em cima dela, ou pelo menos achava que não, mas, por algum motivo, aquela negativa foi ainda pior. Seu rosto corou de calor de novo.

— Eu disse para Juan e Beto dividirem um quarto e deixarem o outro para você, no fim do corredor. Não gostei da ideia de você dormir ali sozinha no carro. Se vai mesmo insistir em ficar na minha cola, pelo menos fique em segurança. Minha mãe faria questão disso. — Ele se inclinou para ela e fez como se a estivesse cheirando. — Além do mais, você precisa de um banho. Boa noite, Clara. — Ele voltou para o seu quarto e fechou a porta, deslizando a trava com um ruído metálico.

Clara dormiu pesado na cama estreita, melhor do que desde muito tempo. Ela costumava adormecer com facilidade, mas as noites eram inquietas, perturbadas por sonhos vívidos demais, a cabeça se agitando sobre o travesseiro, de modo que, quando acordava, seu cabelo estava tão emaranhado quanto as roupas de cama. Hoje, ela acordou um pouco antes do amanhecer, sentindo-se profundamente descansada. Continuou deitada, observando a luz ir se tornando mais forte nas bordas da cortina, e tentou se lembrar da última vez que havia tido uma noite de sono tão boa. Provavelmente fora a noite que passara com Peter, anos antes. Agora era segunda-feira, então ele logo estaria se levantando, pronto para abrir a oficina às sete horas. Podia imaginá-lo, o rosto em paz no sono tranquilo. Ela se sentou. Já bastava daquilo.

Abriu as cortinas e olhou para as montanhas. Havia dezenas de barracas e trailers no final do estacionamento e, depois deles, um campo de arbustos que se estendia para o horizonte e estava dourado à luz da manhã. Sob aquela atmosfera de calma, o dia parecia estar perguntando: *O que você pretende fazer?*

Por um lado, talvez o da mão quebrada, lá estava ela, em um hotel em um cenário exótico e incomum, sem mais nenhum lugar para estar. Era quase como estar de férias. E, na prática, ela não estava mesmo de férias, já que era incapaz de fazer seu trabalho no momento?

Por outro lado, ela nunca fora o tipo de pessoa que tirava férias. Não era por ser excessivamente ambiciosa; ela simplesmente nunca fizera parte de uma família que recompensasse trabalho com viagens. Seus pais sempre foram dedicados ao trabalho. Mesmo fora dos semestres letivos regulares de outono e primavera, eles ministravam cursos de verão, faziam pesquisas, escreviam artigos. Eram ambos tão sérios com as suas atividades, na verdade com tudo, que ela não podia imaginá-los deixando o trabalho de lado, arrumando alegremente as malas e fazendo qualquer viagem que não fosse absolutamente essencial. Ela se perguntou agora, talvez pela primeira vez, se algum dos dois teria feito algo na vida por puro prazer.

Também não se lembrava de seu tio tirando férias. Eles tinham noites tranquilas com sua tia e os longos passeios de carro, mas, como Jack precisava cuidar da oficina, nunca havia oportunidade de fechar a não ser nos feriados importantes. Além dos veículos dos clientes, sempre havia mais alguma coisa precisando de conserto ou atenção, ou a contabilidade precisava ser feita, ou um de seus funcionários ficava doente. Como não tinham uma poupança à qual recorrer, seu tio era mais inclinado a fazer coisas para ganhar e não para gastar dinheiro.

Quando ela ficou mais velha e seus colegas de escola contavam das férias de verão ou de esquiar nas férias de inverno, ela não sentia inveja. Era como se eles estivessem contando sobre ir de lhama para a escola ou falar em línguas. Interessante, mas não algo que ela sequer considerasse como uma opção. Então, quando Ryan a surpreendeu com um fim de semana em San Diego em seu aniversário de vinte e quatro anos, ela se sentiu culpada o tempo todo em que estavam lá, como se devesse estar fazendo algo mais produtivo.

Pela janela, ouviu uma porta abrir e fechar no corredor. Depois, um pouco mais longe, uma batida, uma resposta, palavras abafadas em inglês e espanhol. A escolha era simples. O que ela poderia fazer em casa que seria mais produtivo do que garantir a segurança de seu piano e, talvez, aprender alguma coisa sobre o passado dele, ou o de seus pais?

Rapidamente, ela escovou os dentes e se vestiu. Greg, para seu desgosto, estivera certo sobre ela precisar de um banho. Gostaria de ter roupas limpas para trocar. Não tinha a menor ideia de qual seria o destino da equipe de fotografia, ou de quanto tempo ela os seguiria, então juntou suas poucas coisas, sem planos de voltar para aquele quarto. Poderia ir embora no momento em que quisesse. Sem pertences para dividir ou arrumar, sem sentimentos feridos para contornar. Apenas entrar em seu carro e dirigir para onde quisesse, como ela e seu tio costumavam fazer até decidirem voltar para casa.

Ela foi para o pequeno salão atrás da recepção e estava tomando uma xícara de café quando Greg e os transportadores apareceram.

— Bom dia — disse ele, indicando com a cabeça a banana e a garrafa de água ao lado da xícara. — Um pouco de combustível para a viagem de volta?

— Na verdade, acho que vou ficar por aqui mais um pouco. — Ela sorriu.

Greg deu de ombros.

— Como quiser.

E foi o que ela fez. Teve o cuidado de manter distância, mas continuou a acompanhá-los pelos dias seguintes, enquanto Greg fotografava o Blüthner em vários locais no Vale da Morte. Ao dirigir de um lugar para outro, Clara se espantava com a enormidade do parque. Algo que ela imaginava que estivesse a um quilômetro de distância, como uma duna de areia, ou uma formação rochosa multicolorida, provavelmente estava a uns quatro. Sob o sol intenso do meio-dia, as montanhas pareciam se achatar em duas dimensões. À noite, o escuro era repleto de estrelas que davam a impressão de estar baixas o suficiente para poder tocá-las. Essa sensação de que as coisas estavam mais perto e mais longe era uma ilusão desorientadora. Até mesmo o céu não parecia a cúpula côncava usual; olhar para ele era mais como olhar diretamente para o espaço sideral. E tudo isso era um cenário fascinante para as fotografias de Greg.

Clara nunca havia se interessado por fotografia. Pessoas andando com os olhos pressionados contra visores em vez de ver o que estava bem ali na frente delas, e para quê? Para preservar uma impressão artificial que era mais frágil do que a real? Até fotos em álbuns podiam ser perdidas, ou queimadas, e então o que restava? Apenas meias memórias deterioradas que faziam o passado parecer ainda mais distante do que era. Até aquele momento, observando enquanto os transportadores posicionavam seu piano sobre dunas, contra o fundo de formações salinas gigantes, diante de uma lateral de montanha que parecia composta por camadas de diferentes sabores de sorvete, ela não havia pensado que o valor artístico de uma fotografia poderia ser suficiente para justificar o esforço.

Ela e Greg quase não se falavam. Ela o observava trabalhar e apenas ocasionalmente ele registrava a presença dela. Clara se lembrou de como costumava seguir seu pai pela casa, querendo estar perto dele, saber mais sobre ele. Aprendera a ser silenciosa e não atrapalhar, para poder estudá-lo. Eram mais gratificantes, porém, as raras vezes em que ele a notava, baixava seus papéis e a chamava para um beijo ou uma conversa.

De novo e de novo os transportadores repetiam seu esforço de descarregar o Blüthner, colocá-lo na plataforma móvel, prendê-lo com correias, levá-lo para o local onde seria a foto, descarregá-lo da plataforma, soltá-lo das amarras e posicioná-lo onde Greg indicasse. Clara estava ficando mais tranquila com o modo como eles manuseavam o piano, depois de vê-los fazer isso várias vezes. Imaginou se eles estariam ficando entediados com o trabalho. Eles não pareciam ter nenhuma opinião a respeito e simplesmente faziam as tarefas como lhes era pedido, sempre mantendo sua conversa em um mínimo e encarando as exigências de Greg com estoica indiferença. Quando ele terminava, os transportadores repetiam todas as ações em sentido inverso. Depois ela se juntava à pequena caravana em direção ao próximo destino, sentindo-se, por alguma razão inexplicável, feliz por estar fazendo isso.

Naquela primeira noite após um dia inteiro de sessões de fotos, ela comprara uma troca de roupa na loja do outro lado da estrada. Não havia perguntado a Greg se o quarto ainda estava disponível, mas, como ele não lhe disse que não estava, ela entrou com a chave. Depois, limpa com um longo banho de chuveiro e usando sua camiseta nova com uma estampa do Vale da Morte, foi para o restaurante do hotel pela segunda noite seguida.

A recepcionista a conduziu para uma mesa bem na frente de onde Greg, Beto e Juan examinavam o cardápio. Ela deslizou no assento curvo de vinil até ficar parcialmente escondida da linha de visão deles pelo encosto alto. Juan, sentado ao lado de Greg, deu uma olhada indiferente para ela e voltou a atenção para o cardápio. Talvez Greg lhes tivesse dito para ignorá-la. Ela sofreu outro momento de humilhação imaginando se estaria sendo alvo de algum comentário sarcástico, mas, ao olhar para eles, Juan e Beto trocando algumas palavras sobriamente entre si enquanto Greg conferia algo em seu celular, chegou à conclusão de que ele não deveria estar muito interessado em manter conversas animadas com os rapazes, mesmo que fosse à custa dela.

A garçonete anotou os pedidos deles: hambúrgueres e refrigerantes de laranja para os transportadores, um sanduíche de atum em pão integral — "sem casca, por favor" — e um vodca martíni extrassseco com azeitonas para Greg. Ele era enjoado para comer; ficou tirando os pedaços de casca de pão que haviam escapado ao cozinheiro. Bebeu o martíni e puxou com os dentes as duas azeitonas espetadas na pequena espada de plástico, depois levantou o dedo para sinalizar à garçonete que queria mais um. Falou com Juan e Beto apenas uma vez, e eles balançaram a cabeça e voltaram a comer. Parecia que Greg não pretendia construir nenhuma amizade durante essa viagem. Aliados temporários, talvez. Clara compreendia e até admirava esse tipo de independência.

Quando acabou, Greg pôs seu cartão de crédito na borda da mesa e Juan e Beto apressaram-se em terminar o que restava de seu jantar. Clara ainda estava comendo quando Greg deixou a caneta da garçonete sobre a conta assinada e se levantou. Os transportadores limparam a boca, largaram os guardanapos amarfanhados sobre a mesa e o seguiram, sem dizer nada enquanto passavam por ela.

O dia seguinte foi muito parecido com o primeiro, pelo menos no começo. Foram para dois lugares diferentes, percorreram muitos quilômetros, fizeram uma parada para gasolina e para comer alguma coisa, continuaram o trajeto. Quando as sombras começaram a se alongar, fizeram uma longa descida para um local chamado Bacia de Badwater.

Parecia um nome equivocado, já que quase não havia água nenhuma, apenas uma pequena lagoa rasa cercada por quilômetros de sal. Avançaram até um pouco além do estacionamento e pararam na lateral da estrada. Greg saiu para examinar a área, disse para os transportadores esperarem e, para surpresa dela, fez um sinal para Clara se aproximar.

Ele a levou para dentro da depressão, onde água do mar de muito tempo atrás havia evaporado e deixado uma camada nevada de sal que era marcada por padrões octogonais irregulares de rachaduras e cristas de pressão. De perto, estas pareciam ondas desidratadas pelo tempo. Ele parou a alguns metros no interior da bacia, enfiou as mãos nos bolsos e deixou seu olhar vagar sobre os topos das montanhas e pelas terras planas abaixo.

— Você já se sentiu realmente por baixo? — ele perguntou, a voz pensativa. — Como se tivesse atingido o fundo rochoso?

Clara ficou espantada com o que parecia uma admissão de vulnerabilidade. Ele estava batendo o pé em uma crista de sal incrustada que era como uma miniatura das cristas de montanhas ao longe.

— Já — ela respondeu.

— Bom, agora você atingiu mesmo.

— O quê?

— Aqui — disse ele. — Este é o fundo rochoso, bem aqui. O ponto mais baixo do continente. Estamos a oitenta e seis metros abaixo do nível do mar. — Ele olhou para ela sem nenhum traço de malícia, mas seus olhos pareceram se apertar um pouco nos cantos. Se eles fossem amigos, se ele fosse Peter, ela teria dado risada, talvez dado um soquinho amistoso no braço. Mas, embora tivesse apreciado a piada, ela não queria baixar muito a guarda.

— Então agora só podemos subir — ela falou, imitando a expressão neutra dele.

Ele ficou evidentemente refletindo sobre isso e, depois de um momento, balançou a cabeça.

— Talvez. Talvez. — Então levantou a mão e fez um sinal de positivo para Juan e Beto.

Clara, se sentindo menos um cachorro perdido, ainda que não exatamente incluída, observou-o montar seu tripé bem baixo no chão e murmurar consigo mesmo enquanto procurava algo na mochila.

— Onde está minha lente grande-angular? Fotômetro. Sim, aqui. Certo. — Ele agachou, cuidadoso com sua perna rígida, e olhou pelo visor. Mudou ajustes — ISO 100, f/14, 1.6s — ele murmurou, e ajustou o foco da lente. Parecia completamente absorvido em seu trabalho, e essa atenção aos pequenos detalhes a fascinava. Fazia Clara pensar em seu equivalente: descer no fosso, remover a tampa do óleo e o anel de vedação do motor, deixar o óleo escorrer, trocar o filtro, substituir o óleo. Trabalho mecânico, sim, mas muito satisfatório. Embora provavelmente ninguém achasse interessante o suficiente para ficar assistindo. Surpreendeu-se com o quanto sentia falta da sensação do óleo em seus dedos, o quanto sentia falta de procurar a solução para um problema desafiador, seguir cada passo, deixar as coisas em ordem. Limpar a bagunça que Alex sempre deixava. Trabalhar com Peter.

Depois que começou a tirar fotos, Greg parou de falar sozinho. Talvez, Clara refletiu, ele precisasse ouvir algo além da própria voz para captar cada imagem. Pensou na frase da biografia em seu site: *Eu registro o que está lá e o que não está, para que você possa ver o que eu escuto*. Clara fechou os olhos e escutou também. Havia o sopro do vento, mais forte do que na véspera, contornando as montanhas. O grito como um silvo de vapor de um falcão. O estalo do obturador da câmera. Beto, de pé atrás dele, riscando um fósforo para acender um cigarro. Quando abriu os olhos outra vez, o sol deslizara para trás das montanhas e as nuvens que cruzavam o céu ganharam um rubor laranja-e-lilás. As pequenas pedras no lago raso, que ainda estava na sombra, pareciam flutuar em um mar de luz dourada refletida. O verniz preto de seu Blüthner reluzia contra a paisagem de sal enquanto seu *doppelgänger*, imagem espelhada, oscilava na lagoa. No truque daquela luz tardia, a bacia de sal quase parecia um vale coberto de neve.

Naquela noite, uma vez mais de volta ao hotel, Greg a convidou para jantar com ele.

— Eu não quero sair daqui nunca mais — disse Katya, aproximando-se e passando uma perna sobre a dele, como para prendê-lo sob os lençóis. A janela estava aberta e uma brisa do oceano agitava as cortinas em *adagio*, como uma dança lenta no escuro. Era lua nova e nenhuma luz entrava exceto a do relógio digital na mesinha de cabeceira. O chalé na praia pertencia a um amigo dele, um divorciado com mais dinheiro do que tempo livre, então eles o tinham só para si quase sempre que queriam, o que vinha sendo quase todas as tardes de quinta-feira pelo último ano e meio, por tantas horas quanto conseguiam arrumar. Ultimamente vinham ficando até depois de escurecer, desesperados por mais tempo nos braços um do outro. Eram onze quilômetros de carro para ele, se estivesse vindo de seu escritório, e vinte quilômetros para ela: perto o bastante para poderem passar algumas horas ininterruptas na cama, ou caminhando pela praia, ou em um café, mas longe o suficiente para não terem que ficar constantemente com medo de serem vistos.

— Eu também, meu amor. Vamos ficar aqui. Nos mudar para cá.

Ela riu.

— Onde você vai pôr todos os seus livros?

— Bom, quando deixarmos seu piano na esquina para os catadores de lixo levarem, vamos ter muito espaço para livros.

Ela fingiu dar-lhe um tapa no peito e ele a puxou para um abraço apertado.

— Está bem, sem livros. Podemos pôr o piano na cozinha. Eu não preciso comer; só preciso de você.

— Assim está melhor — disse ela, e o beijou.

— Nosso aniversário está chegando. Dois anos desde nossa primeira aula.

— Você é um aluno horrível.

— O pior. Mas um amante maravilhoso.

— Sim, claro. O melhor. — Ela o mordeu carinhosamente no ombro.

— Eu amo você — disse ele.

— Eu amo você também.

Ele rolou para o lado e se apoiou no cotovelo.

— Por quê?

— Зачем?*

— Sim, por quê. Por que você me ama?

— Você não sabe?

— Sei. Mas gosto de ouvir você dizer.

— Que homem bobo.

— O seu homem bobo — ele falou, e a beijou no pescoço, logo abaixo da orelha, onde ela era mais sensível. — Diga.

Ela inclinou a cabeça para trás para lhe dar um ângulo melhor.

— Eu digo se você continuar fazendo isso.

Ele murmurou sua concordância na pele dela e os pelos se arrepiaram de encontro a seus lábios.

— Eu amo você por vir sempre aqui comigo, todas as semanas, para sua aula de piano. — Ela riu.

Ele lambeu o lóbulo da orelha dela.

— Que mais?

— Eu amo você pelo jeito como me olha nos olhos por muitos minutos sem piscar.

---

* Em russo: Por quê? (N. do E.)

— Eu poderia olhar você para sempre. Você é tão linda. E seus dedos, o jeito como você me toca como se estivesse tocando Scriabin ou Tchaikovsky. Você nem sabe que está fazendo isso.

Ela tocou os primeiros compassos do "Prelúdio em mi bemol menor" de Scriabin no peito dele, *presto*. Cada vez que ela tocava um de seus mamilos, ele se contraía de prazer.

— E o que você ama tanto em mim que o traz de volta todas as vezes? — ela perguntou.

— Quer que eu diga em russo ou em inglês?

— Em inglês. Assim eu posso praticar. Dizem que "conversa de travesseiro" é a melhor maneira de aprender a fala coloquial.

— Isso é algo que a gente faz muito, não é? — Ele rolou para cima dela, ajeitando o corpo dela sob o seu até ela estar deitada de costas. — E eu não sei mesmo russo suficiente para me expressar direito. Bom, o seu talento, para começar. Você me manipula como se eu fosse uma marionete nas suas mãos cada vez que toca. Qualquer emoção que você queira que eu sinta funciona. Eu nem sei como você faz isso.

— O crédito é do compositor, não meu.

— Você está errada. É seu. — Ele a beijou no nariz. — E há as conversas, a comunicação. Nunca me senti tão livre para falar com alguém, e para brincar e rir com alguém. — Ele fez uma pausa. Ambos sabiam que por *alguém* ele se referia à sua esposa. — Mas com você eu posso ser aberto. Podemos conversar sobre a... mecânica do amor físico. Você me abriu completamente nesse aspecto. E eu adoro o jeito maravilhoso de você responder a mim quando estou muito apaixonado. Já estive com pessoas que ficavam excitadas, mas nunca apaixonadas. Não essa loucura que vem direto do coração desse jeito. Você entende?

Ela não entendia, não inteiramente, não essas nuances todas. Mas o modo como ele se posicionara sobre ela, como se fosse protegê-la e cuidar dela, era suficiente.

— Entendo — ela disse.

— É muito louco como é fácil estar com você. Só assim, juntos na cama por horas. Acho que nunca fiquei mais de uma hora nu com alguém sem que um de nós pegasse um livro, ou ligasse a TV, ou saísse, ou dormisse. Você já?

Ela pensou na primeira tarde que ela e Mikhail haviam passado juntos no pequeno apartamento dele, fazendo amor até escurecer lá fora, vinte e um anos antes. Eles tiveram mais alguns dias como aquele, enquanto se conheciam. Talvez semanas, era difícil lembrar; mas ele tinha a disposição de um engenheiro, não de um amante. Era atraído por rotina e eficiência; o sexo logo se tornou apenas mais um item na lista de coisas para fazer. Será que eles haviam de fato se apaixonado? Ela achava que não. Haviam simplesmente sucumbido ao bom senso e à praticidade.

Katya pôs a mão sobre o coração dele.

— Não, meu amor. Não assim.

— Eu quero estar com você o tempo todo — disse ele.

— Eu também.

Ele se sentou e acendeu o abajur. Seu cabelo ruivo escuro estava despenteado, a barba começando a aparecer, brilhando em fios de prata na luz. O cabelo escuro dela também havia começado a ficar grisalho, apenas alguns fios aqui e ali. Ela perguntara recentemente se ele achava que ela o devia tingir, e ele disse que não queria que ela fizesse nada disso por ele. Disse que adorava ver o cabelo dela mudar, que queria vê-lo fazer todo o caminho até ficar branco, e queria ver as veias engrossarem no dorso de suas mãos. Disse que não se importava como os anos se manifestariam nela, desde que ele estivesse ali para testemunhar.

— Eu estou falando sério, Katya. Já são dois anos. Nós sabemos por que amamos um ao outro, então quando vamos realmente fazer o que precisamos para ficar juntos?

Ela se sentou também, socando os travesseiros para se ajeitarem atrás de suas costas como apoio. Depois sorriu para ele.

— E como vamos fazer isso, hein? Nós nos amamos, mas você vai mesmo deixar sua esposa? Você vai mesmo aceitar meu filho? Há muitas coisas nessa situação que são difíceis.

Ele não hesitou.

— Sim! Claro que vou aceitar seu filho. Eu já lhe disse.

Ela sacudiu a cabeça.

— E sua esposa?

— Lembra que eu contei que um colega achou que a tinha visto fora do campus com um aluno da pós-graduação?

Ela confirmou com a cabeça.

— Eu acho que ela está saindo com ele. *Saindo com ele.* Você entende o que eu quero dizer?

— Um caso amoroso?

— Sim, eu acho que sim. Ela tem agido de um jeito estranho. Quer dizer, ela sempre age de um jeito estranho. Mas, nos últimos tempos, parece diferente. Ela está mais distraída do que de hábito. Não anda mais tão brava. Não sei... seria ótimo se ela estivesse envolvida com outra pessoa.

— Isso não incomodaria você?

Ele fez uma pausa.

— Bom, eu não tenho muita moral para criticá-la, não é? Eu gostaria de achar que ela está mais feliz com outra pessoa. Isso me faria sentir menos culpado.

Katya pensou nas muitas mentiras que haviam contado desde que começaram a se encontrar, a energia roubada de suas famílias para que eles pudessem escapar para aquelas poucas horas juntos todas as semanas. Telefonemas durante o dia eram mais fáceis de administrar, mas programar e manter escondido o aspecto físico de seu relacionamento exigia vigilância e arranjos constantes. Ela também se sentia culpada às vezes, mas não tanto quanto teve receio de se sentir. Decidira havia muito tempo que Mikhail merecia sua traição. Era para o filho que ela detestava mentir, fingindo ir para Mid-City todas as quintas-feiras à tarde para um ensaio de coral adulto em uma igreja presbiteriana onde ela dizia que trabalhava meio período. Ele tinha quase dezesseis anos e era esperto e desconfiado. Quando ele lhe perguntou por que ela tocava nos ensaios do coral, mas nunca durante os cultos regulares da igreja, ela começou a sair por umas duas horas alguns domingos de manhã. Às vezes, se seu amante não pudesse encontrá-la no chalé, ela de fato ia para a igreja, embora não tivesse nenhum interesse nem por religião nem por Deus, o que não ajudava muito a amenizar sua culpa, mas observava detalhes suficientes para poder descrevê-la para seu filho se ele lhe pedisse.

— Daqui a dois anos — disse ela. — Grigoriy vai estar terminando o ensino médio, provavelmente indo para a universidade. Então eu posso deixar o Mikhail.

— Mais dois anos — ele falou, como se fosse uma sentença de morte.

— Não é tanto assim. Isso nos dá tempo de inventar uma história para contar para nossos filhos, decidir onde vamos morar. Certo? — Ela pôs as mãos dos dois lados do rosto dele e examinou seus olhos castanho-claros. Passou o polegar sobre a pele áspera de sua marca de nascença roxa, que ela amava por razões que não precisava entender. — Não posso sair agora com meu filho ainda em casa. Eu preciso estar lá. Mas, quando ele tiver dezoito anos, ficará bem. Estará crescido e poderá cuidar de si mesmo. Você entende?

Ele suspirou, depois se inclinou e a beijou.

— Entendo. Não gosto, mas entendo.

Do meio da pilha de roupas no chão, o telefone dele tocou.

— Droga — ele resmungou. Apesar do custo exorbitante, ele havia comprado um celular, para poder atender os telefonemas de sua esposa de qualquer lugar sem ela saber onde ele estava. Havia se oferecido para comprar um para Katya também, mas ela não tinha necessidade disso. Mikhail nunca se preocupava em ligar para ela e, se precisasse falar com seu filho, ela podia usar um telefone público. Já era complicado demais fingir que estava sendo paga por todos aqueles ensaios e apresentações do coral; explicar como havia conseguido o dinheiro extra para um desses novos telefones seria impossível.

— Vou ser rápido — disse ele, e abriu o aparelho enquanto fechava a porta do banheiro. — Estou terminando um jantar de negócios — ela o ouviu falar.

Katya se espreguiçou na cama, sentindo-se como um gato satisfeito. Houve uma vez, bem no começo, em que eles tinham passado um dia inteiro em um hotel, fazendo amor, tendo um piquenique sobre os lençóis amarfanhados, bebendo vinho espumante em copos de papel. Ficou tarde sem que eles percebessem e ele de repente entrou em pânico. E se sua esposa ficasse preocupada? Ou desconfiada? O marido dela estava trabalhando e seu filho estava fora em uma excursão da escola, portanto ela não tinha ninguém a quem explicar sua ausência. Mas ele tremeu enquanto discava o número de casa e, quando sua esposa atendeu, ele falou com ela de uma maneira excessivamente solícita e afetuosa. Gotas de suor apareceram em sua testa, as faces ficaram vermelhas. Ele pôs a mão sobre a boca enquanto falava, mas Katya estava ao seu lado. Ela o ouviu mentir sobre o seu dia, dar falsas explicações para tranquilizá-la e, no fim da conversa, dizer a sua esposa que a amava. Pareceu mais automático que sincero, do mesmo jeito que os americanos perguntavam *Como vai?* como cumprimento sem esperar uma resposta. Depois de desligar, ele não conseguiu olhá-la nos olhos.

— Desculpe por você ter tido que ouvir isso — ele falou. — Eu nunca fiz nada parecido. Tenho medo de não ser um mentiroso muito convincente.

Aquilo era novo para Katya também. Mentir, enganar o marido, roubar tempo de seu filho. Mas estar com ele, ser amada por ele, era sua única trégua da melancolia que manchara todos os seus anos desde que partira de Leningrado. Ela se apaixonara, era verdade. Mas a alegria que sentia com ele não erradicava inteiramente a sensação que seu médico sugerira que podia ser depressão. Ela ainda a sentia de forma muito aguda, especialmente quando eles precisavam se separar e voltar para a própria família. Imaginava se seria mais feliz se eles pudessem estar juntos abertamente, sem ter mais que mentir. Talvez algum dia eles descobrissem, mas, por enquanto, ela estava disposta a tolerar tudo, incluindo ser testemunha do jogo duplo de seu amante. Era surpreendentemente fácil se acostumar a isso.

Nem a incomodava mais.

— Talvez você queira ir junto com a gente amanhã — Greg disse no fim da refeição.

Ela não sabia o que havia produzido aquela reviravolta, e, embora tivesse apreciado a companhia dele no jantar, ainda estava cética.

— Por quê? — ela perguntou.

— É uma viagem longa. Por que não levar uma mecânica comigo? Não foi o que você me aconselhou?

Ela desviou o olhar e tomou um gole de cerveja.

— Clara — disse ele, rindo.

Ela sentiu o calor subir às faces e manteve o rosto desviado, embora não estivesse suficientemente escuro no restaurante para esconder seu constrangimento.

— Desculpe — ele falou. — Clara, olhe para mim. Por favor.

Ela respirou fundo, repreendendo a si própria por ser tão fácil de enganar, e o encarou.

Ele olhou diretamente para ela.

— Desculpe — disse ele. — Eu não tinha intenção de magoar você.

— Não me magoou — ela respondeu. Depois limpou a boca, jogou o guardanapo amarfanhado no prato e se levantou. — Obrigada pelo jantar. Vejo você de manhã.

— Bom dia — disse Greg. — Trégua? — Ele lhe estendeu um copo de papel com café e ela abriu a tampa para espiar dentro. — Fiz como você gosta — ele acrescentou com um sorriso, depois se virou para os transportadores. — É melhor começarmos. Vai ser um dia longo.

Ela os seguiu para o estacionamento. Greg caminhou com Beto até o caminhão, apontando alguma coisa no mapa. Quando Clara foi para seu carro, Greg a chamou.

— Você pode ir comigo, se quiser.

Ela se surpreendeu ao perceber que queria. Era menos por gostar da presença dele do que por se sentir atraída por sua complexidade: a intensidade de seus olhos, sua constituição misteriosa e coxeante, como ele parecia estar convidando-a para se aproximar mesmo quando a rejeitava.

— É uma viagem longa — disse ele. — Uns cento e vinte quilômetros, mas parece que as estradas são tão ruins que isso pode dar umas quatro horas em cada sentido. Não tem lógica irmos em três veículos. Mas, claro, faça o que deixar você mais à vontade. — E ele voltou sua atenção para o mapa.

Oito horas em um carro com Greg? Humm, isso podia ser interessante.

— Tudo bem — ela respondeu. — Só me dê um minuto para eu pegar as coisas no meu carro.

Quando ela fez dezessete anos e comprou seu primeiro carro, um usado velho que ela e seu tio consertaram, ele o equipou com um volumoso kit de emergência e a alertou para nunca dirigir sem estar preparada para sobreviver na margem da estrada por alguns dias, em calor ou frio extremos, se fosse preciso.

— Nunca se sabe quando você ou alguma outra pessoa pode ter problemas. — Então ela sempre mantinha água, um moletom, uma pederneira de magnésio, um extintor de incêndio, toalhas velhas, um kit de primeiros socorros, protetor solar, óculos de sol e protetor labial, além de uma caixa de ferramentas. Pelo menos Jack a teria aprovado por pegar seu kit de ferramentas e a mochila para emergências na beira da estrada. Ela podia encarar o risco de estar no meio do nada com três homens, mas não se arriscaria com os perigos do ambiente.

— Você tem um estepe, certo?

— Tenho.

— Para o caminhão também?

— Sim, senhora.

— Só para ter certeza — disse ela, e abriu o porta-malas do SUV. Notou que havia cinco galões de água, um cobertor térmico do hotel e um cooler, além do equipamento de fotografia, em que ela tentou não tocar enquanto colocava seus pertences.

— Tem comida para um piquenique aí dentro — disse Greg. — E salgadinhos. Ah, e eu comprei cerveja para os rapazes e vinho para nós. — Ele levantou uma sobrancelha e sorriu. — Acha que falta alguma coisa?

Mesmo sem querer, ela sorriu de volta. A ideia de um piquenique e vinho no deserto com um homem interessante, embora irritante, parecia quase pitoresca. Ela ergueu os ombros.

— Acho que não.

— Então vamos — disse ele, entrando no carro.

Tudo no Vale da Morte parecia extremo para Clara, mas, até aquele momento, a Cratera Ubehebe, com cento e oitenta metros de profundidade e oitocentos metros de largura, na parte norte do parque, era a mais impressionante; seu conjunto de cores e texturas só podia ser descrito como sobrenatural. No fundo dela, camadas de lama rosa e marrom pareciam lagos secos. Entre a superfície e o fundo, camadas coloridas de arenito e outros sedimentos, desgastadas por detritos fluindo durante milhões de anos na rocha exposta vermelha e laranja, abriam-se em barrancos profundos sobre o terreno vulcânico preto.

De pé na borda da cratera a uma altitude de oitocentos metros, Clara teve que apoiar as pernas uma na frente da outra para se firmar e não ser soprada pelos fortes ventos que dispersavam nuvens finas pelo céu.

— *Miren* — ele falou para os transportadores, apontando para o ponto mais baixo na borda sudeste da cratera.

— *Sí* — Beto respondeu.

— Preciso que vocês levem o piano para o outro lado da cratera — ele percorreu com a mão a borda norte — e o descarreguem bem na frente de onde estamos agora. *Me entiendes?* Certo, muito bem, mas escutem. Será uma caminhada de mais ou menos um quilômetro e meio em terreno mole e instável, e vai estar ventando muito forte. Quando vocês o descarregarem lá, vão ter que segurar firme. Coloquem o mais perto da borda que for possível, mas depois vão ter que se deitar atrás dele, vocês dois, segurando. Sabem de uma coisa? Usem as correias, não as soltem. Elas não vão aparecer na foto a esta distância. E, como a parede é em ângulo, eu provavelmente não vou ver os pés daqui mesmo. Tome, levem o walkie--talkie. Eu vou lhes dizendo o que fazer.

— Eu posso ir com eles — disse Clara, incapaz de disfarçar a preocupação. As rajadas de vento eram fortes e ela sabia muito bem como o piano podia ficar instável quando se desequilibrava. Sua mão doía só de pensar.

— Clara, não se preocupe, eu não arriscaria se não confiasse neles — garantiu Greg. — Eu lhe disse que eles trabalham para um amigo meu em uma empresa de cenografia. Cenários de filmes. Sabe aquele que tem um ator que cai de um prédio? Em que você vê toda a história da vida dele enquanto ele vai passando pelos andar? Meu amigo construiu aquele cenário. Ganhou um Oscar por ele. Enfim, estes caras não são afinadores de piano ou nada parecido, mas sabem como transportar coisas pesadas.

Juan sorriu para ela.

— *Es* verdade — disse ele.

Sem perder mais tempo, eles começaram a caminhar em passos lentos pela borda da cratera, esforçando-se para manter o equilíbrio. Durante uma lufada violenta, Clara achou que fosse cair e estendeu o braço depressa para se apoiar em Greg, seu coração batendo forte com uma visão repentina dos transportadores e seu Blüthner sendo lançados de cima da borda vulcânica, ricocheteando e rolando até se espatifar no fundo, cento e oitenta metros abaixo.

— Eles estão bem, Clara. — Greg abriu o porta-malas do SUV e pegou a bolsa da câmera. Clara ficou a alguns metros de distância e observou os transportadores rolarem lentamente o piano pela borda da cratera, oscilando no solo instável, sendo açoitado pelo vento como os cabelos longos de Beto. Como ele podia enxergar alguma coisa com o cabelo batendo em seus olhos daquele jeito?

Por fim, eles estavam na posição. Greg ajustou o tripé e se curvou para olhar pelo visor. Segurou um pequeno aparelho na direção do piano e, depois de verificá-lo, modificou alguns ajustes e olhou pela câmera outra vez. Pressionou um botão na ponta de um cabo que estava conectado à câmera, fez mais alguns ajustes, pressionou o botão.

— Um pouco mais para a esquerda — Greg disse no walkie-talkie, e os transportadores surgiram de trás da borda como marmotas. — Isso, segurem aí. — Ele se movimentou trocando lentes, mudando ajustes e a altura do tripé, limpando a lente. Instruiu-os a alterar em alguns graus o ângulo do piano, o que eles fizeram, e a desaparecer de novo, o que eles também fizeram. Enquanto ele trabalhava, Clara notou a fluidez de seus movimentos. Ele tinha o tipo de controle confortável sobre as próprias ferramentas que ela admirava.

Ela olhou para o Blüthner, reluzindo em miniatura do outro lado do abismo, e virou-se para ele.

— Como ele fica na foto?

— Veja por si mesma — disse Greg. Ele deu um passo oscilante para trás do tripé e apontou para o visor. — O objetivo é criar uma atmosfera grandiosa. Normalmente eu deixaria o fundo o mais longe possível para ampliar o piano, mas neste caso eu queria transmitir a fragilidade e o perigo de algo à beira de um precipício. Percebe como eu enquadrei? O grande céu estendido acima? As profundidades misteriosas embaixo? Isso sugere um potencial para o desastre. Você consegue sentir? — Ele parecia entusiasmado, como se estivesse excitado pelo perigo que descrevia.

Clara olhou para ele, apreensiva, mas ele apontou para o visor outra vez.

— Dê uma olhada — ele insistiu, e ela pressionou o olho direito contra a câmera. Ainda distante, o piano parecia solitário e, sim, frágil, embora ela soubesse que estava sendo firmemente contido por Juan e Beto, escondidos atrás dele. Depois de ter passado um minuto estudando seu piano em um contexto ao mesmo tempo perigoso e belo, sentiu o olho esquerdo cansar de ficar fechado e devolveu a câmera para Greg. Mesmo com o som do vento, ouvia os estalos do obturador. O restante dele estava completamente imóvel.

— Por que você está fazendo isso? — ela lhe perguntou.

— Isso o quê? — disse ele, sem levantar o olho da câmera.

— Arrastando meu piano pelo deserto. Parece uma grande despesa e um enorme incômodo. Além de... arriscado. Eu gosto da sua ideia de mostrar como é quando a música para, mas por que aqui? Por que o Vale da Morte, entre todos os lugares?

Ele inspirou fundo e soltou o ar lentamente enquanto se levantava.

— Certo — disse ele. — É justo. — Então levou o walkie-talkie à boca. — Pronto. Podem trazer de volta.

Ele tornou a colocar seu equipamento no SUV. Antes de começar a organizá-lo, procurou uma pasta de couro e a entregou a ela.

— Pode abrir — ele falou.

Ela abriu o zíper e tirou um objeto achatado enrolado em um tecido grosso de linho, estampado com flores silvestres azuis e amarelo-ocre. Deu uma olhada para ele, que, com um movimento da cabeça, a autorizou a continuar. Dentro havia um pequeno álbum de fotos de capa dura. Na capa branca havia uma única imagem em branco e preto de uma paisagem congelada e estranha, com um céu cinzento e montanhas a distância.

— Você reconhece? — perguntou Greg. — É a Bacia de Badwater, onde estivemos ontem à tarde.

— Ah. Agora eu reconheço. Mas parece gelo em vez de sal no chão.

— Minha mãe também achava isso. Ela costumava dizer que parecia a tundra siberiana, que ela não podia acreditar que não fosse frio. Todas elas, na verdade.

Clara virou as páginas com cuidado. Havia apenas uma imagem em cada página, uma réplica de uma fotografia antiga em Polaroid com a borda branca e aquele aspecto ligeiramente subexposto, obscurecido, como sépia.

— É a sua mãe?

— É. E eu. Estas são imagens escaneadas de fotografias de uma viagem para o Vale da Morte que fizemos pouco depois de chegarmos à Califórnia. São as únicas fotos de família que temos. Minha mãe as deixava quase o tempo todo enroladas e escondidas em uma gaveta, mas às vezes ela as tirava para olhar. Ficava sentada junto à mesa da cozinha por horas, olhando para essas fotografias. Eu tenho as originais em um cofre em Nova York. Fiz estas cópias como reserva.

Clara examinou cada uma delas. Reconheceu Salt Creek e Mesquite Flat Sand Dunes, Devil's Golf Course e Artist's Palette, e vários outros lugares onde haviam estado nos últimos quatro dias. Ficou surpresa, porém, com a desolação que as imagens pareciam incorporar. Todas elas, na verdade, embora belas, eram asperamente duras.

— Uau, são incríveis. Mas muito deprimentes. É bem mais bonito aqui, ao vivo.

— Eu concordo. Mas minha mãe também dizia que essas fotos eram como ela se sentia por dentro. Morta, como o nome do vale.

— Mas você tinha dito que este era o lugar favorito dela, não? — ela perguntou, examinando com mais atenção a mulher nas fotos.

Greg olhou para ela e franziu a testa.

— Domingo, no estacionamento do cassino. Foi isso que você me disse.

Ele apertou os lábios.

— Humm. Eu acho que estava sendo sarcástico. Até onde eu sei, ela só veio aqui... duas vezes. — Ele sacudiu a cabeça, como se quisesse se livrar de um pensamento. — Nós saímos da Rússia quando eu era bebê. Isso a mudou, eu acho. Ela era muito infeliz. Tenho certeza que havia mais coisa envolvida, uma depressão real ou algo assim, mas ela dizia que estava triste por ter deixado seu Blüthner na Rússia. — Ele passou a mão pelo rosto. — O piano acabou sendo despachado para cá, mas, até então, estas fotos eram como um fetiche para ela. Ela dizia que as paisagens pareciam tão estéreis porque não havia música nelas. Até inventou uma história sobre isso, sobre uma menina chamada Sasha que vivia na Sibéria. Todos eram tristes e sentiam frio, até que alguém deu um piano para Sasha, porque, depois que ela começou a tocar, a neve e o gelo derreteram e toda a paisagem foi mudando. Mas, então, algumas coisas terríveis aconteceram, um casamento ruim, um comerciante invejoso, e, no fim, o piano foi destruído e a tundra voltou, e Sasha congelou dentro de um caixão com suas próprias lágrimas.

— Que horrível! — exclamou Clara.

Greg suspirou.

— Eu adorava essa história. Provavelmente não teria pedido para ela me contar tantas vezes se soubesse na época que minha mãe era a menina da fábula. Ali estávamos nós, em Los Angeles, o lugar mais quente que ela já conhecera, mas por dentro ela estava congelada.

— Mesmo depois que ela recebeu seu piano de volta?

— Acho que nós não éramos uma família muito feliz. — Ele encolheu os ombros. — Havia tempos em que ela parecia bem. Mas a felicidade para ela era, não sei... frágil. Talvez seja assim para todo mundo em algum grau.

Com cuidado, Clara tornou a envolver o álbum no tecido de linho e o devolveu a ele, bem quando um casal em uma moto Triumph Roadster parou no começo da trilha. Eles desceram, passando as pernas longas por cima do largo tanque de combustível da motocicleta, e tiraram o capacete. A mulher sacudiu o cabelo enquanto o homem guardava as luvas no baú. Suas roupas de couro empoeiradas rangeram quando eles caminharam, de mãos dadas, para a borda da cratera, longe o bastante contra o vento para não terem que cumprimentar ninguém nas proximidades. Clara olhou para a Triumph com inveja. Era enorme, maior e mais reluzente ainda que o Blüthner. Mesmo em repouso, parecia um valentão pronto para uma briga, como se quisesse arrancar pela estrada, voando sobre o asfalto. Teve uma vontade imensa de subir na moto e sentir o motor roncando agressivamente. Só de olhar já podia perceber a força da máquina em seus cotovelos, a sensação de velocidade em suas entranhas. Depois olhou outra vez para o casal. A felicidade deles não parecia frágil. Estavam muito juntos, a mulher aconchegada no peito do homem, que a envolvia com os braços. Clara desviou o olhar, mas deu umas espiadas intermitentes enquanto eles apontavam para o outro lado da cratera, maravilhados com o piano que estava sendo puxado ao longo da borda. O vento trouxe suas vozes para perto, tornando-os íntimos.

— Estar aqui e ver coisas como essa me faz querer acreditar em Deus — a mulher falou, com um sotaque britânico pronunciado. O homem respondeu segurando os seios dela e a beijando no pescoço. Ela riu e eles partiram por uma trilha íngreme para dentro da borda ocidental da cratera.

— E você? — Greg perguntou a Clara, enquanto fechava o tripé. — Acredita em Deus?

— Não sei — ela lhe disse. — Acho que não. E você?

— Porra, não — ele respondeu com ar de desdém. — Toda vez que alguém fala sobre Deus, tudo que ouço é seu próprio fanatismo, dogmatismo, elitismo ou intolerância. Alguma desculpa para se sentir moralmente superior aos outros. Não, obrigado.

— Isso é religião, não Deus. — Ela pensou em algo que seu tio lhe havia dito um domingo de manhã. Eles haviam saído da Weedpatch Highway para uma estrada de terra, passaram por várias antenas de TV e torres de distribuição e, finalmente, chegaram a um portão. Tiveram que seguir a pé as últimas centenas de metros e, quando alcançaram o Mirante de Breckenridge, Jack pôs as mãos nos bolsos e passou os olhos pelas encostas do Parque Nacional das Sequoias abaixo deles. Ele olhou para ela e sorriu.

— Estou feliz porque pudemos vir à igreja hoje — disse.

Greg ergueu um ombro enquanto desatarraxava uma lente teleobjetiva do corpo da câmera.

— É a mesma coisa — ele falou. — Fanáticos, assassinos e políticos estão sempre justificando suas ações pela invocação de regras feitas por um amigo imaginário. Ou a porra dos atletas! Eles adoram apontar para o céu nas entrevistas depois do jogo e dizer imbecilidades como "O Cara Lá em Cima estava olhando por mim". Será que eles acreditam mesmo nessa merda? Que eles são, de alguma maneira, suficientemente superiores para fazer Deus dar atenção a eles e não ao outro time? O que os jogadores do outro lado pensam, hein? Se também estiverem nessa, vão ter que dizer: "Ah, é tudo parte do plano de Deus" ou outra bobagem do tipo. Por que ninguém nunca diz que um lado trabalhou melhor ou simplesmente teve sorte? Por que sempre tem que ser parte de algum plano divino?

Clara, espantada com a reação hostil, pelo modo como as faces pálidas dele estavam tão vermelhas agora, sentiu a necessidade de amenizar aquela irritação e, ao mesmo tempo, defender uma posição mais neutra.

— Mas e esta cratera? Ou esses arbustos esquisitos atrás de nós que parecem carneiros pastando? Ou aquele gavião lá em cima? E o mistério disso tudo? Não é um grande plano.

— Talvez aquele gavião seja Deus. Olhando por nós. — Ele apontou para o céu e acenou. — Ei, Cara Aí em Cima! Obrigado por tudo, tá bom?

— Qual é o problema com você? — perguntou Clara.

Ele largou a câmera, pôs as mãos na cabeça e as desceu pelo rosto como se estivesse removendo alguma coisa.

— Desculpe — disse ele. — Eu exagerei. Mas é que já houve muitas vezes em minha vida em que estava óbvio que eu não ia ganhar jogo algum. Entende o que eu quero dizer?

Na manhã depois que seus pais morreram, ao acordar na casa de sua amiga, ela se lembrou de ter tido um sonho: estava usando uma malha de ginástica azul brilhante, saltando por um solo coberto com uma camada espessa de sedimento branco poeirento como a superfície da lua. A cada pulo ela ganhava mais ar, deixando pegadas largamente espaçadas atrás de si. Um clamor crepitante vinha dos espectadores, dos juízes e dos outros ginastas, um som que se fundia em um canto do seu nome: Cla-*ra*! Cla-*ra*! Ela estava sorrindo quando deu o salto final, tão alto que escapou completamente da atração da gravidade e foi lançada de um mundo para outro, reluzindo em sua malha de ginástica como uma estrela. O rosto da mãe de Tabitha era pesaroso enquanto sacudia Clara pelo braço e sussurrava: "Clara. Clara, acorde. Aconteceu uma coisa horrível. Houve um incêndio".

Ela deixou seu olhar pousar no sedimento de aspecto lunar no fundo da cratera, depois o subiu pela parede irregular até o Blüthner, que se aproximava lentamente deles. Estaria o gavião voando em algum lugar por perto? Não, ele havia ido embora. O céu era um azul total, vazio exceto pelas riscas de nuvens.

— Sim — disse ela. — Eu entendo.

— Você perguntou por que estou tirando estas fotos aqui — ele falou. — É porque, na segunda vez que minha mãe veio ao Vale da Morte, ela se matou. — Ele ergueu os ombros. — E eu sinto falta dela.

— *G*risha? — Katya bateu na porta do armário dele. — Seu pai está em casa. Venha jantar com a gente.

— Desculpe, mãe. Eu não posso sair agora.

Ele a ouviu hesitar, percebeu a decepção em sua voz.

— Então não demore, tudo bem?

— Depois que eu terminar. — Ele suspirou. Queria jantar com sua mãe. Mas só com ela.

Agora que era quase adulto, recém-formado no ensino médio, Greg — ele anunciara que não queria mais ser chamado de Grigoriy — tinha o hábito de ir para o quarto antes de seu pai chegar do trabalho; não suportava ver Mikhail se largando na poltrona usada, fazendo reclamações grosseiras com sua mãe, com resíduos de comida caindo da boca sobre a barriga montanhosa. Em vez disso, depois que Mikhail chegava em casa e assumia sua posição amarga na sala de estar, Greg passava as noites no quarto escuro que havia montado em seu armário. Ele queria ir para uma boa faculdade em outro lugar e estudar fotografia, mas tinha medo porque isso significaria abandonar a mãe. Por isso se matriculara em uma faculdade comunitária perto de casa para ganhar tempo antes de dar esse grande salto.

Ele havia comprado sua primeira câmera boa, uma Nikon F70, quando estava no segundo ano do ensino médio, com dinheiro que roubou da carteira do pai ao longo de seis meses. A princípio era pouco mais do que um escudo contra a agitação da vida social que acontecia à sua volta. Na escola, sempre que se sentia constrangido por colegas cruéis de classe social mais alta ou meninas não interessadas, podia esconder seu rubor atrás da câmera. Mas não passou muito tempo até que, conforme ele treinava seu olho, a fotografia se tornasse muito mais do que apenas uma barreira entre ele e os outros. Conseguiu um emprego de meio período em um laboratório fotográfico especializado para aprender tanto quanto pudesse e ganhar dinheiro para comprar mais equipamentos. Quando não estava trabalhando ou na escola, passava as tardes livres em caminhadas solitárias nos cânions, praticando a arte de fotografar. Brincava com profundidade, perspectiva, movimentos verticais, exposição, distorção.

Além de paisagens, seu tema favorito eram as mãos dela, especialmente quando ela estava tocando piano, os dedos finos se estendendo por uma oitava. Também gostava de fotografar o interior árido do Blüthner enquanto ela tocava, o borrão dos martelos e cordas que traduziam sua música em imagem. A felicidade de sua mãe, ao que parecia, era instável e condicional, mas ela era mais ela mesma quando estava no teclado. O fio entre os dois havia ficado assustadoramente fino ao longo dos anos; Greg receava que, agora que era adulto, ela achasse que ele não precisava mais tanto dela, o que não era verdade: ele precisava dela mais do que nunca, mas não sabia como lhe dizer. Por isso tirava fotos dela. Achava que, se não a capturasse fazendo música, se não tornasse aqueles momentos reais, se não os tornasse seus, eles poderiam desaparecer. E, então, o que ele teria dela?

Em seu armário, sob uma lâmpada vermelha especial, ele seguia as etapas: revelar, interromper, fixar. Depois pendurava os papéis fotográficos em um varal acima dos recipientes para secar e ficava vendo as imagens surgirem. Sentia-se poderoso ao usar a câmera, fazendo coisas que vitoriosos fazem: expor e capturar. Com a música, havia um excesso de libertação. Com a fotografia, ele podia ser ganancioso, possuir as coisas que fotografava, como um colecionador, ou um saqueador, ou um ladrão. O piano dava. O fotógrafo capturava.

Greg ouviu seu pai gritando com ela na sala. Mesmo com a porta fechada, a raiva na voz dele era nítida. O que seria dessa vez? Será que o jantar estava frio? Sua mãe teria esquecido de comprar vodca? Teria ficado tempo demais no piano de novo, em vez de se sentar no escuro com ele enquanto ele bebia e ficava olhando para sitcoms americanas que não conseguia entender?

Não, agora era outra coisa; parecia pior do que de hábito. A voz de Mikhail estava rouca e exaltada. Parecia tão grave que Greg abriu a porta do armário com suas fotos dentro do banho químico, arruinando-as instantaneamente com a luz, mas, ainda assim, hesitou na porta. Aprendera que era melhor para sua mãe se ele não se intrometesse quando eles brigavam, mas quando Mikhail gritou, "Sua puta!" em inglês, Greg correu para ela.

— Puta! Vagabunda! Quem é você para fazer isso comigo? Depois de tudo que eu faço por você! — Mikhail avançou, com o rosto vermelho e sacudindo um punhado de papéis amassados na direção dela. Katya recuou e se escondeu atrás do piano como proteção.

— O que é isto aqui, hein? Há quanto tempo isso está acontecendo? Ele nem assina o nome! Então eu não vou saber que minha esposa é uma puta quando encontro essa carta que diz "Eu te amo"? — Ele olhou para o final da carta e leu com uma voz sarcástica. — "Eu te amo", ele diz. Eu te amo? Alguém diz "Eu te amo" para a minha esposa? Ninguém tem que amar você além de mim! — E ele desceu o punho sobre o alto da caixa de ébano com tanta força que o piano pulou sobre o piso de madeira de lei.

— Não, Misha! Pare! Não é o que você está pensando! — Katya gritou, levantando os braços finos. Greg se abraçou a ela quando Mikhail ergueu o punho outra vez.

— Há quanto tempo?

— Mãe! — Greg gritou, e tentou puxá-la antes que o próximo golpe de seu pai caísse sobre ela. Greg nunca o vira tão bravo.

— Não é nada, Misha! Pare, por favor!

— Se não é nada, por que a carta dele estava na sua gaveta embaixo das suas roupas? Parece que você está guardando isto como uma espécie de tesouro escondido, então não pode me dizer que não é nada!

— Vou pegar uma bebida para você. E o jantar. Vou explicar. Não é nada para ter ciúme, é só um jovem aluno com sentimentos confusos...

— Eu trago você para a América, dou para você sol todos os dias. Sem filas, nenhum jantar sem carne. Eu trabalho tantas horas todos os dias, de noite eu só sonho com o amarelo daquela porra de táxi. E você, o que você faz? Passa o dia tocando esse seu piano idiota ou ensinando outras pessoas a tocar seu piano idiota, e depois dá umas aulas extras, é isso? Você está fodendo com esse sujeito na minha cama?

Os olhos de Katya estavam secos e enormes de pavor; até suas lágrimas tinham medo de cair.

— Quer saber como eu me sinto com esta carta, Ekaterina? Depois de tudo que eu fiz por você todos esses anos? É assim que eu me sinto! — Mikhail, o rosto inchado sobre o colarinho apertado demais, virou para pegar o atiçador de fogo na lareira, que era só decorativa, já que nunca haviam tido que acendê-la em Los Angeles, e o desceu com violência sobre o piano.

O Blüthner respondeu com um som de estilhaço e quebra, mas se manteve firme.

— Pare, Misha! Por favor! — Katya implorou, mesmo enquanto deixava o filho segurar seus braços e puxá-la para trás. — Você não entende.

— O que eu não entendo? Prefere que eu bata em você? De que vai adiantar? Isso não vai lhe mostrar. — Mikhail baixou a voz para um grunhido. — Eu parto seu piano como você parte meu coração. É isso que vai mostrar para você. — Ele levantou o atiçador sobre a cabeça com as duas mãos, como um lenhador prestes a derrubar uma árvore.

Greg soltou sua mãe e pulou para cima dele, agarrando os braços pesados do pai. Havia herdado as paixões da mãe, mas, fisicamente, era uma réplica adolescente forte de Mikhail. Não conseguiu impedir o golpe, mas o suavizou. Em vez de rachar a caixa do piano, o atiçador deixou apenas uma marca. Um ferimento, não uma morte.

Mikhail se virou e fixou o olhar prematuramente fosco, os olhos molhados de fúria, em seu filho. Greg não se lembrava da última vez que seu pai olhara diretamente para ele por qualquer motivo que fosse, e a intensidade daquele olhar colérico o fez pensar em um lobo na caçada.

— Não! — Katya gritou.

— Você protege a puta da sua mãe, é? — Mikhail se moveu para ele lentamente, um caçador cercando a presa, e baixou a voz para um aterrorizante *basso profundo*. — Não passa de uma criança. Criança estúpida, tentando ser adulto e ainda querendo mamar no peito da mãe.

Determinado a enfrentá-lo, Greg se esforçou para não recuar enquanto seu pai se aproximava com o atiçador levantado e o rosto em fúria. Mesmo quando sua bexiga cedeu e a urina molhou o jeans, ele não se moveu. Então, com uma velocidade e força que pareciam impossíveis para um alcoólatra obeso e envelhecido, Mikhail acertou a perna esquerda do filho com um golpe brutal. Sua mãe gritou e o menino desmaiou.

Nos anos que seguiram, Greg voltou repetidamente àquele momento, tentando todas as vezes desejar que seu eu mais jovem desviasse, pegasse a mão de sua mãe e fugisse, mas, claro, não havia mais jeito. Em vez disso, a lembrança do pai e do atiçador e do som que reverberou pela sala quando o golpe esmagou seu fêmur eram como uma pedra afiada que ele carregaria para sempre dentro do sapato, coxeando para minimizar a dor.

Depois que saíram da Cratera Ubehebe, Greg recolheu-se em um silêncio profundo. Ela queria saber mais, mas não ia ser invasiva. Nos poucos dias desde que o conhecera, havia decidido que a paisagem das emoções dele era tão imprevisível quanto o deserto que estavam percorrendo. Era como esperar uma tempestade passar, confiando que o sol retornaria depois que as nuvens tivessem se esvaziado.

Viraram para o sul, subindo a encosta, e a estrada pavimentada e lisa deu lugar a uma pista de terra. Depois de vários quilômetros em um silêncio estranhamente confortável, passaram por uma placa que recomendava o uso de tração nas quatro rodas. A estrada não parecia tão difícil assim, mas Clara reparou no aviso.

— O caminhão de mudança não tem tração nas quatro rodas — disse ela.

— Claro que tem — Greg respondeu.

— Não, não tem. Nenhum deles tem. E a suspensão é bem baixa. A estrada vai ficar muito ruim?

— Ouvi dizer que é bem esburacada, mas não tão ruim até os últimos doze quilômetros, mais ou menos, depois de Teakettle Junction. Mas daqui até lá não vai ter problema. Parece que choveu forte ontem nesta parte do parque, mas não houve danos nas estradas. É só a gente ir devagar.

Clara pegou o mapa do Serviço de Parques Nacionais que Greg tinha no carro, mostrando as estradas dentro do Vale da Morte, para verificar onde estavam. Ele havia marcado cerca de uma dúzia de pontos, provavelmente os locais onde pretendia fotografar o piano, pois já tinham estado em vários deles. Encontrou a Cratera Ubehebe e traçou com o dedo a rota para o próximo destino. De acordo com a legenda, os quarenta e três quilômetros pela Racetrack Road requeriam "suspensão alta" devido a cascalho solto, corrugações e pedras.

— Pneus furados são comuns nesta estrada — ela leu em voz alta. — Certifique-se de que seu estepe esteja cheio, todas as partes do macaco estejam em ordem e a banda de rodagem esteja boa. Pode requerer tração nas quatro rodas devido a mudanças nas condições das estradas e manutenção irregular, portanto acompanhe as atualizações.

— Vai dar tudo certo — disse ele.

— Você viu se o estepe do caminhão está cheio? E se ele veio com um macaco? As pessoas que alugam veículos geralmente não se preocupam com essas coisas até ser tarde demais. Eu mesma teria conferido se soubesse que íamos andar por estradas de terra.

— Caramba, como eu não pensei nisso? — Ele olhou para ela e levantou um canto da boca em um meio sorriso.

— Pode rir de mim se quiser, mas nós estamos aqui no meio do nada e, se furar um pneu, não sei como vamos arrumar alguém para nos ajudar.

— Mas é para isso que você está aqui... não é, Srta. Conserta-Tudo?

Ela suspirou.

— É, você já me disse isso. — Ela olhou para os arbustos de creosoto que pontilhavam os topos e montanhas de passagem por sua janela. De acordo com o mapa, essa era a cadeia montanhosa Last Chance Range.

A estrada chegou ao cume em um platô gramado com agrupamentos de árvores-de-josué em todas as direções, suas folhas em forma de baionetas em tufos em estranhos formatos dignos do Dr. Seuss. Depois, quando começaram a descer, a superfície da estrada desintegrou-se rapidamente em ondulações tão violentas que Clara achou que podia sentir uma britadeira dentro do crânio furando seu cérebro.

— Pare o carro — disse ela.

— Puta que pariu — disse Greg, segurando o volante com firmeza enquanto freava. Clara se virou para trás e viu o caminhão de mudanças parando com o som de freios atrás deles. — Acho que é isso que eles chamaram de *esburacada*.

— Precisamos esvaziar um pouco os pneus do caminhão — declarou Clara, abrindo a porta. — Os nossos também. — Ela foi até a traseira pegar suas ferramentas.

— O quê? Por quê?

— Se baixarmos para umas quarenta libras, eles vão esvaziar o suficiente para se ajustar à superfície — disse ela. — Isso vai produzir um movimento mais suave e ajudará a evitar que o piano pule muito. Mas vamos ter que ir devagar.

— E como vamos enchê-los de novo depois?

— Com a bomba que eu trouxe. — Clara a levantou e sorriu, desfrutando o pequeno momento de vingança. — Dê uma conferida no piano enquanto eu cuido dos pneus. Ainda bem que você não está trazendo ele aqui para um concerto. Se já não estivesse desafinado, agora com certeza está.

Juan e Beto se apoiaram no caminhão, fumando seus cigarros. Juan moveu o queixo na direção dela em um gesto de solidariedade quando ela agachou para soltar a primeira válvula. Ela devolveu o gesto; essa demonstração de familiaridade com o mundo dos serviços pareceu aumentar a simpatia por ela e transformá-la em uma colega.

— *Le ayudo*? — ele perguntou.

— Não, pode deixar — disse ela, e ele concordou com a cabeça.

Havia terminado e estava guardando as ferramentas de volta no carro quando o celular tocou em seu bolso. Sem nem olhar, ela soube que era Peter.

— Eu preciso atender — ela disse para Greg, e procurou alguma privacidade naquela extensão de quilômetros e quilômetros de terreno aberto caminhando um pouco pela estrada.

— Alô — ela falou no celular.

— Oi — disse Peter, naquela sua voz profunda e lenta. — Não quero perturbar você, só queria saber se está bem.

— Eu estou. — Ela sorriu. — Obrigada por ligar. E você?

— Eu? Tudo bem. Está movimentado para uma quarta-feira. — Ela olhou para o relógio: quase meio-dia. A mãe dele logo ia começar a trazer a comida para eles e insistir que parassem para comer. "Já vai, mãe", ele quase sempre respondia. Clara ouvia os sons conhecidos da oficina ao fundo: o ruído pneumático de porcas sendo desparafusadas com uma chave de impacto, Teddy rindo, a música *laïko*. — A corrida Fast Relief 500 foi domingo — Peter continuou. — Você conseguiu ver?

— Não, eu não vi. — Não tinha nem lembrado disso. Ela e Peter tinham planejado ver juntos. — Johnson ganhou?

— Ganhou. Praticamente dominou a corrida inteira. Busch em segundo, Kahne em terceiro. Eu achava que Johnson ia ganhar, mas nunca se sabe o que pode acontecer, né?

Clara balançou a cabeça. Ela olhou de volta para o SUV, onde Greg estava lendo um mapa, uma das mãos enfiada no bolso da calça.

— Desculpe eu não ter ido.

— Tudo bem. Como não tive notícias suas, logo imaginei que você não ia vir. Mas eu guardei um lugar para você, por via das dúvidas.

Ela imaginou Peter sentado no sofá de seus pais, assistindo à corrida e protegendo o espaço prometido ao seu lado com o braço sobre o encosto. Teddy ou Alex talvez viessem para se sentar e ele diria: "Aqui não. Este é o lugar da Clara. Ela vai chegar a qualquer minuto". Ele raramente saía com alguém, embora ela soubesse que qualquer mulher solteira em seu juízo perfeito se apaixonaria facilmente por ele, se ele desse uma chance. Ela vira umas poucas tentarem. Um nó se apertou em seu peito quando imaginou a expressão que veria no rosto dele se ela realmente tivesse chegado para a corrida. Seus olhos iam se arregalar e seus lábios se abririam e alargariam, revelando a alegria. Então, para não espantá-la, ele tentaria esconder a emoção, tentaria fingir que apenas estava contente por ter uma amiga para assistir TV com ele.

— Clara?

— Oi, desculpe, estou aqui — disse ela, trazendo os pensamentos de volta. Ainda estava um pouco ofendida pela rapidez com que ele a incentivara a deixar Greg comprar o piano.

— Por falar nisso, onde exatamente é *aqui*? Fiquei preocupado quando não tive notícias suas no domingo e passei no seu apartamento ontem à noite. Parecia que você não estava em casa.

Ela poderia mentir e dizer que havia decidido tirar umas férias curtas, tentar a sorte em um cassino em Las Vegas por alguns dias. Ou poderia explicar que Greg havia se revelado uma pessoa interessante e bem legal e a convidara para ajudá-lo nas sessões de fotos, o que não seria uma mentira completa. Não, Peter provavelmente continuaria preocupado, e com certeza um pouco ciumento. Pensou em como a expressão dele murchava toda vez que ela lhe contava que ia sair com alguém, sem falar em como ele se contraíra quando ela disse que ia morar com Ryan.

Clara suspirou. Peter a conhecia bem demais para acreditar que ela estava em um cassino. A única aposta que ela aceitava era experimentar comidas gregas desconhecidas. Até mesmo ir morar com Ryan não havia sido um risco; ela não investira o suficiente para fazer durar.

— Ainda estou no Vale da Morte.

Houve uma longa pausa.

— Clara.

— Eu sei — disse ela. Podia imaginá-lo fechando os olhos, sacudindo a cabeça. — Você não precisa dizer nada. É louco e impetuoso da minha parte e eu não devia estar fazendo isso, mas não consegui parar. Lembra que eu disse que o meu piano era raro? Acontece que esse fotógrafo, Greg, a mãe dele era a dona do piano. Dá para acreditar? E então, pelo que fiquei sabendo, ela se matou aqui. Que história doida, né? Sei lá, ou não... ele não disse por que ela fez isso. Acho que ele não quer falar a respeito e eu não sei como ele se sente por eu estar aqui, mas só sinto que preciso ficar, mais um pouco.

— Você não tem que...

— Peter, eu sei que você quer me proteger. Sei que você acha que eu sou uma idiota por ter vindo. Que eu sou uma idiota por ter feito ele alugar o piano em vez de comprar, porque aí isso estaria encerrado de uma vez por todas. Porra, *eu* também acho que sou uma idiota, mas pela razão oposta. Não posso acreditar que passou pela minha cabeça deixar essa merda de piano ir embora depois de todos esses anos — disse ela, e parou para respirar. — Eu o odeio, mas preciso dele. Queria que você entendesse isso. É a única coisa importante que eu tenho. E agora me aparece esse cara que tem uma conexão com ele e...

— Clara, você me interrompeu — disse Peter, mas não em tom de repreensão. — Eu ia dizer que você não tem que me explicar nada. Eu entendo.

— Você entende?

— Bom, não exatamente. Mas entendo bem você, eu acho. Se você precisa estar aí, ou seja o que for, então faça o que deve. Não estou dizendo que quero que você faça isso, mas não vou tentar convencê-la a não fazer.

Clara pensou nele de pé na sua porta no escuro, com o aquecedor na mão. Como ele era gente. Como era atencioso.

— Obrigada — disse ela, serenamente. — Eu agradeço muito. — Alguém na oficina o interrompeu, provavelmente Teddy, e Peter murmurou algo em resposta. — Estou um pouco surpresa por você não estar bravo — ela comentou, quando ele voltou.

— Bravo? Clara, eu sou seu amigo. Não seu pai. — Então, quase imediatamente: — Merda. Desculpe. Eu não queria dizer isso.

— Está tudo bem.

— Não, não está. Desculpe.

— Só estou contente por você não estar bravo. Eu ia detestar se você estivesse.

— Eu não estou, tudo bem? — A voz dele era séria. — Mas, escute, tenha cuidado. Você é durona e tal, mas fique atenta com esse cara. Eu nem o conheço e não gosto dele.

Ela deu um pequeno bufo que era quase uma risada, pensando nos modos gélidos de Greg, seu coxeio. Ele era o que seu tio nascido no Texas teria chamado de muito chapéu para pouco gado. Mas não era nenhuma ameaça.

— Vou ter cuidado — disse ela. — Prometo. E vamos ver a corrida Fort Worth no próximo domingo com certeza.

Depois de desligar, ela voltou para o caminhão, onde Greg mostrava o restante da viagem até Racetrack Playa arrastando o dedo pelo mapa. Beto balançou afirmativamente a cabeça e Greg dobrou o mapa. Ao se virar, ele viu Clara e coxeou ao lado dela até o carro.

— Namorado? — ele perguntou.

— O quê?

— Era seu namorado? No telefone.

— Não. É um amigo. Por quê?

Ele encolheu os ombros.

— O jeito como você estava falando. Não dava para ouvir, mas parecia que estava falando com um namorado. — Ele a encarou. Talvez fosse isso que fizesse dele um bom fotógrafo: sua capacidade de ver por baixo da superfície das coisas. E das pessoas. Gostaria de saber como ele se sentiria se a lente da câmera fosse virada ao contrário.

— Ciúme? — ela perguntou.

Ele abriu a boca para dizer algo, tornou a fechar e começou de novo.

— Claro que não.

— Você tem namorada? — ela indagou. — Mulher? Ou talvez um marido?

— Isso é bem pessoal, não acha?

— Ou seja... nenhum relacionamento importante — ela falou, mas sem maldade. Depois de ele tê-la dispensado e feito piadinhas tão despudoradamente, era engraçado vê-lo enrubescer. Na verdade essa pequena demonstração de vulnerabilidade era quase cativante.

Ele abriu a porta do carro e entrou sem responder.

Quando Katya trouxe seu filho de volta do hospital para casa no dia seguinte, Mikhail estava no quarto, apagado — ainda? de novo? — depois de seu coquetel característico de vodca e raiva. Katya nem sabia se ele tinha ido trabalhar. Ele não os acompanhara na ambulância nem aparecera no hospital, isso era certeza. Katya pressupôs que ele tivesse ficado no quarto, para onde tinha ido batendo a porta depois que seu filho desmaiou no chão, porque estava com vergonha e, talvez, com medo de que ela contasse à polícia o que ele havia feito. Mas como ela poderia? E se não o mantivessem preso e ele voltasse para machucá-los? Ou se ele ficasse preso? Seu amante ainda era casado e ela não ganhava dinheiro suficiente com as aulas para sustentar a si mesma e a seu filho sozinha. Não tinha a menor ideia de como Mikhail se comportaria quando acordasse. Esperava que estivesse mais calmo por causa do remorso, pelo menos por um tempo, até ela pensar em algum plano. Mas esse último ato de violência tinha sido o pior até o momento; ela realmente preferia nem imaginar do que mais ele seria capaz.

Enquanto Mikhail estava inconsciente e Greg dormindo no sofá da sala sob o efeito seguro dos analgésicos que haviam lhe dado depois da cirurgia para consertar a perna esmigalhada, ela pegou o telefone e discou os números depressa, antes de perder a coragem. Ele atendeu com sua voz profissional, mas, quando ouviu que era ela, adocicou-a para um sussurro.

— Por favor — disse ela, sussurrando também. — Por favor, venha depressa. Acho que você precisa levar meu piano embora. Vai ser melhor se não estiver aqui quando ele acordar.

— Katya, deixe-me levar você e Greg de uma vez. Isso é um absurdo.

— Você sabe que eu não posso fazer isso agora. Mas, por favor, pelo menos mantenha o piano em segurança. Essa é a melhor solução.

— O piano não importa. É você que não está segura. E seu filho. Eu devia estar protegendo vocês dois.

— Não tenho tempo para explicações. Não sei quando ele vai acordar.

— Ele está aí? Meu Deus, Katya, isso é loucura. Você quer que eu vá à sua casa enquanto ele está aí? — Ele voltou à sua voz profissional. — Você percebe o que poderia acontecer?

— Grisha está aqui, dormindo. Mikhail está inconsciente da vodca, eu acho. Sinto o cheiro daqui da sala. Ele não vai poder fazer nada mesmo que acorde.

Ele pareceu nervoso.

— Para onde você quer que eu o leve? Não é como segurar sua bolsa enquanto você faz compras. Vou precisar de ajuda. Um caminhão, carregadores. Você ligou para aquela loja? Immortal Piano, não era isso?

— Não, eu não liguei para eles. Eu liguei para você.

Ele suspirou.

— Claro. Desculpe.

— Você é um homem inteligente, um homem forte. Sei que vai ter a ideia certa. Você vai, não é?

— Sim — ele respondeu. — Vou pensar em algo.

— Depressa, por favor.

— Tudo bem.

Ela foi dar uma olhada em seu marido, que estava embaixo das cobertas, totalmente vestido. O cabelo crespo e grisalho se espalhava do travesseiro para todas as direções e a respiração fétida se despejava da boca muito aberta. Ela fechou a porta tão silenciosamente quanto pôde. Depois foi ver seu filho, o rosto dele fazia uma careta de dor mesmo no sono. Beijou as pontas dos dedos e tocou a face dele, o gesso. Ele não se moveu.

Por fim, sentou-se ao piano para esperar. Estava tudo tão quieto que ela ouvia o relógio marcando os segundos como um metrônomo. Suavemente, começou a tocar. Escalas primeiro, por puro hábito; depois, uma a uma, tocou as melhores peças de seu repertório. Mikhail estava apagado demais para acordar, mas seu filho, ela esperava, as veria em seus sonhos. Começou com algumas peças muito curtas de Milhaud, de "La Muse Ménagère": "La Douceur des Soirées" e "Lectures Nocturnes" e "Reconnaissance à la Muse". Depois o poderoso Prelúdio e "Fuga nº 24 em ré menor" de Shostakovich e o estudo "Sunshine" de Chopin. Passou para o "Improviso nº 4 em lá bemol maior" de Schubert, que ela amava por seu equilíbrio entre a melodia forte na mão esquerda e os arpejos na mão direita. Por fim, o famoso "Prelúdio em dó sustenido menor" de Rachmaninoff, delicado e de clima fúnebre, como supostamente o compositor havia feito quando o compôs, prevendo sua própria morte, assim como Katya. Lágrimas pesadas embaçaram sua visão, então ela fechou os olhos e deixou as lágrimas caírem.

A música era o seu único meio de afastar a dor. Mesmo quando ainda era muito pequena, encontrava um jeito de ir atrás dela todos os dias. Pensou nos anos terríveis em que tivera que viver sem seu Blüthner sob as mãos e os anos cada vez menos sofridos desde que ele lhe fora devolvido. A pressão de seus dedos nas teclas era como ela conseguia tolerar a si mesma e ao mundo, mas não tinha escolha a não ser mandá-lo embora. Não suportava imaginar sua ausência, mas sabia, pelo menos, que ele, e seu filho, talvez ficassem seguros.

Ela começou outra vez, agora com sua favorita absoluta, o "Prelúdio em mi bemol menor" de Scriabin, seu ritmo febril exigindo toda a sua concentração, e deslizou tão rapidamente para seu turbilhão de cor e energia que não ouviu a batida à porta; nem notou que seu filho estava acordado, observando-a com profundo amor e admiração.

A música perdida

— Mamãe, a porta — ele disse, assim que ela terminou.

Ela se levantou de um pulo, ajeitou o vestido, parou ao lado de Grisha e novamente pôs a mão em seu rosto. Ele fechou os olhos.

— Isso vai ser difícil para você entender — ela falou, e foi abrir a porta.

Por um momento de silêncio, Katya ficou olhando para os três homens em sua varanda. Sentiu as faces esquentarem e passou o olhar sobre eles como as notas em *staccato* da "Marcha turca" de Mozart, dizendo muito sem falar, até que um dos homens levou o punho à boca e tossiu.

— *Privet*,* sra. Zeldin — disse ele. — Podemos entrar?

Depois de apresentações rápidas, ditas em voz baixa para não perturbar Greg nem acordar Mikhail, ela os conduziu até o piano e passou as mãos sobre ele, acariciando os ferimentos produzidos pelo atiçador de fogo.

— Está aqui. — Havia muito mais que ela queria falar: *por favor, cuidem bem dele; não deixem nada de ruim acontecer a ele.* Mas não conseguiu pedir mais nada além do que já tinha pedido.

Um deles se virou para os colegas e revelou a história que eles iam usar.

— Maravilhoso. Exatamente como foi descrito. É justamente o que eu estava procurando. — Ele sorriu para Katya, que se afastou.

— Mamãe! — exclamou Greg, sua voz rouca e gutural. — O que está acontecendo?

— *Chi-chi-chi*. Você está confuso agora. É o remédio. Feche os olhos, durma outra vez.

Enquanto os homens começavam a manusear o piano, testando seu peso, decidindo como movê-lo sem se machucar, Greg os observava com olhos arregalados e atentos.

Ele estava sonolento e confuso, era verdade, mas não ia voltar a dormir. Observou os homens enquanto eles rodeavam o piano como predadores,

---

* Em russo: Ei. (N. do E.)

decidindo como capturá-lo e matá-lo, grunhindo instruções uns para os outros. Observou sua mãe trazendo cobertores para envolvê-lo, cobertores bons que eles usavam toda noite, que tinham sido feitos por suas avós e trazidos durante a emigração da Rússia anos antes. Observou os olhos de sua mãe se encherem de lágrimas quando os homens finalmente levantaram o piano, sua presa agora morta e coberta, com mãos macias não acostumadas a esse tipo de esforço. Observou até que, movendo com dificuldade a sua carga, eles passaram pela porta e saíram de seu campo de visão, e observou sua mãe de pé à porta com a mão pressionada sobre o peito.

— Tenham cuidado — ela disse. — Cuidem bem. — Depois, com desespero na voz, ela gritou: — *Я люблю тебя.**

Ele não sabia se o amor dela era dirigido aos homens ou ao piano, ou a ambos. Mas sabia que ela começou a chorar assim que eles foram embora, e não havia nada que ele pudesse fazer para ajudar.

---

* Em russo: Eu te amo. (N. do E.)

Os dez quilômetros seguintes pela Racetrack Valley Road foram os piores até então: entediantes, desconfortáveis e terrivelmente lentos. Estavam fazendo uma média de apenas treze quilômetros por hora, e a cada cem metros ou pouco mais, quando o carro sacudia tanto que parecia que ia desmontar, Greg enfiava o pé no freio. A cada vez, Clara olhava para trás para ter certeza de que o caminhão estava bem; a cada vez, Juan lhe fazia um sinal com o polegar para cima. Mas ela estava preocupada com o piano. Os transportadores não podiam enxergar dentro do baú e não tinham de fato nenhuma ideia do que estava acontecendo lá atrás.

Agoniada, ela disse para Greg:

— Olha, eu sei que pisar no freio é intuitivo, mas, na verdade, se você passar só um pouco mais depressa sobre as ondulações, não vai sacudir tanto. Eu posso dirigir, se você quiser.

— Entendi — ele disse. Não agradeceu pelo conselho, mas fez como ela sugeriu. Cerca de vinte minutos mais tarde, ao longe, viram o leito de lago seco de quase cinco quilômetros de extensão conhecido como Racetrack Playa, onde uma enorme formação rochosa escura se erguia imponente da ampla, reluzente e plana superfície cor de areia. Contornaram o perímetro a oeste em direção à extremidade sul, adiantando-se ao movimento descendente do sol, que se punha cedo atrás das montanhas próximas. A estrada começou a melhorar.

— Vamos parar aqui — disse Clara. — Preciso encher os pneus.

— Por quê? Não vamos ter que reduzir a pressão de novo quando voltarmos?

— Sim, quando estivermos naquele trecho esburacado, mas agora que a estrada está lisa precisamos da pressão normal.

— É só mais um pouco. Já estamos perdendo a luz. Podemos fazer isso depois.

— Acho que não é uma boa ideia. Quando tem menos ar no pneu, isso gera mais calor e pode enfraquecer a borracha. Estamos nos arriscando a ter um pneu furado se andarmos muito tempo assim.

— E, se pararmos agora, eu vou perder a foto. São só mais uns dez minutos. Vai dar certo.

Os penhascos a oeste já estavam na sombra e a superfície do leito do lago parecia resplandecer na luz baixa e inclinada. Mas eles continuavam sem parecer chegar a lugar nenhum e Clara foi ficando cada vez mais nervosa.

Por fim, alcançaram uma área de estacionamento arenosa. Clara saiu depressa do SUV para verificar os pneus. Satisfeita por não haver nenhum calombo ou sinal evidente de desgaste, ela decidiu deixá-los esfriar por alguns minutos antes de enchê-los e caminhou até onde Greg se encontrava na borda do leito do lago. Duas horas sacolejando nas estradas irregulares a deixaram tensa, e, com a mão boa, ela massageou a parte baixa das costas para relaxar os músculos. Greg também estava esfregando a perna deficiente.

— Esta era a favorita de minha mãe — disse ele, com uma reverência melancólica enquanto admirava o cenário. — Sua foto favorita da viagem, eu quis dizer. — Ele sacudiu a cabeça. — Ela deve ter olhado para essa foto umas mil vezes. Não fazia justiça ao lugar.

O sol poente iluminava um padrão hexagonal estranhamente regular no barro seco.

— Olhe isso — disse Clara. De longe, o solo parecia liso, mas de perto lembrou a Clara a aparência do dorso de suas mãos depois que ela as esfregava com sabão abrasivo para remover a graxa no fim de um dia de trabalho. A mãe de Peter pegara uma vez uma de suas mãos secas e rachadas e sacudira a cabeça. "Pele áspera não é bom para uma mulher", ela disse. "Você continua sendo uma mulher, *koukla*, mesmo trabalhando aqui com os meninos. Precisa cuidar melhor de suas mãos." No dia seguinte, ela trouxe um hidratante potente para mãos e o deixou na borda da pia, mas Clara não o usava. Deixava as mãos escorregadias para segurar as ferramentas. Agora ela sentiu a coceira da pele seca embaixo do gesso; teria massageado as mãos com o frasco inteiro daquele hidratante se pudesse.

Depois de um momento, Greg fez um sinal para os transportadores, as instruções implícitas na mera inclinação de sua cabeça.

— Vamos. Precisamos nos apressar se quisermos posicionar o piano a tempo. Essas sombras estão vindo depressa.

Eles caminharam pela *playa* na direção de algumas pedras dolomitas pretas espalhadas, Greg carregado com o equipamento, Juan e Beto de cada lado do piano, empurrando-o firmemente contra o vento.

— Vamos até aquela primeira ali — disse ele, apontando para uma pequena pedra. Quando chegaram nela, porém, Clara se surpreendeu por ser muito maior do que ela esperara. Mais um exemplo das proporções enganosas do parque.

— Estas são as rochas deslizantes — Greg explicou, depois apontou para um promontório íngreme na extremidade sudeste. — É de lá que as rochas vêm. Elas desmoronam daquela encosta e caem na *playa*. E, de algum modo, algumas delas começam a se mover por si próprias pelo leito do lago. Ele é quase perfeitamente plano de um lado a outro, nenhuma inclinação, é um fenômeno real. E elas deixam estes longos rastros na terra, como os sulcos de um barco na água. — De fato, havia rastros atrás de várias das pedras que lembraram Clara das trilhas de lesmas que ela costumava ver na varanda de concreto de seu tio em manhãs chuvosas. Ela agachou para tocar uma dessas trilhas. Embora não fosse muito profunda, ela se destacava no solo ladrilhado de polígonos porque sua superfície alisada refletia o sol de modo diferente.

— Como elas podem se mover sozinhas? — ela perguntou. — Deve haver alguma coisa. Vento, ou terremotos, ou alguma outra força. Ou talvez pessoas as empurrem. — Ela testou a possibilidade de se apoiar em uma e usar as pernas para empurrar. A pedra não se moveu.

— Há muitas teorias sobre isso. Mas o fato é que ninguém nunca as viu se movendo. É um dos grandes mistérios do Vale da Morte.

Ela olhou em volta e não viu nenhum sinal de passagem de veículos. Mais além desta, havia muitas outras pedras escuras de tamanhos diversos, todas à frente de seus próprios rastros ondulantes. Eram como *stock cars* que emperraram e foram abandonados no meio da corrida.

— Elas parecem tentar escapar — disse Greg, como se lesse a mente de Clara. — São refugiadas, todas deslizando de um lugar para outro.

— Isso é meio misterioso, como se nós as estivéssemos interrompendo. Acha que, se virarmos de costas, elas vão se mover um pouco mais?

Greg pigarreou.

— Quem sabe? Mas nós vamos perder a luz se desperdiçarmos mais tempo. Já estamos atrasados, droga. Demoramos tanto para chegar aqui com essas porcarias de estradas. — Ele disse a Juan para pôr o piano diretamente na frente de uma pedra menor, para que o Blüthner, não a pedra, parecesse ter criado o rastro atrás dele sobre o leito do lago. Ele se tornou apenas mais um daqueles objetos pesados que fugiam silenciosamente de suas histórias.

E se o Blüthner, Clara pensou, não fosse apenas um objeto insensível à mercê de seu proprietário? E se ele fosse uma entidade consciente em estado de animação congelado? E se, por alguma mágica, ele pudesse de repente falar por si próprio, o que diria? Para onde iria, se pudesse? Estaria ansioso por exercitar seus martelos e cordas, ou preferiria diariamente pequenas flexões de sua tábua harmônica? Desejaria o toque humano que poderia fazê-lo cantar outra vez?

E quanto a ela? O que *ela* faria se o piano simplesmente fosse embora, deixando a ela e seu passado para trás? Clara estremeceu diante da ideia de perder um ou o outro.

Ela observou Greg fotografar o piano no meio dos rastros e rochas deslizantes até as sombras quase chegarem ao trecho da *playa* em que se encontravam. Ele parecia agitado enquanto trabalhava, seu coxeio mais pronunciado, seus movimentos menos fluidos. Nunca parecia andar com um passo leve, mas, agora, era como se estivesse em uma marcha forçada. Embora Clara admirasse a autoconfiança dele, sabia reconhecer um peso emocional quando via um. Não se sentia à vontade para perguntar mais sobre a mãe de Greg, mas o simples fato de saber que ela se fora fazia Clara se sentir mais compassiva em relação a ele. Também parecia justificar não só essas fotografias excêntricas, mas também a determinação em ter nelas o piano dela, e de sua mãe. E, se o suicídio tivesse sido recente, isso talvez também justificasse seu humor instável.

Enquanto Greg levava seu equipamento de volta para o carro, Clara conectou a bomba portátil à tomada no SUV e tornou a encher os pneus de ambos os veículos. Fez sinal de positivo para os transportadores quando terminou e Beto ligou o caminhão.

— Para onde vamos agora? — ela perguntou a Greg enquanto afivelava o cinto de segurança, na esperança de melhorar o humor dele.

— Tenho uma ideia que eu quero experimentar do outro lado da *playa* antes de irmos embora. Quero fazer a silhueta do piano na frente dos últimos raios de luz, talvez subir naquela formação rochosa por onde passamos para ter um ângulo mais alto — disse ele, sem muito entusiasmo. Ele ligou o carro e voltaram pelo caminho em que tinham vindo.

Clara estava prestando muita atenção.

— Ele não vai parecer menor se você estiver mais alto?

— Não se eu usar uma grande angular. Se eu estiver acima do sujeito da foto e centralizá-lo no quadro, a lente na verdade vai destacá-lo. E o horizonte parecerá curvo — ele fez um formato de cúpula com a mão livre para mostrar a ela — como se o piano estivesse sobre o topo do mundo. Se eu conseguir pegar a última luz do pôr do sol atrás dele, parecerá que ele está irradiando luz. — Ele pensou por um momento. — Mas talvez eu experimente as duas opções. Fazê-lo parecer grandioso e importante com a grande angular, depois fotografá-lo para dar a impressão de ser pequeno e insignificante sob um céu enorme. Talvez esta seja uma metáfora melhor, afinal.

— Acho que depende do que você estiver tentando dizer.

— Eu quero dizer que há um sentido nisso tudo. — Ele moveu a mão ao longo do horizonte, possivelmente indicando tudo sob o sol poente. Sua voz falhou e ele, de repente, pareceu décadas mais jovem, ferido e desesperançado. — Quero dizer que há uma razão para este piano existir no mundo. *Este* piano específico. Que há algo importante nele, para as pessoas que o fabricaram, para as pessoas que o tocaram e o perderam e o encontraram e o perderam outra vez, achando que ele tinha ido embora para sempre. Este Blüthner fez música do nada, degelou imaginações congeladas e, depois, queimou e reapareceu com seus velhos riscos e uma nova proprietária. Este piano esteve tocando em minha mente minha vida inteira, e ninguém sabe disso. Ninguém sabe como ele toca e toca e toca em minha cabeça, o tempo inteiro, e eu não consigo fazer ele parar, nunca consegui tirar ele da porra da minha...

Uma buzina soou atrás deles e Greg olhou pelo retrovisor.

— *Que merda* — ele exclamou, pisando no freio tão de repente que o cinto de segurança se apertou no peito de Clara. — Eles estão com um pneu furado.

Eles saíram do carro e correram, Greg com seus passos pulados e irregulares, os cerca de cinquenta metros até onde o caminhão havia parado em um acostamento de terra ao lado da estrada esburacada, inclinado para um lado. Juan e Beto surgiram da cabine e olharam para o pneu dianteiro direito, que já estava vazio, e então o pneu traseiro direito assobiou, exalando ar até estar, ele também, inutilizado.

— Não é possível — disse Greg. — O que aconteceu aqui?

— *Coño** — Juan respondeu com desalento, sacudindo a cabeça.

— A estrada, ela é muito ruim — falou Beto. — Muitas pedras.

Clara se curvou para tocar o pneu dianteiro.

— É, eles pegaram uma pedra afiada com os dois pneus. Podemos pôr o estepe na frente. Eu talvez consiga remendar o outro, mas não acho que ele vai aguentar o caminho de volta por essas estradas irregulares. Vamos precisar de um pneu novo.

— E o estepe do SUV? — perguntou Greg.

— Não vai encaixar. A roda tem um padrão de parafusos diferente.

— Porra! — Greg exclamou. Ele ficou mudando seu celular de posição pelo ar, checando a cada poucos segundos para ver se conseguia sinal; quanto mais longe dentro do parque, pior era a recepção. — Olhe o mapa e me diga o telefone do posto da guarda florestal — ele lhe disse. Estava tão agitado que ela fez como ele pediu, mas não gostou que ele ficasse lhe dando ordens. Se ele a tivesse deixado encher novamente os pneus quando ela quis, talvez não tivessem ficado tão frágeis.

— Você está falando sério? — Greg logo estava gritando no celular. — E a gente paga os ingressos do parque para quê? — e — O que eu faço, então? — e — Tá, você poderia pelo menos me dar o telefone deles? — Ele pressionou a tecla de desligar com tanta força que seu polegar ficou branco por um instante.

— O que eles falaram? — perguntou Clara. O fato de estarem avariados no meio do deserto não parecia uma crise tão séria para ela. Era uma noite bonita e eles tinham comida. Talvez até tivessem uma chance de ver as pedras ganharem vida e deslizarem silenciosamente pela *playa*. Além disso, o que mais ela tinha para fazer?

— Não vão mandar ninguém. "Não temos funcionários suficientes", ele falou. Disse para eu chamar um serviço de guincho em Beatty porque

---

* Em espanhol: termo vulgar, merda. (N. do E.)

eles são os mais próximos, mas depois me avisou que ninguém vai vir até tão longe a esta hora. Vamos ter que esperar até amanhecer para alguém chegar aqui. — Ele se inclinou para trás e deu um chute violento em uma rocha com a perna rígida. A rocha nem se moveu e isso só aumentou sua fúria. — Eu não vou passar a porra da noite inteira aqui. Vamos deixar o caminhão e voltar para a cidade.

— Nós não podemos deixar o caminhão — disse ela. — Não com o meu piano dentro.

— Clara — ele falou, voltando sua raiva para ela e girando o braço para indicar a extensão da *playa*. — Não tem ninguém aqui.

— Agora talvez não. Mas e se aparecer alguém? Outros fotógrafos? Havia um grupo inteiro deles no hotel.

— Ah, sim, os fotógrafos vão ver um caminhão de mudança com dois pneus furados e decidir arrombá-lo para ver se por acaso encontram um piano dentro para fotografar?

Conselho de seu tio: *o cliente sempre tem razão, Clara. Lembre-se disso.* Só que nem sempre, ela pensou.

— Não, claro que não. Só um maluco ia querer tirar fotos de um piano aqui.

— Muito bem — disse ele, levantando a mão e depois deixando-a cair contra sua coxa. — Ótimo. Você quer ficar aqui de guarda? À vontade. Mas nós vamos embora. — Ele se virou para os transportadores. — Tranquem o caminhão.

Clara o seguiu para o SUV.

— Já mudou de ideia? — Greg perguntou, sarcástico. — Melhor ficar com o maluco conhecido do que com os que você não conhece?

— Não. Eu só vou pegar minhas coisas. E um pouco de água. Caso vocês não voltem até amanhã, estarei confortável. Faz muito tempo que não acampo. Pode ser divertido. — Ela pegou dois galões de água, sua sacola com o equipamento para emergências, a mochila, depois abriu o cooler e tirou uma garrafa de vinho. — Tenho certeza que você não vai se importar. Já que vai dirigir a noite toda.

— Pode pegar tudo — disse ele. — Talvez queira dividir com todos os outros fotógrafos de piano que aparecerem. — Ele pegou o cooler e o deixou no chão ao lado dos pertences dela. — Divirta-se. Voltamos a nos ver de manhã. — Depois se virou para os transportadores e indicou o carro com o polegar. — *Vámonos*.

Eles olharam um para o outro, em seguida para Clara, visivelmente relutantes em deixá-la. Ela sacudiu a cabeça e fez um gesto para eles irem. Beto se aproximou e entregou a ela as chaves do caminhão.

Ela não ficou nem surpresa nem ofendida quando Greg de fato ligou o carro e foi embora, levantando uma nuvem de terra e pedregulhos. Clara os observou se afastarem, notando com tranquila indiferença pelo vidro de trás que ele manteve o rosto virado para a frente, os olhos supostamente apenas na estrada. Juan, no entanto, havia se virado no banco traseiro para olhar para ela. Continuou ali por um tempo, imaginando se eles iriam parar e voltar, mas sem se importar nem um pouco se não o fizessem, até o carro se afastar pela estrada, até ser apenas mais uma pedra escura em movimento.

Clara arrastou o cooler e o restante dos objetos para a lateral do caminhão que dava para a *playa*, para ficar escondida de qualquer pessoa que se aproximasse pela estrada. Os poucos carros que haviam estacionado perto das rochas deslizantes já tinham ido embora quando eles terminaram as fotos e nenhum outro passara desde que eles se foram. Mas ela não gostava da ideia de ficar exposta, não só a pessoas, mas a animais e às condições atmosféricas.

Ela olhou para cima: nuvens se juntavam, se separavam, depois se juntavam de novo, refletindo a luz vermelha e laranja como se o céu estivesse em chamas. As sombras se estendiam cada vez mais sobre a terra compactada e rachada, fazendo parecer que o solo estava sendo esgarçado nas emendas. Exceto pelo vento, Clara se sentia cercada por uma quietude infinita e estranha. Pensou no sentido duplo de *deserto*, no substantivo e no verbo *desertar*, e em como era apropriado que ela se sentisse abandonada ali. Observando o restinho de luz se retirar por trás das montanhas, ela se sentiu como se o sol estivesse arrastando parte dela consigo para baixo do horizonte, a parte vigilante que costumava protegê-la dos sentimentos vazios e escorregadios que espreitavam dentro dela, e que ela preferia não reconhecer. Mas, de pé ali no meio de um lago ressecado no Vale da Morte enquanto o céu escurecia, Clara não tinha como ignorar o retorno sufocante da solidão e o medo vago de que sempre estaria só.

Perdera seus pais, seus tios, seu namorado. Não sentia falta de Ryan tanto quanto achou que sentiria: ela o vinha deixando quietamente fazia muitos meses antes de ele ter finalmente percebido que o momento tinha chegado; já estava quase no fim desse processo de luto quando ele lhe pediu para sair de casa. Agora ela sentia aquele espaço oco pressionando-a, faminto, implorando para ser preenchido. Mas tinha medo de querer qualquer coisa com força demais, porque, assim que a tivesse, poderia facilmente perdê-la.

Ela pensou em Peter. Sua vulnerabilidade atual agia contra a decisão tomada havia muito tempo de manter uma distância emocional segura dele, de proteger e preservar a amizade, até que ela se sentiu sufocada de saudade. Imaginou-o surgindo do horizonte no crepúsculo, caminhando em direção a ela com sopa quente ou um cobertor para afastar o frio que a fazia tremer. Ele esperaria até ter certeza de ser bem-vindo antes de se permitir que o meio sorriso se transformasse em um sorriso inteiro. Ela estenderia a mão em um convite e ele se sentaria ao seu lado. Então ele abriria os braços e a acolheria no espaço largo e terno de seu peito. Ela se aconchegaria nele em busca de calor, de conforto, e esse pequeno ato aliviaria o medo rastejante de isolamento que sempre a ameaçava, até mesmo, ou talvez especialmente, quando ela estava com alguém. Pegou o celular para ligar para ele.

Sem sinal. Ela caminhou na direção norte pela estrada, achando que o sinal poderia ser mais forte quanto mais perto estivesse da estrada principal. Como Greg conseguira telefonar? Ainda nada. Virou-se e caminhou na outra direção. Uma barra apareceu, brevemente, e desapareceu em seguida. O vento soprou mais forte, a temperatura começou a cair e ela imaginou se uma tempestade estaria se aproximando. Agora já estava escuro, e ela estava com medo. Correu de volta ao caminhão e sentiu as chaves no bolso. Não havia serviço no celular, nem sinal de outras pessoas. Nem vozes no vento, nem faróis a distância.

Ela olhou dentro do cooler: sanduíches embrulhados em papel-manteiga, um bloco de queijo embalado, biscoitos, uvas e uma barra de chocolate escuro. Comida à vontade, mas ela só havia pegado dois galões de água. Por que não pegara todos? Ou melhor, por que havia insistido em ficar? Ela chutou a porta do caminhão e pensou na história que seu tio lhe contara sobre o homem que foi picado por uma cobra no Vale da Morte. Podia haver outros animais perigosos ali além de répteis. Linces, ou coiotes, ou onças-pardas.

Pegou a mochila, o cobertor térmico e as duas garrafas de vinho. Guardaria a água para mais tarde. Acomodou-se na cabine e trancou a porta. Se eles não estivessem de volta ao amanhecer, decidiu, ia sair andando. Com certeza alguém a encontraria.

— *E*u me lembraria deste. Com certeza. Provavelmente foi meu antigo sócio que trabalhou nele. Quatro anos atrás, o senhor disse? Se fosse eu, lembraria com certeza. Eu vejo todos eles. Steinways, Yamahas, Melville Clark, Weber, Baldwin, todos eles. A lista é longa. Mas a gente não vê muitos Blüthners aqui nos Estados Unidos, principalmente verticais, e especialmente tão antigos assim. Na Europa, claro. Comuns como Band-aid. É assim que falam dele, como nós dizemos Band-aid para curativos, eles dizem Blüthner para piano. Bom, no Reino Unido pelo menos. Mas o senhor pegou de uma russa, é isso? Ah, sim, os russos também amam esses pianos. Na verdade, ouvi dizer que agora mesmo estão fabricando um especialmente para Vladimir Putin. — O técnico levantou a tampa do teclado e tocou uma melodia curta com uma das mãos, depois correu os dedos pelas escalas, escutando. — Posso cuidar dessa afinação agora. Será um prazer.

O novo proprietário mudou o peso de uma perna para outra, pigarreou.

— Eu preferiria que você levasse para a sua loja. — Pelo olhar furioso da esposa quando ele o trouxe para casa, achou que talvez não tivesse sido uma boa ideia. Talvez devesse tê-lo levado para o trabalho, ou mesmo alugado um espaço temporário em um depósito.

— Ah, não, isso não é necessário. Só vai levar uma hora, noventa minutos no máximo — o homem garantiu.

— Eu achei que talvez fosse mais fácil fazer isso em um ambiente, não sei, mais profissional.

— Nem faz sentido transportar o piano para afinar. O transporte ia custar mais do que o serviço. Um total desperdício do seu dinheiro. Não, o técnico sempre vai à casa do cliente para fazer a afinação.

— Bom, será que não haveria mais alguma coisa que você poderia ter que fazer? Não sei, talvez ajustá-lo um pouco?

O técnico sorriu.

— Este é seu primeiro piano?

Ele assentiu.

— Então vamos dar uma olhada aqui. — Ele abriu o gabinete do piano e espiou dentro. — É um belo instrumento, um excelente exemplo da técnica alemã. Um antigo como este... deixe-me ver o número de série. Ah, sim, este provavelmente foi produzido entre 1903 e 1907, não muito depois do aniversário de cinquenta anos da fábrica. Os Blüthners permanecem bons por cem, cento e cinquenta anos, por causa das tábuas harmônicas. Julius tinha um talento real para encontrar precisamente a madeira certa. Diz a lenda que ele viajava para o norte da Romênia naqueles velhos tempos para bater na casca das coníferas, conferindo o timbre. Só escolhia as que tinham anéis bem apertados e não deixavam lascas, mas diziam que ele sabia identificar pelo jeito que a árvore caía se ela ia dar uma boa tábua harmônica. Então é isso que o senhor tem aqui. Uma boa tábua harmônica como esta só melhora com os anos. Quanto mais é tocada, mais flexível ela fica. Como se ela lembrasse a música, entende?

— Parece que este teve as cordas trocadas na última vez que esteve na loja — ele continuou. — Vê como as cordas ainda estão brilhantes? — Ele se inclinou para examinar o mecanismo. — É, não tem muita oxidação. Este é um mecanismo gaiola clássico aqui. Ele está com um som meio pesado. Mas, olhando para ele agora, eu não diria que o senhor precisa trocar as cordas de novo. Normalmente a gente só faz isso uma vez durante a vida de um piano, a não ser que tenha que substituir o cepo ou os cavaletes. É, eu diria que parece estar tudo em ordem. Se ele foi restaurado quatro anos atrás, eu acho que agora não precisa fazer nada além de afinar. Pena essas marcas na caixa. Ninguém ebaniza madeira mais. Isso é um trabalho verdadeiramente artesanal. Eles iam acrescentando dezenas de camadas a mão naquele tempo. Agora é tudo linha de produção, sabe? Operários apertando botões. — Ele passou a mão sobre o alto da caixa, fazendo pausas nos sulcos mais fundos. — Se o senhor quiser, posso afinar agora, depois levar a tampa para a loja. Preencher esses buracos, aplainar com lixa e pintar de novo. É difícil deixar preto assim, ainda mais usando as técnicas modernas, mas vou fazer o melhor possível. Já viu os pianistas no palco, vestidos todos de preto? Eles saem de casa achando que a calça preta combina com a camisa preta e o paletó preto, mas já viu que, nas luzes do palco, os tons são diferentes? Meio discordantes? Eu poderia pintar a caixa inteira para não parecer remendado, mas aí vamos estar falando de muito dinheiro. Depende do que o senhor está esperando, e do que está disposto a pagar.

— Eu nem tinha pensado direito nisso. — Ele desceu a mão pelo rosto, o que enfatizou momentaneamente as olheiras escuras. — Na verdade eu só preciso mesmo tirá-lo de casa.

— Está pensando em vender? Acho que não tem muito mercado para ele, para ser sincero. O senhor se importa de eu perguntar quanto pagou?

— Não quero vender. Só preciso tirar o piano daqui por um tempo. Ele está causando... algum atrito entre minha esposa e eu, se quer saber a verdade.

— Humm — disse o técnico, atrevendo-se a um olhar em volta pela sala de estar ensolarada. — Não é a primeira vez que ouço isso. Tudo bem, nesse caso, acho que posso levar para a loja e guardar lá para o senhor. Por uma taxa, o senhor compreende. Eu não tenho tanto espaço. A oficina é bem pequena, mas só estou com mais três pianos no momento, todos de cauda, um que eu estou entonando e regulando e dois para vender em consignação.

— Está ótimo. E vá em frente, faça tudo que achar que é necessário enquanto estiver com ele. Mas eu não sei se ela ia querer que eu o repintasse inteiro. Melhor só retocar os locais que estão piores, se der para deixá-los menos visíveis. Dá para fazer isso?

— Claro. E tem uma boa empresa de transporte de pianos que eu sempre uso. Posso ligar para eles e ver se dá para vir buscar aqui hoje, se o senhor quiser.

— Sim, por favor, faça isso. É um lindo piano, mas está realmente criando problemas para mim neste momento.

III

Clara acordou com o som do vento. Ainda estava escuro. Ela se sentou, limpando os resíduos ressecados da boca. Conferiu o celular: ainda com vida na bateria, ainda sem sinal. Com sede, pensou nos galões de água que tinha deixado ao lado do caminhão, mas, em vez disso, bebeu as últimas gotas de vinho da garrafa. O vento uivava em seus ouvidos, dando-lhe um calafrio na nuca. Soava quase musical. Ela enrolou o cobertor em volta dos ombros e levantou a cabeça. Não era o vento.

Sua mente devia estar lhe pregando peças; claro, ela estava um pouco bêbada, mas havia uma pulsação diferente em suas têmporas, batendo em um ritmo que ela reconhecia de muito tempo, algo que um de seus professores de piano tentara lhe ensinar. Chopin? Um dos noturnos? Mas, mesmo emaranhada como estava na zonzeira do sono interrompido, ela sabia que o som não era só sua imaginação. Não era nem de perto talentosa o suficiente para guardar tantos detalhes musicais em sua memória, ao contrário de seu pai, ou outros, cuja mente podia tocar peças inteiras nota por nota, minhocas cavando túneis em seus lobos temporais. Ela se virou no banco, tentando se orientar para a melodia. A velocidade variante do vento levantava e baixava notas, tornando a música difícil de acompanhar e o som abafado e profundamente desafinado. Talvez ela ainda estivesse dormindo, apenas sonhando.

A melodia parecia estar descendo uma encosta, como pedras desmoronando montanha abaixo até a *playa*; depois um *crescendo* e *decrescendo* mais altos a levou até os cumes escarpados das montanhas em volta, e as notas que trinavam no lado agudo da escala tornavam-se faíscas de cor em contraste com a poeira que cobria o chão do mundo. Em seguida a melodia ondulante regeu o movimento das nuvens cinza que ondeavam no céu. Ela estava vendo o que ouvia.

E então o som parou, apenas o suficiente para ela perceber que não só a música era real como vinha de seu piano, abafada porque estava dentro do caminhão. Ela saiu da cabine.

— Olá — disse, *sotto voce*. Seu coração começou a bater mais rápido enquanto se aproximava em silêncio da porta traseira do caminhão, que continuava fechada. Será que os transportadores tinham esquecido de trancá-la?

A peça terminou, qualquer que ela fosse, e Clara se imobilizou no súbito silêncio. Talvez tivesse mesmo imaginado. Conteve a respiração o máximo que pôde, esperando. Quando a soltou, sua expiração saiu visível no ar frio bem no momento em que uma nova peça começava, rápida e enfática, com um ritmo contínuo e quase frenético. Seu coração deu outro pulo, porque essa ela conhecia. Mesmo depois de tantos anos de aulas persistentes, mas, em última instância, fracassadas, essa era a única peça que ela podia reconhecer instantaneamente, mesmo que viesse de um piano desafinado, porque era a que seu pai tocava sem parar no aparelho de som durante o último ano de sua vida, a que se revelara impossível para ela aprender, a que a assombrara em seus sonhos desde então. O "Prelúdio nº 14 em mi bemol menor" de Scriabin.

Ela se lembrou de seu pai sentado no escritório, os olhos fechados e as mãos apertadas nos braços da poltrona, como se tentasse não sair flutuando enquanto ouvia essa música tocando alto a ponto de incomodar os vizinhos. O sol das primeiras horas da manhã entrava pela janela e iluminava seu cabelo ruivo escuro como um halo. Sua mãe já havia saído para trabalhar; era a vez dele de levar Clara para a escola. Ela entrou para dizer ao pai que precisavam sair ou chegaria atrasada, mas, quando viu suas mãos agarradas aos braços da poltrona e as lágrimas escorrendo pelas faces recém-barbeadas, não quis perturbá-lo. Ela quase nunca se atrasava para a escola, portanto sua professora ia entender.

Papai, ela pensou agora, e sua incerteza desapareceu. Podia estar parada no deserto no meio da noite, ou podia ter estado sonhando, ou podia até estar no limiar da loucura, mas não se importava. Abriu a porta traseira do caminhão, quase esperando encontrar seu interior transformado e seu pai sentado em sua poltrona, esperando por ela. Não o deixaria escapar desta vez. Ia subir no colo dele, como desejara tão desesperadamente nos últimos catorze anos e até antes disso, e descansar a cabeça solitária em seu ombro.

Mas quem estava dentro do caminhão era Greg, sentado sobre o cooler e uma pilha de cobertores, na frente do seu Blüthner, tocando.

A peça era curta, apenas cerca de um minuto de explosão de cores e voo das mãos. Greg se inclinava para a frente, curvava-se sobre o teclado, sua perna ruim estendida rigidamente para a esquerda, o pé direito trabalhando os pedais. Não pareceu perceber a abertura da porta ou o vento frio e arenoso que entrava ou Clara de pé ali de boca aberta. Ela viu uma fina camada de suor no rosto pálido corado enquanto ele ampliava as ondas agitadas até o clímax vigoroso, depois reduzia a cadência e chegava a um final abrupto com um estampido alto e lento. Quando terminou, ele deixou as mãos sobre as teclas e baixou a cabeça sobre elas, seu torso subindo e descendo com respirações ofegantes.

Um ganido agudo entalou em sua garganta e ele então o soltou em um acesso de soluços desinibidos que puxou Clara para a beirada da porta aberta. Talvez tenha sido uma intrusão horrível ficar ouvindo um homem adulto chorar, mas parecia pior deixá-lo sozinho. Ela levantou a ponta do cobertor que a envolvia como um manto, subiu no baú do caminhão e sentou-se ao lado dele no banco improvisado, puxando os pés para baixo do cobertor.

Depois de um momento, ele levantou o rosto para enxugá-lo na manga da camisa. Sua mão esquerda permanecia nas teclas, largada e derrotada.

A voz firme de sua ex-professora voltou a ela: "Mantenha a mão assim, arredondada como uma bola". Clara ergueu a própria mão, a mão boa, e a pousou em cima da de Greg, em um gesto que surpreendeu a ambos.

Por vários segundos, ele continuou imóvel. Depois fungou uma vez e, sem olhar para ela, pressionou seu polegar no mindinho dela com força apenas suficiente para transmitir uma mensagem: *Não se mova, fique aqui.*

Ela ficou.

— Você voltou — disse ela. O alívio que sentia a espantou. — Por quê?

— Juan. Ele não costuma falar muito, aquele ali, mas, desde que saímos, ele não calou a boca sobre eu ter deixado você aqui sozinha. Uns poucos quilômetros adiante na estrada, comecei a concordar com ele, então saí do carro e disse para eles continuarem.

— Consciência pesada?

— Sempre.

— Eles estão aqui também?

— Não, eu disse para eles ficarem na cidade até de manhã e vir para cá logo cedo. Não havia sentido em ficarmos todos acampados. E lhes dei dinheiro para comprar pneus. — Ele fez uma pausa. — Desculpe por ter deixado você aqui.

— Desculpe por ter chamado você de maluco.

— Tudo bem. Provavelmente é uma descrição bem exata.

Ela havia afastado a mão e ele a pegou outra vez e a pôs de novo sobre a sua; então recomeçou a tocar, muito devagar. Essa peça tinha um tom diferente, predominantemente, mas não só, de saudade. Sua mão esquerda, carregando a dela como um passageiro em uma boia, avançava com firmeza, repetia arpejos, enquanto a direita trabalhava em frases longas e fluidas que sobrepunham ritmos insanos à métrica. Parecia quase um improviso, o modo como a mão direita floreava em contraste com a esquerda. Era como se alternasse em suas melodias entre alegre e triste, maior e menor, refletindo tão perfeitamente sua própria ambivalência emocional que ela achou que ele podia estar lendo sua mente. Não sabia bem o que poderia acontecer entre eles, mas com certeza nunca chegara tão perto de entender como era, física e emocionalmente, tocar o seu Blüthner.

— Você me disse que não sabia tocar — ela murmurou, quando ele terminou.

Os olhos dele eram profundamente tristes quando se virou para ela.

— Não. Eu disse que *não tocava*.

— Aquela primeira peça que você estava tocando era de Scriabin?

— Você conhece Scriabin?

— Só aquela — ela respondeu. — Qual seria a probabilidade de você tocar justamente ela?

Ele suspirou.

— Bem grande, eu diria. Era a favorita da minha mãe.

Clara se inclinou para o lado e olhou para ele, sua mente processando a coincidência.

— Que coisa. Era a favorita do meu pai também.

— É — ele disse, sobriamente. — Isso não me surpreende.

— O quê? — Agora ela estava encarando-o com espanto. — Por quê?

Ele a prendeu com aquele olhar imperturbável que podia segurar o seu, mesmo no brilho muito pálido do luar, talvez por um pouco além da civilidade. Depois se levantou e passou os dedos sobre o alto do piano.

— Sabe estas marcas? Estes sulcos que não apareceram nas fotografias que você postou? — ele perguntou. Clara confirmou com a cabeça. — Você disse que não sabia por que elas estavam aí. Mas como poderia saber? Você não estava lá no dia em que meu pai as fez. — Nisso, os olhos de Greg nublaram. — Você não estava lá quando ele pegou o atiçador de fogo da lareira e bateu de novo e de novo, gritando o tempo todo com a minha mãe. Eu achei que ele ia matá-la. E ele acabou fazendo isso. Não naquele momento. Não diretamente. Mas ele queria machucá-la, e então decidiu atacar o piano. Não o destruiu porque eu apareci, e ele resolveu usar o atiçador em mim. — Ele levantou sua perna rígida como prova do que estava dizendo. — Nunca mais ficou totalmente boa, mas pelo menos foi em mim, não nela.

— Ah, Greg...

— Então, nos dias depois do que viríamos a chamar de "o acidente", meu pai voltou a seu habitual estupor alcoólico. Eu estava em meu próprio estupor por causa dos analgésicos, e minha mãe estava em seu inferno pessoal particular, tentando lidar com tudo. Mas eu me lembro claramente que ela quis tirar o piano de casa antes que ele ficasse suficientemente sóbrio para quebrá-lo.

— Por isso você disse que ela precisou se desfazer dele.

— Isso. Eu acho que ela realmente acreditava que era o piano que deixava meu pai tão furioso. Mais ainda que o fato de ela ter um amante. — Greg pigarreou. — Então ela telefonou para ele, para seu amante, eu quero dizer, e pediu para ele ir buscar o piano e guardá-lo por um tempo, até meu pai se acalmar, ou até ela poder finalmente sair de casa. E foi assim.

— Ele se acalmou?

— Não. — Ele pigarreou outra vez. — Eu quis dizer que *ele*, o amante, veio até a nossa casa. Pegou o piano e levou para a casa dele. — Greg fez uma pausa. — Para sua filha.

Clara se levantou e deu vários passos para trás, quase tropeçando em um cobertor. O mundo onde ela se encontrava começou a retroceder e ela foi puxada para as profundezas enevoadas da memória, onde eram mantidos os dias antes do incêndio. Lembrou-se da noite em que seu pai trouxe o piano, as vozes baixas de seus colegas, a postura defensiva de sua mãe, seu tom magoado quando lhe perguntou: "O que você está fazendo com esse piano, Bruce?"

Clara deu mais um passo para trás, depois se virou e pulou para fora do caminhão, como para se distanciar da história de Greg.

— Isso é absurdo. É totalmente absurdo. — Foi um alívio ouvir sua voz soar tão firme e segura.

— Será? — disse ele, gentilmente. — Você mesma me disse que não sabia onde ele havia conseguido o piano. Bom, foi com a minha mãe, que era amante dele, e ele o levou para sua casa para ajudá-la a mantê-lo em segurança.

Ela sentiu um calor frio subindo pelo pescoço, um gosto metálico sob a língua. Arrancou o cobertor dos ombros e o jogou no chão.

— Meu pai me trouxe esse piano como presente de aniversário. Como *presente*. Não sei exatamente o que você está insinuando, mas parece que está chamando meu pai de adúltero e mentiroso.

Greg a seguiu para fora do caminhão, abrindo as mãos em um gesto de paz.

— Eu não estou querendo insultar o seu pai. Na época eu também não fazia nenhuma ideia desse relacionamento. Mas, pelo pouco que minha mãe me contou antes de morrer, ele era uma ótima pessoa. Ela o amava. Confiava nele. Eles estavam apaixonados e planejavam ter uma vida juntos.

— Uma vida juntos! Você está mesmo falando sério? Ele era *casado*! Não estava apaixonado pela sua mãe, estava apaixonado pela *minha*!

— Como você sabe?

A calma lógica daquela pergunta a enfureceu.

— Será que você não consegue perceber o que está falando? Meus pais morreram juntos em um incêndio em casa catorze anos atrás. *Juntos*. — Ela levantou a voz para silenciar as próprias dúvidas. A polícia técnica havia declarado o incêndio "de origem suspeita". Nunca conseguiram determinar se havia sido deliberado ou acidental, portanto ela nunca soubera nada além do fato de que eles morreram.

— Clara — disse ele, mais gentilmente ainda. — Olha, eu sinto muito pelos seus pais. Acredite, eu sei como dói. Mas estou lhe falando a verdade: seu pai e minha mãe estavam apaixonados. Eles se conheceram por causa do Blüthner. Nós não pudemos trazê-lo quando saímos da Rússia. Anos se passaram até ela o receber de volta. De alguma maneira, seu pai ajudou a devolvê-lo e eles ficaram amigos. Eu tinha catorze anos na época. Você devia ter, o que, sete ou oito? Ela me contou que, depois que se conheceram, seu pai começou a ter aulas de piano com ela.

Clara sacudiu a cabeça.

— Ele nunca teve uma única aula de piano na vida. Nunca! Ele não sabia tocar. Ele mesmo me disse isso.

— Você está certa sobre ele não saber tocar. Minha mãe disse que tentou ensinar a ele por dois anos, mas tudo que ele conseguiu tocar foi "O bife", porque ele não praticava. Mas ele não estava realmente tentando aprender. No começo, as aulas eram apenas um disfarce, para legitimar o tempo que passavam juntos e os sentimentos que estavam se desenvolvendo. Ela me disse que eles ficavam conversando, ou ela tocava para ele. A peça favorita dela era aquela de Scriabin, e ele adorava ouvi-la, repetidamente. A relação acabou evoluindo, como obviamente acontece quando duas pessoas estão atraídas uma pela outra. — Ele encolheu os ombros. — Minha mãe e seu pai eram amantes, Clara. Pelo menos pelos últimos três anos da vida dele. Essa é a resposta para o motivo de seu pai amar a música favorita dela. Eu posso ser um canalha por contar a você, mas é a verdade.

Ele parecia tão cheio de si. O que ele sabia sobre a vida de seu pai? Aquela audácia a deixou furiosa. Sem pensar, pulou para cima dele, batendo com o punho direito em seu peito. Continuou com mais um soco, e outro, até que Greg se desequilibrou em sua perna coxa e caiu para trás no solo rachado, e ela caiu junto, agora despejando uma chuva de socos e tapas com ambas as mãos, até com a quebrada, em seu peito, pescoço, rosto, orelhas. Usou as técnicas de autodefesa que seu tio lhe ensinara, embora quem ela estivesse defendendo não fosse uma adulta presa no deserto, mas uma órfã desesperada de doze anos que estava encolhida muito fundo dentro dela.

𝒦atya se sentou na beirada do sofá com as costas retas, a perna quebrada de seu filho levantada em uma pilha de travesseiros ao seu lado. Ele estava dormindo de novo, inconsciente dela ou de qualquer coisa, mas Katya não saía do seu lado. O que mais poderia fazer, ambos sofrendo tão profundamente pelas próprias razões? Se não tinha conseguido protegê-lo, pelo menos ia lhe fazer companhia. Mikhail finalmente acordara de seu sono bêbado e fora trabalhar, resmungando um pedido de desculpas. Se ele notara que o piano não estava lá, não tinha falado nada. Uma solidão profunda agora permeava a casa.

As velhas fotografias em Polaroid do Vale da Morte estavam espalhadas em seu colo e ela acariciava a borda de uma delas, tirada em Racetrack Playa. Infeliz outra vez, ela se sentia voltando quinze anos no tempo, olhando para a pedra na fotografia, solitária na *playa* árida, deslizando para longe dela. Imaginava onde na casa de Bruce seu piano estaria. Estivera lá algumas vezes, em segredo. Era maior que a casa dela, mas não havia muitos espaços grandes. Teria posto na sala da frente, como ela mesma faria? A filha dele teria gostado? E a esposa?

O telefone tocou.

— Está na hora, Katya. Faz quase exatamente dois anos que você me disse "mais dois anos" — falou Bruce. — Nós não estamos vivendo honestamente, não desse jeito. Você disse que queria esperar até Greg terminar o ensino médio, e ele terminou. E, agora que o Mikhail sabe, não há razão para esperar mais. Não é seguro para você. É questão de tempo até ele ter outro acesso de raiva contra você ou o Greg. Ou até contra mim, na verdade, pressupondo que ele descubra quem eu sou.

— Ele não sabe seu nome. Eu falei que era só uma carta de um jovem aluno apaixonado e que eu o havia dispensado quando descobri sobre esse sentimento. Então ele quis saber por que eu guardei a carta e eu disse que era só como prova caso esse menino louco tentasse aprontar alguma coisa.

— Você teve uma ideia boa, meu amor. E, sim, eu pretendo aprontar alguma coisa. — A ideia era tentar descontrair, ela sabia, mas estavam ambos ansiosos demais para achar graça. Depois de um momento, ele continuou. — Me diga que você vai deixá-lo.

— Assim que eu puder fazer isso com segurança, sim, eu vou. — Ela queria, e o faria; sonhava com isso havia quase quatro anos, desde aquele primeiro beijo, sentados na frente do Blüthner em sua sala de estar. Tentara manter seus sentimentos platônicos e, por um tempo, quase conseguiu. Mas logo se tornou insuportável sentar ao lado dele e não sentir os lábios dele nos seus, as mãos dele em seus cabelos. As aulas de piano se tornaram um eufemismo: *Podemos ter uma aula amanhã à tarde?* Ou *Que aula maravilhosa!* Começaram a falar sobre um futuro juntos logo depois que fizeram amor pela primeira vez. Mas, agora que estava ali, que era uma possibilidade real, ela sentia medo. Nem podia imaginar a fúria de Mikhail se ela lhe dissesse que ia embora. E precisava esperar pelo menos que Greg conseguisse apoiar o peso do corpo outra vez.

— Eu vou contar a Alice esta semana. Sexta-feira à noite. Vou dar um jeito de Clara passar a noite na casa de uma amiga e vou pedir o divórcio para Alice. Ela percebeu que havia alguma coisa acontecendo quando eu trouxe o piano para casa. Chegou a hora.

— Vai ser difícil? — ela perguntou. No ano anterior, eles tinham ido a um concerto e, depois, a um bistrô pequeno e discreto para jantar. Era à meia-luz e romântico, a comida deliciosa. Bruce segurava a mão dela sobre a mesa enquanto eles bebiam o vinho junto com a sobremesa.

Conversaram sobre apresentar Greg e Clara, sobre onde eles poderiam se casar, sobre a possibilidade de talvez abrirem uma pequena escola de música. Foi uma noite perfeita, até que Bruce viu sua esposa no canto oposto (embora ela também estivesse de mãos dadas com alguém). Depois disso, Alice convenceu Bruce a tentarem se reconciliar pelo bem de Clara, e ele se sentiu culpado o suficiente para aceitar, mas não durou. Ele telefonou para Katya quatro meses depois, apenas cinco meses atrás, implorando que ela o encontrasse no chalé. Katya se perguntou, ela também com uma sensação de culpa agora, como Alice se sentiria quando soubesse que eles haviam retomado o relacionamento.

Ele hesitou e ela o ouviu respirar fundo.

— Sim — ele respondeu —, vai ser difícil, especialmente para Clara.

— Você acha que ela vai entender? Ainda tão nova, nem doze anos.

— Não sei. Não de imediato, com certeza. Mas ela vai acabar entendendo. Sei que ela vai amar você quando tiver a oportunidade de encontrá-la, de conhecê-la.

— Quero muito isso. Eu sempre quis uma filha.

— Eu sei. E espero que Greg entenda.

— Não tenho dúvidas de que ele vai entender. Ele é muito infeliz. Mikhail e ele não se dão muito bem.

— Obviamente. Mikhail é um selvagem.

— Bruce?

— Hum?

— Você ainda ama Alice?

— Não do jeito que eu amo você.

— Você é muito corajoso — disse ela.

— Que escolha eu tenho?

— É.

— E não sou eu que sou corajoso, Katya. É você.

Ela olhou para a pedra deslizante que parecia seu piano na fotografia e começou a tocar em um teclado imaginário nos joelhos com dedos que ansiavam por algo produtivo para fazer. Em sua mente, ouvia as notas silenciosas sussurrando como fantasmas em seus ouvidos. Quando fora a última vez que tomara uma decisão que transformaria sua vida? Mesmo muito antes de Mikhail, estava acostumada a deixar os outros decidirem por ela. Seria assim com Bruce? Parecia que todo o seu talento não havia lhe feito ganhar nenhuma independência. Tocou o piano imaginário, somando suas perdas enquanto prosseguia e tentando transformar esses pedaços de nada em algo que ela pudesse guardar dentro de si e manter ali: esperança, ou força, ou coragem. Seus dedos dançavam pelas teclas invisíveis ao lado do filho machucado, mas a verdade era que ela não se sentia nem um pouco corajosa.

— Mãe, me conta a história — Greg pediu, sonolento. Os movimentos dos dedos dela, mesmo sobre o tecido do vestido, o acordaram. — De como a Sasha fez a tundra ficar verde. — Era agosto na Califórnia, mas ele ainda estava tremendo no sofá. Sua perna doía o tempo todo, ele já estava se acostumando, mas a dor em seu coração era ainda maior por vê-la usar os joelhos como substitutos para o piano, como se ela também estivesse perdida e vagueando por algum lugar frio e distante. Nos três dias desde que o Blüthner fora levado embora, ela estava constantemente torcendo as mãos, massageando os dedos. Será que queria tocar tanto quanto ele queria ouvir? Ele precisava que ela pensasse em outra coisa. — Por favor, mãe.

— Eu não quero contar sobre a música de Sasha — disse ela. — Não há mais música por enquanto.

— Você pode ligar para aqueles homens e pedir pra trazerem o piano de volta?

— Não, Grisha. Eu não posso.

— Mas você precisa dele, mãe.

— Não. Sim. — Ela se levantou com cuidado para não mexer a perna dele. — Se eu trouxer o piano de volta, seu pai vai destruí-lo. — Ela não queria dizer que Mikhail poderia fazer algo ainda pior, começando por Grigoriy.

— Eu não vou deixar.

— E vai sacrificar sua outra perna? Não, meu filho. Eu vou encontrar um jeito de ficarmos seguros. E felizes, muito felizes. Mas, por enquanto, nós precisamos esperar. — Ela não ousou dizer a ele o que estavam esperando.

— Quem eram aqueles homens?

— Homens bons, generosos.

— Mas quem?

— *Chi-chi-chi*. Isso não é da sua conta.

— Para onde eles o levaram?

Ela sacudiu a cabeça. Greg observou enquanto ela baixava os olhos para seus dedos longos como se não fossem dela. Sua mãe podia ter confiado naqueles homens que levaram o piano, mas ele não confiava. Por que deveria, se nem ela sabia para onde o levaram? Ela não era a mesma sem seu Blüthner. E se não o trouxessem de volta? O que ia acontecer, então?

Greg não falou nada. Ele gemeu quando Clara o golpeou no peito, bufou em *staccato* quando ela deu tapas em seu rosto; só se defendeu parcialmente dos socos e, de modo geral, parecia estar esperando que ela terminasse, como alguém que já estivesse acostumado a ser agredido. Sua recusa em revidar a enraiveceu ainda mais, mas só brevemente. Imagens de seu pai começaram a se intrometer nos pensamentos furiosos e ela foi desacelerando até parar, ainda sentada em cima de Greg, que tinha o braço sobre o rosto. Ela desceu os punhos no peito dele uma última vez antes de se deixar cair ao seu lado, enrolando o corpo em volta da dor dilacerante na mão esquerda e das perguntas em sua cabeça, e, agora, estava soluçando.

Greg virou de lado devagar, porque ela certamente o deixara dolorido, e tocou-a no ombro.

— Clara. Tudo bem.

Perdida em si mesma, ela não registrou nem o toque nem a voz dele. Chorou até não conseguir mais e, quando parou, a mão dele ainda estava pousada levemente em seu ombro.

Ela continuou deitada de lado por um tempo, olhando no escuro para as formas poligonais no solo daquele ângulo inusitado. Seu pai teria morrido amando outra pessoa além de sua mãe? Tinha a boca seca, o cabelo cheio de terra. Poderia morrer ali, pensou, todos os seus fluidos corporais vazando para esse pedaço desidratado de nada. E o que importaria? O que ela havia feito de bom com sua vida até esse momento, afinal? O que, exceto arrastar consigo o piano de outra pessoa desde a infância, passando por uma adolescência insignificante, até uma vida adulta sem importância? Aquele piano, seu companheiro vertical com suas oitenta e oito teclas que eram como chaves para seu depósito trancado de memórias. Talvez ela tivesse tentado acessar essas memórias frágeis de seus pais com frequência demais, alterando-as irrevogavelmente a cada vez, até que, como acontece com algumas fotografias, não conseguia mais lembrar as experiências originais, mas apenas a última vez que pensara neles. Talvez, a esta altura, todas as suas memórias fossem mentiras.

— Você chegou a vê-lo? — perguntou Clara, o rosto ainda pressionado contra a terra, na esperança cada vez mais fugidia de que Greg tivesse confundido seu pai com alguma outra pessoa.

— Uma vez. Logo depois do acidente. Na noite em que ele pegou o piano. Eu estava bem dopado, mas lembro de uma coisa: a mancha roxa em seu rosto. Ele tinha uma, não tinha? Mencionei isso para minha mãe mais ou menos uma semana depois, perguntei a ela quem era o homem com a marca de nascença, e ela começou a chorar. Foi um pouco depois de seus pais morrerem e ela estava arrasada. Acabou me contando tudo, não só uma parte: quando eles se conheceram, que eles não pretendiam se apaixonar, que foi inocente por um longo tempo. Estava com medo de que eu a criticasse, mas eu não fiz isso. Meu pai era um monstro mesmo antes de quebrar minha perna. Eu não podia culpá-la por querer outra pessoa. Mas ela não quis me dizer o nome do seu pai. Falou que a última vez em que havia pronunciado o nome dele em voz alta foi quando lhe disse que o amava na noite antes de ele morrer, e que se recusava a dizê-lo de novo. Que queria manter a música de seu nome dentro dela.

A noite antes de seus pais morrerem foi uma quinta-feira. Seu pai sempre trabalhava até tarde nas quintas-feiras, certo? Por quê? O que sua mãe estava fazendo? De pé com uma das mãos no quadril, fumando um cigarro e olhando pela janela, seus ombros com enchimento muito eretos contra o que quer que fosse que a deixava tão irritável? Foi uma noite insignificante, como qualquer outra. Clara não se lembrava de como estava o tempo, ou do que comeram no jantar, ou se ela telefonara para sua melhor amiga antes de dormir, como costumava fazer. Não parecia necessário naquela noite reter esses detalhes rotineiros, banais. Ela não sabia que seria a última noite normal de sua infância.

— Bruce — disse ela.

— O quê?

— O nome dele era Bruce. Bruce Lundy. Ele era professor titular de literatura eslava na UCLA. Tinha cabelo ruivo e olhos castanhos. E, sim, tinha uma marca de nascença no rosto.

Greg balançou a cabeça.

— Sinto muito, Clara. Não estou feliz por ter lhe contado isso.

Clara se sentou e usou o braço bom para limpar a terra do rosto. Sua mão estava latejando e ela imaginou se a teria quebrado de novo.

— Ainda não tenho certeza se acredito. — Mas, mesmo enquanto dizia isso, sentiu uma inquietude crescente. Não tinha nem doze anos quando eles morreram. O que poderia saber sobre o casamento deles? O que sabia de fato sobre os dois, exceto por sua relação com ela? Não tinha a menor ideia das histórias que trouxeram para o casamento, ou dos segredos que ele continha. Que criança sabe essas coisas? — Por que você não me disse nada antes?

— Eu nunca imaginei que fosse ver esse piano de novo. Foi um choque, pode ter certeza. Eu achava que ele tinha sido destruído no incêndio que matou seus pais. E, de repente, lá estava ele, e lá estava você, toda atrevida e inocente. Eu não queria contar quem eu era. Ou quem *você* era. Eu só queria que você fosse embora.

— É por isso que você foi tão estúpido?

— Talvez. Basicamente, eu *sou* estúpido. — Ele deu uma risada curta. — Embora meu terapeuta diga que ainda há esperança.

Pela primeira vez, ela pensou pela perspectiva de Greg. Como ele devia ter se sentido ao conectá-la à morte de sua mãe.

— Quando ela morreu?

— Foi em um sábado, 4 de setembro de 1999. Um ano depois da morte de seus pais. Ela fez meu café da manhã, depois disse que tinha coisas para resolver na rua. Ela me abraçou por um bom tempo e pediu para eu entender se ela não voltasse logo, porque tinha muitas coisas para fazer. Era uma bela manhã de sábado e ela pegou o carro e foi de Los Angeles até o Vale da Morte. Subiu em um penhasco... — Os olhos de Greg cintilaram ao luar, mas ele não chorou de novo. — Houve testemunhas. Os policiais que vieram à minha casa precisavam de alguém para identificá-la e meu pai não quis ir, então eu fui. — Ele respirou fundo, fechou os olhos. — Eles me deram a chave do carro dela. Embaixo do banco ela tinha deixado uma carta e as fotos em Polaroid que eu mostrei pra você. Ela escreveu que havia esperado quatro estações para ver se conseguia sobreviver a ele. Implorou que eu a perdoasse. — Ele apertou a base do nariz e expirou com força. — Venho tentando há treze anos.

Clara examinou Greg, seu perfil voltado para o chão, sua perna coxa estendida. Sua mãe escolhera a morte em vez dele, porque, se tudo isso fosse verdade, ela já havia escolhido o pai de Clara.

— Eu sinto muito — disse ela.

— Não foi sua culpa. Nem de seu pai. Enfim, eu fui para Nova York logo em seguida, nem parei em casa para fazer a mala ou me despedir. Eu simplesmente fui embora sem olhar para trás. Não falei nem uma vez com meu pai em todos esses anos. E nem vou. Nem sei se ele ainda está vivo. Esta é a primeira vez que volto ao sul da Califórnia desde que ela morreu.

O vento frio soprou mais forte e eles sentiram alguns pingos de chuva.

— Venha — disse Greg. Ele subiu para o baú do caminhão e estendeu a mão para ajudar Clara. Ela entrou e eles ficaram olhando um para o outro na frente da porta aberta como se fosse um precipício. Ele não soltou a mão dela. Ela podia enxergar por trás do exterior rígido dele um vestígio de empatia, uma certeza de entendimento mútuo. Ele parecia estar transmitindo sua compaixão como por uma lente grande-angular.

— Como você se libertou disso? Da dor de perdê-la? — ela perguntou, atenta ao rosto dele em busca de respostas. — Como?

— Eu não me libertei. Você não percebe? É por isso que eu estou aqui. Eu não me libertei.

— Então que esperança existe para mim? — Ela olhou para a escuridão atrás dele, para a paisagem que se estendia em todas as direções, a chuva pesada o bastante para embaçar a lua.

Ele respondeu se inclinando e roçando os lábios nos dela, hesitante, como se fosse com cuidado para ela não se afastar. Ela não se moveu. O abismo dentro dela se abriu.

Ele subiu os dedos pela nuca e por dentro do cabelo dela, com uma sensação de intimidade surpreendente, e a beijou e beijou. E, como ele era a única pessoa viva que podia entender sua sensação particular de perda, ela quis fazer o mesmo, tocar seu pescoço, suas orelhas, partes dele que ele não podia controlar, e ressentiu-se por seu gesso limitar o uso dos dedos. Então ela o segurou e o puxou contra si. Arrancara pneus vazios de semieixos com mais delicadeza, mas ele não pareceu se importar. Ele soltou a mão dela e segurou seu rosto, interrompendo o beijo para olhá-la, e ela viu algo além de desejo na expressão dele, como se estivesse tentando transmitir uma mensagem silenciosa, uma promessa ou pedido, e, quando ela sorriu, ainda que apenas ligeiramente, ele a beijou de novo e ela teve a sensação de que poderia ser engolida inteira e que de fato queria ser.

Greg finalmente disse, com os lábios ainda nos dela:

— Nós podemos...?

Ela ofegou a palavra *sim* na boca dele e, após um momento, ele se afastou e jogou as mantas de mudança no chão, espalhando-as tão bem quanto pôde sem perder tempo. Para Clara pareceu um ninho, e ele a conduziu para lá, e eles se deitaram com a cabeça do lado mais elevado do caminhão, sobre os pneus que ainda estavam inflados.

— Você está bem?

— Estou. E você?

— Estou.

Então, no meio do calor, uma imagem se intrometeu: a manhã em que se viram pela primeira vez, Greg de pé ao lado de seu carro segurando aquele café. Ela havia pensado que ele era um agressor prestes a atacá-la enquanto ela dormia. Ele lhe oferecera açúcar e creme que tirara do bolso, depois lhe dissera para voltar para casa. Ele lhe dera um quarto no hotel e depois praticamente a ignorara durante dias. Ele a convidara para ir até o meio do nada e a abandonara ali entre as rochas deslizantes e, todo o tempo, deixara que ela continuasse com seu entendimento equivocado da história do Blüthner. Como aquela última peça musical que ele havia tocado no piano, em que alternara os andamentos e misturara os timbres, ele a empurrara e puxara e empurrara e, agora, a puxava com sua música inesperada, e sua tristeza, e seus lábios cheios e carentes. Ainda assim, sua raiva pelo modo como fora ele que estivera no controle o tempo todo ressurgiu, e ela o beijou com tanta força que o sentiu em seus dentes. Queria despi-lo desse poder, encontrá-lo de igual para igual. Por isso, com uma agressividade que não lhe era característica, ela disse:

— Tire a roupa.

Ele obedeceu e, quando estendeu a mão para ajudá-la com a dela, ela o afastou com sua mão boa.

— Pegue uma camisinha.

Do bolso de sua calça, ele tirou duas (ei, espera aí, ele estava planejando isso o tempo todo?), depois jogou a calça de lado e esperou que ela acabasse de se despir. Ela tirou o jeans e a calcinha, mas continuou com o moletom. Por uma questão de princípio, queria manter algo.

— Ponha ela.

Enquanto isso, ela fez uma checagem dele no escuro. Sua pele era muito clara e os poucos pelos que tinha no peito e braços eram escuros e finos. Os ombros e braços eram musculosos, mas a barriga era mais flácida e cortada por uma linha fina de pelos que atraiu seu olhar para baixo, onde parou por um momento antes de continuar para a cicatriz elevada que cruzava o joelho e fissurava a coxa como as bordas encrustadas dos polígonos na *playa*. O tecido na cicatriz parecia frágil, como se a perna fosse um pedaço de porcelana que se quebrara e fora consertado sem muito capricho. Sua raiva aumentou quando percorreu o contorno com o dedo; esse tipo de estrago deve ter custado caro. Ela se aproximou dele com as mãos em seu peito. Como ele fizera para compensar durante todos esses anos?

Os olhos dele se embaçaram com um desejo animal quando beijou-lhe a boca e inclinou a cabeça dela para lhe beijar a garganta, pescoço, seios. *Ah*, ela pensou, ou disse, não sabia; estavam ambos ofegantes agora, o corpo passando por cima da mente. Ela se agarrou à possibilidade de uma ideia, de que queria tomar todas as decisões, mas, depois de deslizar sobre ele, já não se importava mais, porque era tão bom ser tocada. Ryan parara de tocá-la muito antes de ela ter saído da casa dele, e ela queria, de repente, sentir seu coração bater junto ao de outro ser humano, então tirou o moletom afinal, e se pressionou contra ele, e eles encontraram um ritmo intenso, os joelhos dela esfregando no cobertor áspero. Greg fixou nela um olhar desesperado antes de fechar os olhos e abrir a boca, e ela, sentindo a força de seu poder sobre ele, em torno dele, estava perto também, tão perto, e o viu movendo o queixo enquanto ele chegava ao pico da sensação e o ultrapassava como se estivesse caindo de um penhasco.

E ela fechou os olhos e o que viu foi Peter, ligando o cabo de seu aparelho de televisão; Peter, lhe entregando uma vasilha de *avgolemono*; Peter, sentado ao lado dela para assistir à corrida. Apesar disso, ela gozou logo depois de Greg, tão forte que ficou tremendo por vários segundos depois. Afastando da cabeça a imagem de Peter, deixou-se desabar sobre o peito de Greg e tentou recuperar o fôlego dentro de seu abraço fraco e ofegante.

Depois de levar Clara para a casa da amiga, Bruce largou a chave do carro sobre o balcão da cozinha ruidosamente. Seu CD *Rachmaninoff Plays Rachmaninoff* tocava em alto volume no outro cômodo. Que apropriado. Alice com certeza tinha um senso de humor mórbido. Bem, pelo menos ela sabia o que estava por vir. Talvez isso tornasse um pouquinho mais fácil. Ele despejou dois dedos de uísque em um copo e bebeu. Depois despejou mais dois dedos em seu copo e em outro e os levou para a sala.

Alice esperava no sofá, pernas e braços cruzados, ombros retos, um cigarro na mão. Ele desligou a música, pôs o copo de uísque na frente dela, fez um brinde com seu copo no dela e se sentou na outra ponta do sofá. O cinzeiro, um que Clara havia feito alguns anos antes em um acampamento, estava entre eles sobre a almofada.

— Alice — disse ele.

— Eu lhe disse para terminar, Bruce — Alice falou. — Eu terminei o meu. Esse não era o trato?

— Alice.

— Não olhe para mim desse jeito, com essa cara de cachorrinho triste. Não venha com fingimento de se sentir culpado agora. O que você fez com aquele piano horroroso, a propósito? Espero que tenha devolvido para ela. Não sei que merda você estava pensando para trazê-lo para cá. Que atrevimento. — Ela bateu o cigarro no cinzeiro.

— É mais sério do que isso.

— Ah? Eu imagino que você queira o divórcio, né? Para poder fugir com a sua princesinha russa?

— Na verdade, sim.

Ela soprou uma baforada de fumaça nele.

— Claro que quer.

Ele fechou os olhos até a fumaça se dissipar; odiava que ela fumasse, mas agora não era o momento de criticá-la.

— E há quanto tempo você vem tramando a fuga desta vez?

— Escute, Alice, eu realmente tentei terminar, como nós combinamos. Disse a ela que você e eu íamos tentar de novo e nós não nos vimos por uns quatro ou cinco meses. Mas, então... eu vou ser sincero. Por que *não* ser sincero agora? Depois de um tempo pareceu evidente que você nunca ia me perdoar e, bem, eu estava me sentindo sozinho. — Ele encolheu os ombros. — E eu telefonei para ela.

— Sozinho! Essa é boa. Essa é muito boa, Bruce. — Ele tomou um gole, acendeu outro cigarro.

— Vai me dizer que você nunca pensou no sei-lá-quem de novo? Que nunca pensou em pegar o telefone?

— Claro que pensei! Eu me sentia sozinha também. Mas confiei em sua palavra de que nós íamos superar isso. Essas coisas levam tempo, Bruce. Você não podia estar esperando uma segunda lua de mel depois de tudo que aconteceu. Não tão depressa. Nem mesmo depois de quatro ou cinco meses. Mas, não, eu não falei mais com ele desde o dia depois que você nos viu no bistrô, porque eu prometi a você que não faria isso.

— Eu sinto muito.

— Ah, sim, claro que sente.

Havia meses que eles não trocavam tantas palavras. Exceto pelo cigarro, ela quase parecia vulnerável.

— Quer mais uma bebida?

— Quero — ela respondeu, e esvaziou o copo antes de entregá-lo a ele.

Dessa vez ele pôs o copo na mão dela e seus dedos se tocaram. Eles não se tocavam havia meses também. Ela se afastou, como se tivesse recebido um choque.

— Você sabe que isso vai deixar Clara arrasada, não sabe? — ela perguntou, olhando para o cinzeiro.

— Sei. Mas também acho que você e eu merecemos uma chance de ser felizes. Isso tem que contar para alguma coisa.

— Obrigada por sua generosidade de me incluir nesse magnânimo plano existencial. Por acaso passou pela sua cabeça que isso pode me deixar arrasada também? Você e Tatiana vivendo felizes para sempre juntos enquanto eu fico aqui recolhendo os cacos da vida de Clara e da minha?

— É Katya. Não Tatiana.

— Ah, que bom que isso está corrigido agora. Sua ordem de prioridades é impressionante, Bruce. Você acabou de anunciar o fim de nosso casamento de quinze anos, mas o ponto mais importante a ser esclarecido é o nome de sua noiva por encomenda. *Katya*. Pronto. Falei direito? — Ela apertou o cigarro meio fumado no cinzeiro e acendeu outro.

— Imagino que não faça diferença eu lhe dizer que não pretendia que isso acontecesse.

— Não é que não faça diferença. Não é digno. — Ela soprou uma nuvem de fumaça nele. — Sem falar que é insultante.

— Pois eu não pretendia.

— Claro que pretendia, seu trouxa. Essa é uma consequência de foder outra pessoa que não sua esposa.

Ele largou o copo e foi abrir a janela.

— Você devia parar de fumar, Alice. É um vício nojento.

— Feche a janela. Você quer mesmo que os vizinhos escutem em primeira mão sobre seu casinho amoroso? Estou falando sério, feche. Espero que você tenha sido discreto, pelo menos. Assim eu talvez possa escapar dessa desgraça com um pouco de dignidade. Clara também. Você quer que ela saiba que a razão de seus pais se divorciarem foi que seu pai não conseguiu segurar o pau dentro das calças? Se você vai realmente insistir em destruir sua família, eu apreciaria que evitasse exibir sua czarina em público até que um tempo apropriado tenha passado. Tente parecer um pouco triste. Se não por mim, pelo menos pela sua filha. Ela não precisa saber que idiota egoísta você se revelou.

Ele deu um passo em direção a ela.

— Você se sentiria melhor se batesse em mim?

— Não seja ridículo. Isso faria *você* se sentir melhor, e eu não estou me sentindo muito caridosa neste momento.

Ela estava certa, claro. Ele *era* egoísta. Em vez de reconstruir sua família naquele último ano, quando tivera uma segunda chance para isso, ele a estivera lentamente destruindo. Escolhera os caminhos mais fáceis para si, os que levavam às satisfações mais garantidas. Não fora um marido muito bom para Alice. Por que imaginava que poderia ser um marido melhor para Katya? Bem, esperava que sim. E talvez pudesse descobrir como ser um pai melhor também.

— Eu a amo, Alice. É simples assim.

Alice balançou a cabeça. Esvaziou o copo, deu uma longa tragada no cigarro e o pousou na depressão que Clara cavara na lateral da argila. Então se levantou e olhou Bruce diretamente nos olhos por tempo suficiente para ele se sentir desconfortável e até, inesperadamente, surpreendentemente, um pouco excitado. Lembrou-se de quando olharam um para o outro na frente do padre e de um pequeno grupo de parentes e amigos, na linha divisória entre duas fases distintas da vida, aquele medo eufórico enquanto esperavam o ritual terminar e o padre pronunciar seu novo começo oficial. Alice parecia mais séria agora do que naquela ocasião, e mais brava, mas, quando ela avançou para beijá-lo nos lábios, Bruce não se afastou. Exceto pelo gosto de cigarro, foi bom. Não necessariamente romântico, mas íntimo, de uma maneira confortável e familiar. Ela terminou o beijo lentamente e recuou.

— Houve um tempo em que você me amava também — disse ela, e lhe deu um soco forte no estômago.

Ele se dobrou, o braço em torno da barriga, arfante.

— Porra — disse ele, estendendo a palavra.

— Ora, quem diria? Isso *fez* eu me sentir melhor — falou Alice. — E agora acho que vou querer mais uma bebida. Ou mais seis. E você?

Ele aceitou, ainda ofegante, e sentou no sofá. Alice foi para a cozinha pegar o uísque e, ao voltar à sala, ligou novamente o CD de Rachmaninoff e encheu os copos até a borda.

— Saúde — disse ela.

— Saúde.

Eles beberam e Alice fumou em silêncio, olhando para o nada, até a garrafa estar vazia e a música ter parado de tocar há tempos, dizendo apenas a palavra "Saúde" quando tornavam a encher os copos, antes de estarem bêbados demais mesmo para isso. Então Bruce disse, com a voz grossa, que era hora de ir para a cama, e Alice concordou. Ela apagou o cigarro e eles cambalearam juntos pelo corredor em direção aos quartos.

— Vou dormir no quarto da Clara hoje — disse Bruce. — Terminamos a conversa amanhã.

Alice se apoiou na parede e estendeu a mão, e ele a apertou.

— Boa noite, sonhe com os anjos — disse ela. Era o que costumavam dizer a Clara antes de apagar a luz.

Ele sorriu e eles foram para seus quartos separados e fecharam as portas.

O cigarro que Alice apagara descuidadamente escorregara da borda do cinzeiro quando eles se levantaram do sofá, e ficou ali sobre o estofamento, acumulando calor no tecido; o calor se misturou com o ar circulante e acendeu a mínima das chamas, que queimou um buraco do tamanho de uma moeda na almofada, encolhendo os fios em uma cavidade escura e rígida, para dentro do qual o cigarro acabou caindo.

Entrou em contato, então, com o enchimento de fibra de poliéster e inflamou um lento crescimento do fogo nos materiais do interior do sofá, que se espalhou mais fundo e mais amplamente até gerar calor suficiente para envolver o sofá inteiro, um modelo vintage do meio do século que Bruce e Alice haviam comprado pouco depois de Clara nascer.

Enquanto eles dormiam em profunda embriaguez em seus quartos no fim do corredor, o fogo passou do sofá para o tapete e para as duas poltronas e a mesa de pedestal que haviam sido deslocadas por um breve período para acomodar o Blüthner e logo voltaram para suas posições originais. A fumaça preta ardente do fogo se acumulou e espiralou no teto, onde o detector de fumaça desatendido permaneceu em silêncio, sua bateria fora removida muito tempo antes e a substituição, esquecida. Depois de ter invadido a sala, a fumaça se arrastou para os outros aposentos, devorando o oxigênio de que precisava para queimar, até alcançar com seus dedos fantasmagóricos os pulmões de Bruce e Alice, interrompendo seus batimentos cardíacos antes de eles perceberem que seu ar fora roubado, que tudo em volta deles estava se transformando em cinzas.

Clara sentiu a luz do sol nascente antes mesmo de abrir os olhos, como se a manhã estivesse batendo em suas têmporas. Fechar as pálpebras com força só piorou, então ela cobriu o rosto com um braço para bloquear a luz enquanto inventariava e conferia suas lembranças da noite anterior. *Ah, não*, ela pensou, conforme os eventos se reagrupavam em ordem cronológica. Ela entrava em relacionamentos bem depressa, mas raramente entrava com a mesma rapidez na cama de alguém.

Muito quieta, tentou escutar o som da respiração de Greg. Ele tinha o sono pesado e ressonava com a boca aberta, e ela fora acordada várias vezes; em uma delas, vira os dedos dele dançando sobre o que poderia ter sido um teclado imaginário. Agora, porém, o interior do caminhão estava silencioso. Devagar, ela deslizou a mão não quebrada pelos cobertores, tateando para ver se havia um corpo. Não encontrando nenhum, ela abriu os olhos, fazendo uma careta para a luz rosada do amanhecer, e se sentou segurando um cobertor sobre o peito. Conferiu a dor na mão quebrada e ficou aliviada por não estar mais doendo tanto quanto havia doído quando ela parara de socá-lo. Mas todo o resto doía: a cabeça, as costas, as articulações. Lembrou-se com vergonha de sua desinibida dominância, da fricção impetuosa que seus joelhos haviam enfrentado no cobertor. Deitou de novo e puxou o cobertor sobre a cabeça, fingindo, como uma criança, que, se não pudesse ver ninguém, ninguém poderia vê-la também.

A necessidade de se aliviar finalmente forçou Clara a se levantar, se vestir, passar os dedos pelo cabelo e a mão sobre a boca com hálito de vinho. Fechou a tampa sobre o teclado do piano, embora fosse ela quem se sentisse exposta.

Espiou pela porta, olhou para a direita e para a esquerda. Greg estava a cinquenta metros, assistindo ao nascer do sol com as mãos nos bolsos. Ela se esgueirou para fora do caminhão e deu a volta por trás, na lateral da estrada, para fazer o que precisava. Depois pegou o galão de água e tomou vários longos goles, gargarejou e cuspiu, e jogou um pouco de água no rosto. Greg tinha parecido confiante de que os rapazes viriam cedo, então ela não precisava se preocupar em economizar água. Encontrou um chiclete na mochila e se sentiu grata por sua previdência em questões de viagem e conforto, embora não de álcool e homens. Quando achou que não teria mais como continuar evitando, caminhou para a *playa* em direção a Greg.

— Bom dia — disse ele. Ele sorriu, parou, e sorriu de novo, como para testar se a intimidade entre ambos havia se mantido ao longo da noite.

— Bom dia. — Qualquer que tenha sido a expressão que ela lhe ofereceu, pelo jeito pareceu lhe conceder permissão, porque ele se inclinou e a beijou, depois a virou para o sol nascente, a abraçou por trás e apoiou o queixo em seu ombro. A tempestade da noite anterior tinha sido intensa e curta. Agora, o céu estava claro e o chão, seco.

— Acha que nós dois conseguiríamos tirar o piano do caminhão com segurança? Esta luz é perfeita. Eu tive uma ideia de trazê-lo para cá e deitá-lo de lado sobre alguns cobertores. O que você acha? — Ele a apertou e beijou seu pescoço.

— Simbólico.

— Exatamente.

— Escute, Greg...

— Clara, ouça...

— Fale você.

— Não, você.

Clara suspirou.

— Eu ia dizer que sinto muito por ontem à noite. Eu bebi demais e perdi a noção das minhas emoções. Eu não estava sendo eu mesma. Não sei o que deu em mim.

— Aparentemente fui eu — ele falou, virando-a. Ele piscou e a beijou de novo, mais rápido dessa vez. — Não se sinta mal. Eu não me sinto.

Ela se afastou, mas não abruptamente; não queria ser rude.

— Eu não costumo dormir com alguém que mal conheço.

— Eu não pensaria isso. — disse ele. — E é o que torna ainda mais importante. — Ele a segurou pelas mãos, sendo bem cuidadoso com a quebrada, que ele aninhou em sua palma aberta. Ela baixou os olhos; o gesso estava ficando sujo, especialmente nas bordas de gaze.

— Greg, eu não sei... quer dizer, foi ótimo, foi ótimo mesmo, mas... não sei se *importante* é a palavra certa.

A expressão dele mudou, uma elevação sutil das sobrancelhas escuras, o olhar pálido e fixo de alguém determinado a persuadir.

— Na verdade, é exatamente a palavra certa. Escute, Clara. Eu sei que não fui muito receptivo quando você apareceu aqui. Não dava para imaginar o que tinha dado na sua cabeça para dirigir por toda essa distância e insistir em ficar. Foi bem esquisito isso, você tem que admitir.

— Eu não conhecia você. Não sabia se podia confiar.

— Claro. Você não tinha como saber que acabaríamos tendo algo em comum, ou que eu amava seu piano tanto quanto você. Ou que teríamos uma noite como esta. — Ele lhe lançou um olhar tão exageradamente malicioso que a fez sorrir. — E eu estou muito feliz por ter acontecido. Você não está?

O fato é que ela estava profundamente incerta quanto àquilo tudo. Tão súbito, tão inesperado, tão impetuoso. Mas talvez não fosse algo ruim; ela não sabia. Com certeza fora um conforto. Uma descarga, pelo menos. Ela concordou com a cabeça.

— Ótimo. — Ele respirou fundo. — Mas tem uma coisa que eu preciso contar — ele prosseguiu, muito sério agora. — Bom, talvez eu não precise, mas quero ser honesto com você.

— Está bem — ela falou, percorrendo mentalmente um catálogo de problemas: ele era casado, ele era um criminoso, ele tinha uma doença sexualmente transmissível. Mas haviam usado preservativo, certo?

— Eu ia destruir o piano no fim desta viagem. Para a última fotografia, eu ia empurrá-lo de um penhasco e fotografar a queda.

Era como se ele tivesse dito que planejava fazer o mesmo com ela. Ela se virou de imediato para ele, pronta para... o quê? Bater nele outra vez? Mas, antes que pudesse dizer ou fazer qualquer coisa, ele levantou a mão como numa bênção.

— Espere. Por favor. Eu não conhecia você. Não sabia do seu apego pelo Blüthner. Eu tentei comprar primeiro, lembra? E, claro, achei que este aqui estivesse queimado. Eu estava procurando uma réplica.

— Mas por quê? — O coração dela estava acelerado, visões de seu Blüthner caindo pela escada de volta à sua mente, junto com o mesmo sentimento de pânico e perda imaginada. — Por que você iria querer fazer isso?

— Não vou mais fazer, não agora. Eu prometo a você, Clara. Não se preocupe; tenho algo ainda melhor em mente. — Ele pôs a mão sobre o pulso dela, por cima do gesso. — Antes de você aparecer, eu achei que queria que a última foto mostrasse como a história de minha mãe realmente terminou. Mas agora... — Ele apertou o braço dela. — Agora você está aqui. Isso muda tudo. Você trouxe minha mãe de volta para mim.

— Eu não tenho a menor ideia do que você está falando, Greg. Trazer sua mãe de volta? — Ela deu uns passos para trás. — Isso tudo é muito estranho.

— Não, por favor. Não é estranho. Tudo bem, talvez seja. — Ele suspirou. — Eu me sinto bravo há tanto tempo. Abandono afetivo. Pelo menos é como meu terapeuta chama. Quando ele descobriu sobre o suicídio da minha mãe, não demorou para me diagnosticar com um "modo de enfrentamento disfuncional". Na verdade, foi ideia dele que eu fizesse algo criativo para me ajudar a processar a morte dela. Algo simbólico. Foi daí que eu pensei nisso, em refazer as fotografias de nossa viagem para o Vale da Morte, mas com o Blüthner nelas. Sozinho, sem ninguém o tocando, nenhuma música para derreter o gelo. Entende? — disse ele, sua voz se suavizando. — O piano é minha mãe. Eu queria mostrar como eu me senti quando ela morreu. Como foi quando a música parou.

— Então você ia empurrá-lo de um penhasco? Qual o sentido disso? Não ia trazer ela de volta. Não ia mudar nada.

— Sei disso agora, graças a você — disse ele. — Acordei pensando em uma interpretação completamente diferente para todo o projeto. Pôr o piano nas fotos não precisa representar o *fim* da música. Pode simbolizar o *potencial* para a música. Sabe, como se a qualquer momento alguém fosse entrar no cenário vindo de fora do enquadramento. Como se a música ainda estivesse aqui, de alguma maneira, ainda que a musicista não esteja. É só perceber de um jeito diferente. Então agora eu não quero ilustrar a morte dela imitando-a. Eu provavelmente não teria me sentido melhor depois. Talvez até me sentisse pior. Só de pensar nisso agora eu já fico um pouco enjoado. — Ele fechou os olhos, sacudiu a cabeça.

Ela olhou para ele cautelosamente, enquanto seu coração se assentava em um ritmo normal. A paixão dele era envolvente; provavelmente fora a primeira coisa que a atraíra.

— Eu gosto dessa ideia — disse ela. — Ilustrar o potencial em vez do real.

Sua cabeça ainda doía, da adrenalina, da ressaca, do sol já muito brilhante. Mas também se sentia balançada pela maneira como ele sorria para ela, os dentes brancos e retos como as teclas de seu piano, e, quando ele procurou sua mão, ela o deixou pegá-la.

— Pense só nisso. Se você não tivesse anunciado o Blüthner para vender do jeito que fez, eu nunca teria descoberto que ele sobreviveu. Eu talvez conseguisse ter encontrado outro, e feito o ensaio como havia planejado originalmente. E nós nunca teríamos nos conhecido. Pode parecer bobagem dizer isso, mas dá um pouco de sensação de destino, não dá? Ou sina, ou desígnio, ou seja lá como as pessoas chamam.

— É bem estranho — ela admitiu. Quais eram as chances de eles um dia estarem ali, com o piano, no meio do deserto? Durante toda a vida adulta ela sempre tendera à inércia, não ao impulso. No entanto, lá estava ela. Lembrou-se do que Peter havia dito quando ela recebeu o aviso de que o piano tinha sido comprado: *Eu sei o quanto você gosta de sinais. Devia entender isso como um sinal.*

Viram o SUV alugado de Greg se aproximando, o sol da manhã iluminando a poeira que se levantava atrás dele e flutuava no ar como um rastro de avião. Clara e Greg retornaram pela *playa* até o cooler, o caminhão, o piano. Ela olhou em volta com um novo constrangimento: uma garrafa de vinho vazia no chão que havia caído da cabine quando ela ouvira Greg tocando, próxima de seu cobertor térmico, amarfanhado e molhado da chuva. Lembrando-se da cama improvisada no baú do caminhão, ela entrou para remover as evidências de sua noite juntos enquanto Greg começava a recolher as coisas do lado de fora. Uma embalagem de preservativo aberta caiu do meio dos cobertores quando ela os sacudiu, mas onde estava a própria camisinha? Pôs a embalagem no bolso e procurou o conteúdo. Esperava que Greg tivesse dado um jeito naquilo. Afastou da cabeça a imagem desagradável dos transportadores encontrando o preservativo e a desaprovando.

O interior do caminhão estava silencioso. Se, nesse momento, lhe tivessem pedido para cantarolar qualquer parte do prelúdio de Scriabin, ela não teria conseguido. Também se fora a memória tátil das mãos de Greg: no piano, em sua pele.

Ouviu com alívio o bater de portas e as tranquilas vozes hispânicas. Saiu do caminhão e viu Juan e Beto tirarem dois pneus 10 lonas novos do SUV.

— *Buenos* — disse Juan, depois de terem deixado os pneus ao lado do caminhão. — Trouxemos comida.

Clara se surpreendia com a coerência das necessidades humanas mesmo durante crises. Parecia um paradoxo grosseiro que alguém pudesse sentir fome e confusão ao mesmo tempo. Ou desejo e raiva.

— Obrigada — ela respondeu.

Eles se reuniram em volta do porta-malas aberto do carro e Greg distribuiu café e burritos embrulhados em papel-alumínio e fez perguntas em um tom profissional: onde eles tinham comprado os pneus (a oficina em Beatty pela qual tinham passado na chegada ao Vale da Morte, que ficava aberta vinte e quatro horas), onde haviam passado a noite (no Death Valley Inn), se tinham pegado mais água (*sí*). Depois de comerem, Greg disse para os rapazes moverem o piano até a *playa* para ele fotografá-lo enquanto trocavam os pneus. Com o início dessa rotina conhecida (Juan e Beto descarregando, empurrando e posicionando o piano, Greg montando seu equipamento e gritando instruções), por um momento Clara achou que seria possível fingir que as revelações e acontecimentos da noite anterior não tinham sido nada mais do que um sonho.

Ela se demorou perto do caminhão, querendo ajudar, mesmo sabendo que não conseguiria soltar os parafusos ou manejar o macaco usando apenas uma das mãos. Já tinha trocado milhares de pneus desde que seu tio lhe ensinara, tanto dentro como fora das oficinas onde trabalhara. Era um motivo de orgulho que, sempre que passava por uma mulher em dificuldades, ela parasse para oferecer ajuda. Proteger outras mulheres dos perigos da estrada a fazia se sentir como uma heroína de alguma maneira. Duas vezes ela parara para ajudar motoristas homens. O primeiro, um jovem executivo em um terno de aparência desconfortável que estava tentando com um pouco de empenho excessivo transmitir uma imagem de poder, protestou que não precisava de ajuda, que já havia chamado um serviço de atendimento de emergência. O segundo, um aposentado atarracado suando em uma camiseta polo, havia aceitado sua oferta com um sorriso lascivo e afastado o cabelo branco e fino da testa. Enquanto ela estava inclinada, colocando o macaco sob o carro, ele pôs a mão em seu traseiro. Ela se virou e viu o sujeito com a calça abaixada. Só parou para mulheres depois disso.

Tinha chegado a posicionar o macaco embaixo do eixo traseiro do caminhão quando Juan voltou depois de colocar o piano no lugar e tirou a chave de roda da mão dela.

— Dormiu direito essa noite? — ele perguntou, parecendo genuinamente preocupado. Ele começou a soltar os parafusos do pneu traseiro do caminhão com uma facilidade que deixou Clara com inveja.

— Sim, estou bem. — Ela desviou o olhar para que ele não visse o calor subindo por suas faces. Que parte de sua vergonha se devia à sua incapacidade de trocar uma droga de pneu e que parte era pelo modo como ela passara a noite dentro do caminhão era difícil dizer.

Sob o sol brilhante, as formas de polígonos na *playa* se fundiram uma vez mais em um plano quase uniforme. Greg movia-se em volta do piano, que estava deitado sobre sua parte traseira em cima das mantas de mudança, como ele sugerira mais cedo, a tampa do teclado aberta para o céu como uma boca escancarada. Ela não estava preocupada com sua segurança; eles haviam sido cuidadosos ao posicioná-lo, muito mais do que ela tinha sido com Greg na noite anterior. Ele o fotografou por vários ângulos, depois se deitou de bruços na frente do piano para capturar mais uma imagem nessa posição. Ela não podia ver o rosto dele a distância, mas a felicidade de seus movimentos a fez se perguntar no que ele estaria pensando deitado ali junto ao piano. Na mãe ou nela? Se a mãe dele e o seu pai tivessem vivido, tivessem se casado, ela e Greg seriam meios-irmãos. A ideia passou ligeiramente por sua cabeça.

Quando ele por fim se levantou, com alguma dificuldade, sua roupa estava coberta de areia clara. Ela olhou para a própria roupa amarfanhada. O que não daria por um banho. Encontrou três aspirinas na mochila e as engoliu com água do galão de plástico.

Minutos depois, quando Greg levantou a mão e fez um movimento circular com o dedo, Clara se virou para Juan.

— Acho que ele terminou — disse ela, e desceu uma oitava bruscamente em uma espécie de melancolia. Confusa, incapacitada, dolorida, suja, vendo todos os outros cumprirem algum propósito, intrínseco ou imposto.

 Tendo substituído os dois pneus, Juan e Beto foram pegar o piano. Ela seguiu atrás deles, pensando que poderia pelo menos ajudar Greg com seu equipamento. Quando ela estendeu a mão boa em uma oferta silenciosa, ele lhe passou o tripé, depois a beijou. Ela não retribuiu direito o beijo. Em vez disso, espiou sobre o ombro dele para ver se os transportadores estavam olhando e, para seu alívio, não estavam.

G reg mal havia saído do sofá nos dez dias depois do acidente, recusando a privacidade do próprio quarto para poder ficar de olho em sua mãe. Cada vez que seu pai passava pela sala, Greg lhe dirigia um olhar feroz, mas não dizia nada. Katya começara a dormir na cama dele, antecipando o momento em que poderia deixar Mikhail e começar uma nova vida com Bruce, e reunir-se uma vez mais com seu Blüthner.

Ela levou uma bandeja com o almoço para Greg e a colocou sobre a mesa. Ele estava olhando inexpressivamente para a televisão, onde uma repórter falava do local de um incêndio com vítimas em uma casa.

— Grisha, por que está vendo isso? É tão deprimente. — Ela pegou o controle remoto, mas hesitou quando a câmera girou para a casa destruída. "Foi confirmada a morte de duas pessoas", a repórter estava dizendo. "Perda total da propriedade." — Que horrível — Katya falou, e desligou a TV. Já era suficientemente difícil lidar com sua própria tristeza; ela não conseguia ficar vendo a dos outros. Pensou em Bruce e se perguntou se ele teria mesmo pedido o divórcio a Alice na noite anterior, se levara adiante sua promessa, como ela teria reagido e quando eles contariam para a filha? Katya olhou para o telefone em sua base. Com certeza ele ligaria logo, amanhã, se não hoje.

Na segunda-feira, ainda não havia tido nenhuma notícia dele. Não queria ligar para sua casa, ela nunca fazia isso, então tentou o número de sua sala na universidade. O telefone tocou, tocou, e caiu na caixa postal, uma gravação automática, nem sequer sua voz, e ela se lembrou que ele deveria estar em aula naquele momento. Não deixou recado.

Na terça-feira, discou o número da casa dele. Se Alice atendesse, ela desligaria; se fosse Clara, ela pediria para falar com seu pai. Mas ninguém atendeu.

Na quarta-feira de manhã, ela estava agoniada. Fazia seis dias que não se falavam. Não puderam se encontrar no chalé porque Katya se recusava a deixar o filho, mas Bruce tinha ligado para dizer que a amava, que já estava tudo certo para Clara dormir na casa da amiga, que ele ia levar adiante seu plano. Por que ele não telefonara desde então? Talvez estivesse doente. Mas ela precisava vê-lo para se tranquilizar, então decidiu pegar o carro e ir até a casa dele. Se o carro dele estivesse lá, mas não o da esposa, talvez ela juntasse coragem para tocar a campainha. Ou talvez só passasse em frente; ela estava desesperada o bastante para isso. E se ele tivesse mudado de ideia? Ou se, quando ele falou, Alice o tivesse convencido a ficar, talvez por causa da menina? Era isso que havia acontecido da última vez, depois que Alice os descobrira.

Com o coração começando a bater muito forte, Katya virou na rua dele, na esperança de estar prestes a cair em seus braços abertos. *Eu estava tão preocupada*, ela ia dizer. *Desculpe*, ele responderia. *Eu estava gripado, mas está tudo bem, eu falei com a Alice, logo estaremos juntos.* A ideia de perder Bruce agora era inadmissível. Ela o amava e precisava dele. Não podia nem pensar em continuar casada com Mikhail, mas não acreditava que conseguiria deixá-lo por iniciativa própria.

Quando viu as ruínas queimadas onde a casa deveria estar, ela puxou o ar e reduziu a velocidade até parar. Havia apenas restos enegrecidos, montes de destroços não identificáveis no interior e no gramado, uma fita amarela de PASSAGEM PROIBIDA cercando toda a cena. Seu pânico se transformou em alívio: ela havia entrado na rua errada. Sim, em seu devaneio, não havia prestado atenção. Esse devia ser o incêndio horrível que estava no noticiário. Que insuportavelmente triste.

Katya continuou em frente e virou no fim do quarteirão, conferindo as placas das ruas. Não, não, não. Ele morava na Rua Vinte e Três, não era? Talvez ela estivesse lembrando errado o endereço. Deu a volta no quarteirão, desejando que não fosse uma paisagem conhecida. Ela não estava errada. Seu coração batia nas têmporas; sentia-se sufocando.

Diante da casa dele outra vez, ela abriu a porta do carro e correu para a beira da devastação. Não, não, não. Chamou seu nome, embora nenhum som saísse. A repórter tinha dito *incêndio com vítimas, morte de duas pessoas, propriedade destruída*. Sua mente estava vazia. Ela passou por cima da fita amarela, para dentro dos resíduos do que havia sido a sala de estar. Lembrava-se de que ela dava para a rua, com a luz do sol adentrando pela janela panorâmica.

Bruce estava morto? Isso não podia ser possível. Ele não podia estar morto. Ela não podia acreditar que seu amor se fora, então seu pensamento se voltou para o piano. Ele deveria ter estado bem ali onde ela se encontrava. Não é? A casa não era grande e aquele era o único lugar onde ele poderia tê-lo posto.

— Bruce! — ela gritou, mas sua voz, presa na garganta, soou estrangulada. — Bruce!

Ela se ajoelhou no meio da sala arruinada, a luz traiçoeira do sol sobre sua cabeça e pescoço. Passou as mãos pelo pó das cinzas, cavando vestígios. Devia haver alguma coisa ali. Onde Bruce e Alice estavam? Onde estava o corpo dele? Desesperada, ela enfiou os dedos nas cinzas; por baixo, ainda estava quente, úmido em alguns lugares, muito seco em outros.

— Bruce! — As cinzas cobriam suas roupas, flutuando no ar e revestindo seus braços, rosto e cabelos, enquanto ela cavava, desesperadamente à procura de algo, dentes, teclas de piano, qualquer coisa.

— Ei!

Katya levantou a cabeça depressa.

— Bruce?

— Senhora, pare. Ninguém pode entrar aqui. — Um policial estava vindo em sua direção, outra vinha atrás.

Ela rastejou sobre mãos e joelhos, ainda procurando, pegando qualquer objeto duro que sentisse, tentando identificá-lo como significativo. *Bruce.*

A policial mulher agachou a alguns metros dela.

— A senhora precisa parar. Não é seguro. A senhora não pode ficar aqui.

Katya levantou os olhos para ela, mas não conseguia entender o que estava dizendo. Começou a ter consciência de um aperto tão forte em seu peito que parecia ir além da dor, para a ausência de sensação.

— A senhora quer que eu chame alguém?

Onde ele estava? Onde estava o seu corpo? Ela agarrou um punhado de cinzas e olhou para elas. *Isso* era ele? Era tudo que restara? A policial se levantou e segurou o braço de Katya.

— Venha, vamos sair daqui.

Mas Katya se abaixou mais no chão e começou a encher os bolsos com punhados daquilo, tanto quanto conseguia pegar, antes de o outro policial se aproximar para segurá-la pelo outro braço e levantá-la.

Ela parou de resistir.

— Não precisa de algemas — disse a policial. — Eu só quero sentar ali com ela por um minuto.

Katya se deixou levar para a calçada e se sentou no meio-fio, de costas para a casa de Bruce. A policial estava falando com ela, mas as palavras soavam indistintas e sem importância, apenas ruído ambiente distante. Ela ficou ali sentada olhando para o nada e repetindo o nome dele de novo e de novo em sua mente. Uma brisa suave soprou, limpando parte das cinzas que estavam nela e arrepiando sua pele. Mesmo sob o sol impiedoso da Califórnia, ela estava fria como gelo.

Greg falou sem parar durante a lenta e sacolejante viagem de três horas de volta ao hotel. Contou a ela sobre sua mãe, que se chamava Katya, seu pai demoníaco, sua infância em Los Angeles. Perguntou sobre os pais dela, sobre o que ela gostava de fazer, seus amigos quando ela era pequena. Estava admirado por terem crescido a poucos quilômetros de distância um do outro. Falou sobre fotografia e perguntou a ela como era morar em Bakersfield. Embora lisonjeada pela curiosidade dele e pelo que parecia um interesse sincero pelos detalhes de sua vida, ela não conseguia parar de pensar em seus pais.

Sua mãe estava em casa depois de um longo dia lecionando ciência política para seus alunos de graduação na UCLA. Clara fazia a lição de casa na mesa enquanto a mãe ouvia a NPR no pequeno rádio na cozinha, fazendo às vezes uma pausa na tarefa de descascar cenouras e batatas para dar uma longa tragada no cigarro e bater as cinzas na pia. Ela havia tirado o blazer, mas não os sapatos; estava mais quente do que de hábito para agosto em Santa Monica e, em sua blusa de seda, havia pequenas manchas de suor nas axilas.

Alice fechou a porta do forno e ajustou o temporizador.

— São quase seis horas. Seu pai está atrasado, para variar — disse ela, inalando com força pelo nariz estreito. Clara sentiu uma pontada de culpa, como se aquilo fosse, de alguma maneira, responsabilidade dela. Mas claro que não era; não tinha a menor ideia de onde seu pai estava.

Quando ele chegou em casa naquela noite, muito depois de o ensopado ter sido comido e as sobras guardadas, Clara estava no banheiro escovando os dentes e se aprontando para dormir. Ela ouviu a porta da frente abrir de repente e a voz de seu pai:

— Devagar agora, cuidado para passar pela porta.

Ela saiu para o corredor, pronta para gritar um cumprimento, mas parou quando viu seu pai e dois de seus colegas, todos eles professores, não especialmente fortes e vagamente fora de forma, entrarem pela porta da frente, ofegando e bufando sob o peso de um enorme piano preto.

Alice, na passagem entre seu escritório e o hall, puxou os óculos de leitura para o alto da cabeça.

— O que é isso? — perguntou, em sua voz de capitão.

Clara congelou, a escova de dente ainda na boca. Enquanto os homens entravam com dificuldade, ela sentiu um silêncio pesado descendo. Os ombros com enchimento de Alice estavam muito retos sobre seus braços cruzados e ela parecia ao mesmo tempo brava e assustada.

— O que você está fazendo com esse piano, Bruce?

Seu pai estava de costas e lançou um olhar para ela com uma expressão hesitante que Clara não reconheceu. Mas Alice deve ter reconhecido, porque, nesse instante, aconteceu uma comunicação particular entre eles. Em todos os anos desde então, Clara havia tentado traduzir aquela conversa silenciosa em algo que pudesse entender. Mas tudo que conseguia lembrar era como sua mãe puxara o ar por um momento longo demais, todo o seu corpo ficando estranhamente rígido até que, por fim, ela exalou de uma maneira lenta e deliberada que pareceu esvaziá-la de seu fôlego e de sua luta, como se qualquer batalha que pudesse estar à frente já estivesse perdida.

— É para a Clara — disse ele. Depois, com um entusiasmo excessivo:
— Um presente de aniversário adiantado.

— O aniversário dela é só daqui a seis semanas — ela falou, em um tom lento e ameaçador. Os ajudantes de Bruce pareciam estar tentando se esconder atrás da pouca largura do piano enquanto davam pequenos passos arrastados para a frente.

Bruce evitou o olhar dela.

— Como eu disse, é um presente de aniversário *adiantado*. — O piano se desequilibrou ligeiramente e um dos homens grunhiu. — Ah — falou seu pai —, você se lembra do Paul, não é? Do departamento de inglês?

Paul inclinou a cabeça de trás do piano.

— Como vai, Alice? — Suas faces estavam vermelhas.

Bruce continuou:

— E claro que você conhece o Ben.

— O-lá — cumprimentou Ben, em uma voz cantarolada e tensa, de trás do piano.

— Olá — disse Alice, fazendo soar mais como *adeus*. Então ela se inclinou para o lado e se apoiou no batente da porta com uma postura simulada de resignação, enquanto os observava passar esbaforidos com o enorme piano pelo hall, as manchas de suor nas axilas deles também.

— Onde você quer que ponha? — perguntou Ben.

— Vamos parar aqui um minuto. — Eles baixaram o piano e Bruce enxugou a testa com o punhado de manga de camisa enrolada até o cotovelo. — Essa coisa pesa uma tonelada. — Ele flexionou as mãos, depois pressionou o dorso dos punhos nos quadris, cotovelos abertos, e olhou em volta. — Para falar a verdade, eu não sei. Talvez na sala de estar. Faz mais sentido. Podíamos puxar o bufê e colocá-lo ali, ou talvez na frente da janela. Se bem que ele é alto, ia bloquear um pouco da luz. Ou no quarto da Clara? Não sei, tem espaço suficiente lá, amor? — Ele dirigiu a Alice um sorriso constrangido.

— Sério que você está me perguntando isso? — disse ela, inclinando a cabeça do jeito que fazia quando examinava a lição de casa de Clara e encontrava um erro cometido por descuido.

— Bom, sei lá, eu só achei que talvez você tivesse uma opinião, como costuma ter. — Eles se encararam por um longo momento, enquanto os amigos de Bruce encontravam outros cantos para onde olhar: o quadro abstrato na parede, a textura do piso de madeira. Clara nem conseguia se mover.

— Eu acho que não preciso dizer a você onde pôr isso, Bruce — Alice respondeu por fim. Então, usando o ombro como alavanca, ela se afastou do batente da porta e entrou no escritório. Clara sentiu a batida da porta em seu peito como um baque.

Ele passou a mão pelo cabelo ruivo que começava a embranquecer e massageou a cabeça no alto.

— Tudo bem, então — disse ele, levantando as sobrancelhas para os colegas. — Parece que ficou por minha conta.

Clara voltou para o banheiro e fechou a porta com cuidado para não fazer nenhum barulho Sua boca, ela percebeu, estava cheia de pasta de dente e saliva. Ela cuspiu e abriu a água no máximo, para que, se alguém estivesse ouvindo, soubesse que ela estava lá dentro, e se sentou na borda da banheira. Olhou para os pés e os moveu para cima e para baixo, fazendo ponta e flexionando. Precisava cortar as unhas dos pés. Ouvia seu pai e os amigos murmurando e movendo móveis. Ele se decidiu pela sala de estar, afinal, e ela ficou feliz com isso, porque não tinha nenhum espaço extra em seu quarto. Já tinha sua cama, a estante de livros, e a escrivaninha e a cômoda que tinham sido de sua avó, o que fazia do tapete no centro o único lugar para deitar no chão e fazer a lição de casa ou jogar jogos de tabuleiro com Tabitha, sua melhor amiga. Não havia espaço para nenhum piano. E por que ele tinha achado que ela queria um piano, para começar?

Ela ouviu seu pai agradecer aos amigos, depois todos se despediram, a porta da frente abriu e fechou. Por fim, ela se levantou. Deu descarga e abriu a torneira da pia outra vez, tentando disfarçar que estivera se escondendo ali. Saiu do banheiro, seguiu pelo corredor e fingiu surpresa ao ver seu pai fazendo força para empurrar o piano escuro e volumoso para mais perto da parede da sala, onde antes era a área em que sua mãe costumava se sentar; as duas poltronas e a mesa de pedestal agora estavam amontoadas no meio da sala.

— Oi, pai — disse ela.

— Oi, meu bem.

Ela se aproximou, envolveu a cintura dele com os braços e pressionou a orelha contra seu peito, ouvindo seu coração durante algumas batidas até ele dar um passo para trás.

— Eu tenho um presente para você — disse ele, enchendo sua voz grave de mistério. Ele se virou para o piano.

— Nossa — ela falou. — Uau.

— O que foi? Você não gosta?

— Acho que gosto. Mas eu não sei tocar.

— Ainda não. — Ele pôs a mão nas costas dela e a guiou para a frente. — Experimente. — Ele correu os dedos sobre algumas teclas aleatórias.

Ela avançou e pressionou uma tecla na extremidade mais próxima.

— O som é bonito, não é? Bom, talvez esteja um pouco desafinado, mas isso pode ser corrigido. E estes sulcos aqui no móvel. — Ele passou a mão sobre a tábua do piano e não passou despercebida a ela, mesmo então, a ternura com que ele acariciava a madeira danificada. — E você vai ter aulas, claro. Ei, talvez até eu mesmo tente aprender. Não sei tocar nada, mas adoraria saber. Não seria divertido?

Ela concordou com a cabeça, satisfeita com a ideia, mas um pouco constrangida pelo súbito interesse dele por ela. Talvez fosse divertido, ela pensou. Ela não passava muito tempo com seu pai, e, se ter aulas de piano fosse sua única chance, ela o faria.

— E a mamãe?

Ele enfiou as mãos nos bolsos da calça.

— O que tem a sua mãe?

Essa tensão amplificada entre os pais, tão densa e pegajosa, sempre ia e vinha, e agora estava ali outra vez, como uma teia de aranha que fora tecida durante a noite. Ela apertou outra tecla, mais forte dessa vez. Não soou melhor agora, apenas mais alto.

— Ela parece brava.

— Sua mãe só está se readaptando a dar aulas outra vez depois das férias de verão, só isso. Nós dois estamos. Muitos novos alunos, todos esses trabalhos para corrigir. Nós estamos um pouco mal-humorados, mas está tudo certo. Não se preocupe. — Ele levantou o queixo dela com o dedo e sorriu até linhas finas se expandirem dos cantos de seus olhos.

Por que ela não acreditaria nele? Sua mãe sempre ficava irritada nas primeiras semanas de um novo semestre. Ele também. Provavelmente era só isso mesmo. Clara pressionou mais algumas teclas, de leve e com força, e gostou dos sons que elas fizeram. Depois arrastou um dedo por toda a extensão do teclado, produzindo barulhos de muito grave a realmente agudo, e seu pai sorriu.

— Já é uma artista — ele disse. — Logo você vai conseguir tocar o "Prelúdio nº 14 em mi bemol menor" de Scriabin para mim.

— O que é isso?

— Ah, você já ouviu, tenho certeza. É poesia, e cor, e imaginação. Não consigo encontrar as palavras certas para essa música em nenhuma das línguas que eu sei. Vou pôr para tocar no aparelho de som amanhã. Você vai adorar.

Ela agradeceu o presente e ele a mandou para o quarto. No caminho, ela bateu de leve na porta do escritório de sua mãe. Não houve resposta.

Vozes ríspidas vindo do quarto de seus pais a acordaram naquela noite e ela saiu em silêncio do próprio quarto para ouvir. Algumas frases ríspidas eram suficientemente altas para ela discernir — *bem debaixo do meu nariz* e *achou que eu não ia saber* e *eu não quero ver aquela coisa aqui nunca mais* —, seguidas pelas respostas de seu pai em um registro igualmente bravo, porém mais grave, que ela não conseguia ouvir tão bem. Em algum momento no dia seguinte, enquanto ela estava na escola, o piano foi levado embora.

Lembrados agora, no contexto de todas as novas informações, os fragmentos da briga que ela escutara através da porta fechada do quarto de seus pais adquiriam um significado diferente, mas, na ocasião, ela era muito nova para perceber que teria mais algum motivo na discussão deles além da chegada inesperada do piano. A sala estava de volta ao seu antigo arranjo original, mas a família não. À mesa do jantar na noite seguinte, ela perguntou cautelosamente onde estava o piano e notou como sua mãe endireitou os ombros e levantou uma sobrancelha para seu pai, que baixou o jornal que estava lendo e respondeu:

— Ele estava horrivelmente desafinado. Eu o mandei para uma loja aqui perto para arrumar para você.

Anos depois, ela aprendeu que pianos desafinam toda vez que são transportados e que afinadores vão até o piano, e não o contrário. Mas nunca, até agora, questionara a explicação de seu pai, porque, depois que ele morreu, sentiu-se grata porque o piano não estava lá. Mais ou menos uma semana depois de ela ter ido morar com seus tios, Jack recebeu um telefonema do técnico.

— Você sabe alguma coisa sobre um piano? — Jack perguntou a ela depois de desligar, e ela lhe contou que tinha sido um presente de aniversário antecipado. Na dolorosa sequência da morte de seus pais, ela havia se esquecido dele, já que não o tivera por tempo suficiente para senti-lo como seu e nem o havia desejado antes, mas soluçou de alívio quando seu tio lhe disse: — Tudo bem, então vamos trazê-lo para cá.

Parecia miraculoso ter algo que havia sido deles, ainda que só por um dia, quando tudo o mais estava perdido: sua mobília branca de vime; a colcha amarela com flores brancas e cor-de-rosa que sua avó havia feito; os pôsteres do Aerosmith, Ace of Base e Boyz II Men; as fotografias dela e Tabitha no acampamento, no Halloween e na escola; sua calça verde de veludo cotelê que se ajustava a ela melhor do que qualquer outra e o suéter novo que ela economizara três meses de mesada para comprar; o livro que ela estava lendo sobre uma menina de onze anos em uma casa de adoção que fora enviada para a casa de parentes em outro estado, o que, em retrospecto, parecia tão profético que ela raramente voltou a ler ficção desde que se mudou para a casa dos tios; seu diário, que tinha poucas coisas escritas, mas uma delas era uma reconstituição completa da vez em que um menino chamado Jamie, o primeiro a deixá-la um pouco tonta, disse oi para ela no corredor do sexto ano; as orelhas de Mickey Mouse da viagem à Disney no seu aniversário de cinco anos; seu desenho de uma coruja que ganhou o terceiro lugar em uma exposição de arte no quarto ano; toda a sua casa; seus pais; sua infância.

O Blüthner era a única coisa que lhe restara.

Ela apertou o botão no painel para desligar a música e se virou abruptamente para Greg.

— Você não vai tentar pegar o piano de volta, não é?

— O quê? Por que eu faria isso?

— Foi por isso a noite passada? Você me seduziu para eu te dar o piano?

— Não! Claro que não. Por que essa ideia?

— Porque você disse que não tinha nenhum desejo de dormir comigo, lembra? No hotel?

— Você disse primeiro, e bem alto, devo acrescentar. "Está sonhando se acha que vou dormir com você." Acho que todos os hóspedes do hotel ouviram. Foi constrangedor.

Ela refletiu sobre isso.

— Desculpe.

— Tudo bem. Estou muito feliz por você ter mudado de ideia. — Ele estendeu a mão e acariciou o braço dela acima do gesso. — E, não, eu não vou tentar tirar o piano de você. Ele é seu agora. É seu há catorze anos.

— Certo — disse ela. — Obrigada.

Um momento depois, ele olhou para ela e sorriu.

— Embora você saiba que sempre há uma chance de terminarmos todos juntos um dia. Você, eu e o piano.

— Quê?

Ele pareceu magoado.

— Espera aí. Foi só por uma noite?

Ela olhou para a frente pelo para-brisa. Sem desviar o olhar para o outro lado, mas também sem olhar para ele.

— Eu não sei. Não pensei direito nisso. Tudo está acontecendo tão depressa. Cinco dias atrás você estava louco para se livrar de mim.

— O que posso dizer? Você foi uma grata surpresa.

Todo romance não era uma surpresa no começo? Ela se lembrou como se sentira atraída pela benevolência misteriosa de Ryan naquele supermercado, depois atordoada quando ele foi embora com um saco de compras após concordar em levá-la em um voo particular.

— Eu moro na Califórnia. Você mora em Nova York.

— Dois estados conectados por telefone, mensagens de texto e aviões. Já esteve em Nova York?

Ela se empertigou defensivamente.

— Nunca estive a leste de Nevada.

— Nunca?

— Nunca. — Viagens era algo que ela tinha em uma vaga lista de planos para o futuro, juntamente com: aprender a tocar piano, se formar em uma faculdade, aprender pelo menos uma das línguas estrangeiras que seu pai sabia, prestar atenção na política mundial como sua mãe fazia, e várias outras metas aparentemente impossíveis.

— Então temos que corrigir isso. Você vai adorar Nova York. E não só. Poderíamos ir a qualquer lugar no mundo. Eu nunca voltei à Rússia. Podemos ir a São Petersburgo, onde eu nasci, e ouvir a orquestra de lá. Ou a Zagorsk, onde minha mãe nasceu. Moscou. Talvez fazer uma parada em Paris ou Amsterdã. Amsterdã é incrível. Uma vez eu vi um homem andando de patins seminu pelo rio Schinkel no meio do inverno.

Ela sentiu uma dúzia de motores de carros em rotação dentro do peito, e não era uma sensação boa.

— Greg. Que tal ir um pouco mais devagar?

Ele deu uma olhada para ela, obviamente reparando que ela se afastara um pouco dele no banco, e balançou a cabeça com a atenção de novo na estrada que se estendia à frente.

— Você tem razão. Mas é difícil não se deixar levar um pouco pelo entusiasmo. Você me perguntou antes se eu tinha namorada, ou esposa, mas a verdade é que não me interesso por ninguém há muito tempo. Não conheci ninguém que entenda o que é realmente importante para mim, sabe? E, de repente, você aparece do nada e eu acho que você pode ser essa pessoa. Você entende. E agora aqui estamos nós, com o piano... e tudo se encaixa.

Ela examinou o rosto pálido dele em perfil, a mão apertando o volante, a roupa de mágico suja de terra. Ele só usara preto desde que se conheceram, como se estivesse em um luto permanente. Ou será que esse era o uniforme de artistas e de nova-iorquinos? Pensou na calça de trabalho resistente azul-marinho que ela e os rapazes usavam na oficina, em sua utilidade confortável. Gostava quando a empresa de lavagem de uniformes recolhia o saco com as calças de uma semana cheias de graxa, as dela e as deles todas misturadas, e as trazia de volta limpas, dobradas e empilhadas. Gostava de encontrar as Ps no meio das Gs e GGs e vesti-las no início de um dia de trabalho, o tecido rígido relaxando no decorrer da atividade. Essa satisfação de pertencer.

— Isso tudo é um pouco... repentino.

— Escute, eu sei que é rápido. Mas eu gosto de você, Clara. Não estou pedindo para você se casar comigo. Só quero ver para onde isso que existe entre nós pode levar. O que você acha?

Ela não respondeu de imediato. O interesse dele era lisonjeador e seu raciocínio era basicamente lógico. Por causa de seus pais, eles compartilhavam uma história que ninguém mais poderia entender. De alguma maneira, ela se sentia confortada pelo fato de que ele havia visto seu pai, mesmo que só por uma vez; de que Greg sabia como ele era. Ele estava intimamente conectado com seu passado. E, ao contrário de Ryan e dos outros, pelo menos Greg jamais subestimaria a importância do Blüthner. Ele nunca sugeriria que ela o vendesse, ou o largasse em um depósito, ou o deixasse ser enterrado sob os detritos de sua vida: cartas, chaves, casacos, livros. O que ela tinha, de fato, que a prendesse em Bakersfield? Seu apartamento horroroso? Seu emprego? Ela poderia encontrar uma oficina em qualquer lugar, até mesmo em Nova York se acabassem chegando a isso.

A estrada melhorou e o carro ganhou velocidade. Clara olhou pelo retrovisor; o caminhão mantinha o ritmo atrás deles, mas ela não conseguia ver o rosto dos rapazes atrás da fina nuvem de poeira entre os dois veículos. Apoiou a cabeça na janela. Não havia nada além do céu vazio da cor de centáureas azuis.

Talvez, se eles de fato se tornassem um casal, seria como um casamento arranjado praticamente entre estranhos, uma união utilitária a princípio. O amor, se chegasse a acontecer, talvez viesse mais tarde. Enquanto isso, ela pelo menos teria o Blüthner.

Quando ela se virou, os olhos dele encontraram os dela, e ela sorriu.

— É um sim? — perguntou ele, levantando as sobrancelhas, esperançoso.

Ela confirmou com a cabeça. Ele repetiu o gesto, sorrindo, e segurou a mão quebrada dela pelo resto da viagem.

III

Katya estava de pé cedo no sábado de manhã. Embora *de pé* não quisesse dizer nada nesse caso, porque ela nem chegara a se deitar na noite anterior. Nem sequer tentara. O último ano tinha sido o pior de todos os muitos anos horríveis de seu calendário. A voz da música perdida falava com ela em sussurros sombrios quase constantemente. Havia dias em que ela não conseguia, ou não queria, sair da cama e, quando saía, atravessava os dias sem rumo. Praticamente parara de cozinhar, porque já não gostava de nenhum dos sabores, e alimentava o marido e o filho com comida pronta americana ou algo que pudesse ser entregue em casa, como pizza ou comida chinesa. Sobrevivera pelas estações como se estivesse à espera de algo, mas não sabia o que era até a noite em que se viu passando de carro pela casa nova que fora construída no lugar onde Bruce morrera. Imaginou que um casal jovem e esperançoso, possivelmente recém-casado, logo a ocuparia; talvez eles passassem a vida inteira juntos naquela casa, se tivessem sorte. Pensar nisso lhe deu uma ideia que, por sua vez, lhe ofereceu, finalmente, uma sensação de propósito. Ela balançou a cabeça, fazendo um acordo consigo mesma. Isso não a deixou feliz, mas lhe deu algo para esperar.

Mikhail chegou em casa às cinco horas naquele sábado de manhã, depois de fazer o turno da noite com o táxi. Ele achava que o que tinha feito com o filho um ano antes havia dado uma lição a ela e, desde então, na maior parte do tempo a deixava em paz. Ele não tinha ideia de que a dor dela era muito mais profunda e não vinha apenas daquela violência. Quando ela viu a luz dos faróis cortar a janela da sala, foi para o sofá e fingiu estar dormindo. Mas, assim que escutou o ressonar pesado de boca aberta vindo do quarto, voltou à partitura que passara a noite inteira compondo à mão sobre a mesa da cozinha. Foi só quando o topo das árvores começou a brilhar em amarelo-laranja e os tordos iniciaram seu repertório diário que ela decidiu que havia terminado.

O café da manhã que ela planejara era excessivo, ela sabia, mas sentia-se muito lúcida e determinada quanto a isso, agora que o dia chegara. Fazia tanto tempo que não cozinhava para Grigoriy que não ia ser mesquinha com o cardápio essa manhã. Lembrou-se das décadas de escassez de alimentos na Rússia, de como eles muitas vezes interromperam seu jejum faminto apenas com pão seco e café. Katya não aprendera muitas das receitas tradicionais russas até depois de terem imigrado para os Estados Unidos, porque, em casa, nunca tiveram dinheiro suficiente para comprar todos os ingredientes, mesmo que estes pudessem ser encontrados nas lojas. Pensou em sua mãe, esperando que ela também, no fim da vida, tivesse conseguido desfrutar uma refeição como a que Katya estava prestes a preparar. Gostaria de estar lá para compartilhar a mesa com ela.

Começou com panquecas de queijo cottage, *syrniki*, com frutas caramelizadas em cima, e *blini* salgado com uma pelota de sour cream e uma colherada de caviar vermelho. Ela costumava usar salmão defumado ou outro peixe mais barato, mas hoje não ia economizar. Em seguida, foi o *tvorog*, também um tipo de queijo cottage, com mel e frutas vermelhas, um dos pratos favoritos de seu filho quando ele era pequeno. E, claro, *buterbrody*, sanduíches abertos com pão preto, manteiga, queijo e salsicha *doktorskaya* fatiada; este era básico, mas substancioso. Por fim, fez chá doce e forte e arrumou o banquete na mesa.

— Grisha — ela sussurrou ao ouvido dele, afagando-lhe o cabelo. — Fiz o café da manhã para você. — Ele gemeu em protesto e se virou para o outro lado, aninhando-se sob as cobertas. — Por favor, venha comer agora, antes que eu tenha que sair.

— Aonde você vai? — foi a resposta abafada. Quando ele se sentou, ela olhou para seu perfil. A essa altura isso não deveria mais acontecer, mas ela ainda se surpreendia de ver os pelos no rosto de seu bebê.

— Compras — disse ela, e a mentira entalou em sua garganta. Ela tossiu para desobstruí-la. — Tenho muitas coisas para fazer hoje. Vou demorar um pouco. Mais tempo do que de hábito, está bem?

— Por quê?

— *Chi-chi-chi*. Eu explico depois. Agora venha comer o que eu preparei para você.

Katya se sentou com ele, vendo-o comer, incentivando-o a repetir uma segunda e terceira vez, mas, da comida abundante, ela mesma só pegou uns pedacinhos.

— Você não está com fome? — ele perguntou. — Por que fez tudo isso só para mim?

— Eu provei de tudo enquanto estava fazendo. Não aguento mais nada. — Ela girou nos dedos uma mecha do cabelo, o branco agora quase equivalente ao castanho, e cantarolou a melodia arpejada de sua nova composição.

— Você parece nervosa.

— Não, não. Está tudo bem. — Ela sorriu e se serviu de mais chá. — Quer mais *tvorog*? — perguntou, já servindo a ele outra colher cheia.

— Não, chega, por favor. Estou satisfeito.

Ela balançou a cabeça e começou a tirar a mesa.

— Mãe, você está bem? Tem alguma coisa errada?

Katya deu uma olhada para ele por cima do ombro, antes de voltar a atenção para a louça. Queria que tudo estivesse limpo e guardado antes de ela sair.

— Eu já disse, Grisha — ela respondeu, animada. — Está tudo ok. — Que coisa mais americana de dizer. Soava estranho saindo de sua boca.

— Deixei dinheiro para você no seu quarto. Se quiser, compre filmes novos e vá tirar fotografias hoje. Ou vá ao cinema. O que preferir. Ou vá jantar com seu pai em algum lugar.

— Você não vai voltar antes do jantar?

— Ah, falei só para o caso de acontecer. — Ela pigarreou de novo. Isso era difícil, mas sua decisão estava tomada. Agora era melhor não pensar muito. — Tem bastante comida aqui, certo? Vou guardar tudo. Sobras de *buterbrody* são boas para o jantar.

Ela sentia os olhos dele em suas costas enquanto arrumava a cozinha, mas ele não fez mais perguntas. Ele era um bom menino, pensou, embora se preocupasse excessivamente com ela. Não havia sido sua intenção ser o tipo de mãe que fazia o filho se preocupar. Ele não queria nem ir para a universidade, com medo de deixá-la sozinha. Ele merecia mais do que isso.

Depois de deixar tudo impecável, ela examinou o aposento. Ainda era tão branco e cheio de luz como quando se mudaram, mas agora tinha mais objetos pessoais nos balcões e paredes. Era uma cozinha muito boa. Ela não sentiria falta.

— Я люблю тебя, сынок.*

— Também amo você, mãe. — Ele a encarou com ar desconfiado. — Tem certeza que está tudo bem?

— Está tudo bem — ela respondeu, e o puxou para um abraço. — Eu juro. — Depois pegou sua mochila, onde pusera sua nova partitura musical e a bolsa, e saiu sem dizer adeus.

Ela se recusou a sentir remorso, ou tristeza, ou dúvida, enquanto dava ré no carro. Saiu da cidade pelo norte, em direção a Lancaster, depois seguiu para nordeste pela SR 14, contornando o sul do Red Rock Canyon, e para o norte ao longo da encosta ocidental da Panamint Range. Quando chegou à entrada para o Parque Nacional do Vale da Morte, teve um acesso de euforia. Ali estava ela de novo, desta vez sozinha, naquele deserto que, para ela, ainda parecia a tundra.

---

* Em russo, Eu te amo, filho. (N. do E.)

Mostrara as fotografias para Bruce uma vez e tentara explicar o que significavam para ela. A música perdida, a menina abandonada. Claro que, na vida real, Bruce fora aquele que viera para salvá-la da dor congelante, pelo menos por um tempo. Ela conseguiu rir espontaneamente quando contou a ele sua história inventada. Depois de ouvi-la, ele sugeriu que fizessem sua lua de mel no Vale da Morte, em parte porque era um lugar interessante e em parte para desfazer o mito de tristeza.

— Meu pai nos levou lá quando éramos crianças — ele lhe contou. — Minha irmã Ila estava aterrorizada com o nome. Ela achou que íamos morrer assim que chegássemos. Tenho uma lembrança nítida de subir até um ponto chamado Coffin Peak, que não era um dos lugares mais visitados. Todos os outros turistas iam para o Dante's Peak, que é bem conhecido, mas meu pai nos disse que a melhor vista era de um outro ponto um pouco mais para o lado. Nossa, era lindo ali em cima. A gente olhava para baixo e via a bacia salina e o deserto selvagem e a paisagem de cânions, e do outro lado do vale havia picos cobertos de neve. — Ele sacudiu a cabeça. — Eu tinha esquecido de como aquilo é incrível.

— Eu tive vontade de ir lá! — ela exclamou, e mostrou a ele uma foto dela olhando para esse pico, de centenas de metros abaixo. Que estranho pensar que eles um dia estiveram em pontos frente a frente naquele enorme espaço vazio.

Então ele pegou a mão dela e a beijou.

— Tenho uma ideia ainda melhor. Vamos nos casar lá. É um nome mórbido, Coffin Peak, Pico do Caixão, mas aposto que ninguém nunca fez isso. Ele pode ser todo nosso. O que você acha?

Eram quase três horas quando ela chegou à saída da CA 190 que levava ao Dante's Peak, o carro rangendo enquanto subia a encosta íngreme. Ela não entendia nada de carros. Sua amiga Ella a ensinara pacientemente a dirigir, uma vez que para Mikhail não fazia diferença se ela soubesse ou não, mas ela nunca gostara muito. Quando parou para pôr gasolina, o frentista completou o líquido de arrefecimento e insistiu que ela levasse água extra caso o motor, ou ela, tivesse um superaquecimento no parque. Estava calor, quase trinta e oito graus, mas ela não se preocupava. Disseram-lhe que seria uns doze graus a menos no pico. Se seu velho Accord entregasse os pontos antes de chegar lá, ela simplesmente caminharia o restante do trajeto.

Havia uma saída na estrada para uma área de estacionamento de onde os ônibus tinham que voltar, porque a continuação da subida era muito íngreme. Ela estacionou em uma das poucas vagas, ao lado de um banheiro público. Os carros que estavam na frente dela continuaram sem parar, assim como os que vinham atrás. O pai de Bruce estava certo: todo mundo parecia estar indo para o Dante's Peak.

Com mais de um quilômetro ainda para seguir a pé, ela não perdeu tempo. Tirou da mochila as velhas fotos Polaroid, embrulhadas na toalha de chá de linho, e um envelope fechado com o nome de seu filho escrito na frente. Dentro havia uma carta. Era mais curta do que ela pretendera, porque não tinha conseguido encontrar as palavras certas. No fim, ela se dera conta de que essas não existiam, portanto explicou da melhor maneira que pôde e implorou que ele a perdoasse. Enfiou a carta e chaves embaixo do banco do motorista, depois esvaziou o conteúdo da bolsa sobre o banco do passageiro: a carteira com uns poucos dólares, uma caneta, protetor labial, uma escova de cabelo, aqueles malditos e úteis óculos escuros que Ella lhe dera dezesseis anos antes. Segurava na mão a composição que terminara mais cedo naquela manhã, e deixou a mochila e a bolsa, ambas vazias agora, sobre o banco. Estava certo assim. Que outra pessoa pegasse. Ela não precisava mais de nada disso.

Seguiu a trilha para leste por uma encosta gramada semeada de cristais reluzentes e arbustos raquíticos e passou por dois falsos cumes separados por ravinas antes de alcançar seu destino. Não foi uma caminhada difícil, embora ela tenha chegado lá suada e cansada. Descansou por um momento, depois subiu com cuidado sobre algumas pedras soltas até o ponto mais alto e parou na borda da escarpada face sul. Ah, era mesmo lindo, tão quieto e sereno. A bacia abaixo era uma extensão sem fim de sal e areia que parecia um vale coberto de neve. Ela já havia estado ali uma vez, no ponto mais baixo da área continental dos Estados Unidos. Do outro lado, ao longe na distância ocidental, ela podia ver o Monte Whitney, que era o ponto mais alto. Parecia inteiramente apropriado, especialmente hoje, que ela pudesse ver a ambos de sua posição privilegiada.

Uma brisa arrepiou os pelos quase invisíveis em seus braços e ela levantou o rosto em sua direção.

— Olá, meu amor — disse ela. Sua voz foi varrida pelo vento, mas ela sabia que ele podia ouvi-la. — Faz exatamente um ano que você teve que me deixar.

Ela fechou os olhos. Estar de pé na beirada do Coffin Peak era muito melhor do que visitar um túmulo vazio. Embora eles nunca tivessem chegado a visitar juntos o Vale da Morte, ela sabia que ele viria ao seu encontro ali. Ele estava agora em toda a sua volta e ela podia ouvir sua voz e sentir seu abraço no vento. Abriu os olhos e contemplou, daquele local onde teria sido seu altar de casamento, o espaço vazio entre terra e céu. Se tal celebração fosse possível, ela gostaria de pegar uma nuvem pequena e cintilante e segurá-la como um buquê.

— Quando eu tocava o meu piano — disse ela —, era para este tipo de lugar que a música queria ir. Muito alto, bem longe da estupidez do mundo, enchendo a quietude de beleza. — Ela cantarolou uma pequena melodia e olhou em volta para ver se os pássaros próximos estariam dançando em vez de voar. — Eu gosto de pensar que você e meu piano estão juntos agora, não é? Talvez durante a passagem você tenha recebido mil aulas de uma só vez e agora, do outro lado, possa tocar ainda mais belamente do que eu jamais pude.

O céu estava mudando, a luz mais baixa dourando as faces das montanhas. Eles haviam conversado sobre se casar ao pôr do sol. Ela abriu a partitura de sua nova composição, que tinha apenas duas páginas.

— Escrevi a história da minha vida — ela falou, e começou a cantarolar outra vez. — Ela é estruturada em duas seções, cada uma desenvolvida em *crescendos* até a conclusão. Claro, o meu Blüthner está com você agora, então eu só posso fingir tocar para você. Mas ouça mesmo assim, por favor. — Ela cantarolou um pouco mais, seus dedos se movendo, sua expressão mudando conforme a música evoluía de simples a complexa, de curiosa a triste. Embora houvesse momentos de alegria também, eles eram breves, como fogos de artifício exibidos apenas uma vez por ano. A pausa no meio era apenas longa o suficiente para se qualificar com uma interseção.

— Eu a chamo de "Die Reise" — disse ela. Significa "A viagem". Meu piano foi fabricado na Alemanha, claro, então acho que essa é uma boa escolha de título, não concorda?

O vento passou assobiando e ela inclinou a cabeça.

— É mesmo? — Ela balançou a cabeça, concordando. — Sim, claro. Como eu não percebi isso antes? Os paralelos são muito claros. — Ela riu alto e, para seus ouvidos tristes, foi um som luminoso e vibrante como o sol poente, como a música que ela havia perdido e cuja falta sentia terrivelmente. — Então será a viagem de ambas as nossas vidas, a minha e a do meu piano. Obrigada, meu amor. Obrigada por manter meu Blüthner seguro com você. — Ela balançou a cabeça uma vez mais. — Sim, eu também gosto do fim. Transmite a sensação exatamente certa.

Ela rasgou as duas páginas no meio, sorrindo, depois as dobrou e rasgou de novo e de novo, até sua vida ficar espessa demais para continuar rasgando. O sol pairava no horizonte.

— Eu amo você — disse ela. E lançou os pedaços de papel no ar, e o vento os espalhou em questão de instantes, as notas agora separadas e insignificantes. — Eu amo você! — ela gritou, tão alto quanto pôde. — Eu amo você! — E então deu um passo à frente na borda desgastada da pedra e seguiu a música para os braços de Bruce que a esperavam.

***E**ra perto do meio-dia quando eles pararam no posto de gasolina na frente do hotel e saíram para alongar o corpo.

— Estou com fome — disse Greg, enquanto abria a tampa do reservatório de combustível. — E você?

— Faminta. Mas preciso de um banho primeiro. Você acha que eles deram nossos quartos para outras pessoas?

— Eles são nossos enquanto quisermos — ele respondeu. — Ah, e, se você tiver vontade de se mudar para o meu quarto, não faço objeções.

Ela sorriu.

— Encontro você no restaurante em vinte minutos, pode ser? — disse ela, recolhendo sua bagagem no porta-malas. — Mas eu gostaria de ter roupas limpas para trocar.

— Tome — disse ele —, pegue esta. — Ele puxou uma camiseta de dentro do estojo da câmera, como se tirasse um coelho preto de uma cartola. — Eu sempre trago uma extra para o caso de ter que trocar de roupa ou embrulhar o equipamento. Ou emprestar. — Ele piscou para ela. — Está limpa.

Ela atravessou a estrada correndo, embora não tivesse nenhum carro passando, e entrou depressa no quarto, aliviada por estar sozinha. O chuveiro também foi um alívio. Lavar o pó e o suor seco da pele, a oleosidade do cabelo, a noite do meio de suas pernas. Segurando o gesso para fora da cortina, ela ficou parada sob a água mais quente que conseguia suportar por bem mais tempo do que o limite de dois minutos sugerido pela plaquinha de advertência na parede.

A camiseta de Greg tinha um cheiro diferente, embora não desagradável: metálico, com um vestígio de sabão de roupa floral. Como seria o cheiro do apartamento dele? Ele cozinhava as próprias refeições, lavava as próprias roupas? Vestir a camiseta dele, deixar seu cabelo molhado umedecer as costas, parecia prematuramente íntimo. Ainda podia se lembrar da primeira vez que passara uma noite inteira com Ryan, um mês depois de começarem a sair juntos, e de como havia sido estranho e maravilhoso usar o xampu e a loção de barbear dele na manhã seguinte, secar-se com a toalha dele, tomar café vestindo a cueca boxer dos Golden State Warriors dele. Mais do que as semanas de intimidade sexual, vestir a roupa de baixo favorita dele pareceu marcar o início de sua vida como casal. Tirar as roupas de um parceiro sexual era mais direto, como remover uma camada da armadura da identidade. A nudez podia ser neutra, embora as pessoas de fato revelassem algo de si no nível da pele, evidências de memórias com frequência além de seu controle — *aqui estão minhas pintas e sardas, é aqui que sinto cócegas, estas são minhas cicatrizes*. Mas as pessoas comunicavam muito mais pelo modo como escolhiam cobrir sua nudez, fosse com as próprias roupas ou a de outros. Clara olhou para a camiseta de Greg, que era grande demais, e percebeu que, ao usá-la, uma escolha estava sendo feita.

Ela terminou de se vestir, prendeu o cabelo em um rabo de cavalo o melhor que pôde e escovou os dentes. Treinou um sorriso no espelho, mas notou que ele não chegava aos olhos. Com um suspiro, saiu do quarto para a luz forte do sol e caminhou em direção ao restaurante, onde Greg estaria esperando por ela.

Um casal que ela já tinha visto algumas vezes, os dois usando chapéus e coletes profissionais e carregando tripés, acenou quando ela passou. Parecia haver uma camaradagem entre os visitantes ali no deserto, talvez porque, apesar dos poucos bolsões de civilização, eles estivessem praticamente no limite das ameaças das condições atmosféricas, do isolamento. Nas paredes de seu quarto no hotel, havia páginas de livros emolduradas — *Ecologia das plantas do Vale da Morte, Recreação e sobrevivência no deserto, Em busca do ouro* — que destacavam a precariedade do lugar. Talvez ser amistoso fosse apenas mais um meio de aumentar suas chances de sair vivo do Vale da Morte.

Seu olhar estava nas montanhas Grapevine enquanto se aproximava do pátio aberto; estava imaginando as dificuldades enfrentadas pelos pioneiros da corrida do ouro que as atravessaram rumo ao oeste quase duzentos anos antes, quando percebeu alguém parado perto da recepção. Ele estava a uns trinta metros de distância, com suas costas largas e inconfundíveis voltadas para ela, as mãos enfiadas nos bolsos. Uma inquietude na postura de seu corpo sugeria que ele não tinha muito interesse no que quer que observasse na vitrine da lojinha, que estava só passando tempo, esperando por algo. Clara soube que ele esperava por ela.

Vibrando de reconhecimento e alívio, ela saiu correndo antes mesmo de se dar conta, disparando pelo pátio como se estivesse indo em direção a uma miragem.

— Peter! — ela chamou.

Quando ele se virou, ela percebeu a mistura de surpresa e prazer em seu rosto e se lançou sobre ele, abraçando-o em torno da barriga firme e pressionando a face contra seu peito. Ele deu uma cambaleada pelo impacto, mas recuperou-se envolvendo-a em um abraço que a deixou abrigada do mundo exterior. Mesmo no deserto aparentemente ilimitado, ele ocupava uma impressionante quantidade de espaço.

— Clara — disse ele, sua voz grave parecendo viajar não de sua boca, mas das profundezas de seu interior, vibrando de seu coração diretamente para o ouvido dela, sua espontaneidade ao mesmo tempo reconfortante e desconcertante, até que ela reconheceu que aquele momento era um equívoco, que havia uma razão para eles praticamente não se tocarem desde a noite que haviam passado juntos. Ela se afastou abruptamente.

— O que você está fazendo aqui? Como sabia onde eu estava?

Ele enrijeceu quando ela o largou e voltou a uma postura mais platônica, os braços pendidos vazios ao seu lado.

— Eu tentei ligar, mas só caía na caixa postal. Então eu procurei as hospedagens no Vale da Morte para tentar falar com você, o que não foi difícil, porque só há dois hotéis no parque inteiro. Mas você não estava registrada em nenhum deles e isso me preocupou, porque você já está aqui há tanto tempo. Fiquei pensando onde você poderia ter ficado todos esses dias se não tinha um quarto de hotel, então resolvi vir. Por acaso tentei este primeiro, e vi seu carro...

— Mas nós conversamos ontem. Eu lhe disse que estava bem.

— Eu sei, mas, depois que desligamos, eu não consegui parar de pensar em como isso não combina com você, sair desse jeito sem nenhum plano de verdade. Faz quase uma semana. Eu fiquei preocupado com você. Pensei que seu carro poderia quebrar, ou ter um pneu furado, e você com essa mão... — Ele tentou disfarçar o acanhamento passando rapidamente os olhos por ela para avaliar qualquer possível dano. — Como está ela? A sua mão?

Ela olhou para o gesso. As aspirinas que tomara mais cedo haviam ajudado, mas ainda doía. Sua mente voltou em um flash para os socos em Greg, como ela se jogara sobre ele, derrubando-o, como batera nele com os punhos. *Greg*. Ela pensou na *playa*, no Scriabin, no sexo, e sentiu-se imediatamente envergonhada.

— Acho que está bem.

— Mas *você* está bem, Clara?

— Sim, estou.

— E está tudo certo com o seu piano? Era com isso que você estava preocupada, não é? — Peter enfiou as mãos nos bolsos e curvou os ombros para a frente. — Não foi por isso que você ficou? — A esperança na voz dele a fez se contrair por dentro. Ele olhava diretamente para ela, seus olhos suplicantes e leais. Ao contrário de Greg, cuja expressão podia ser tão sombria quanto a superfície de um lago congelado, a de Peter traía tudo que ia por dentro. Era quase insuportável ver essa exibição de emoção, essa luta com o autocontrole. Ela baixou os olhos do rosto dele para o peito e imitou sua postura, colocando as mãos, tanto quanto podia com o gesso, dentro dos próprios bolsos da frente. Eles faziam isso sempre que estavam perto demais de se tocar. Uma algema contra algum latente ponto de não retorno. Ela enfiou mais fundo a mão boa no bolso e tocou algo que havia esquecido que estava ali. Então se lembrou: a embalagem do preservativo. Ela desviou o rosto, incapaz de olhar para ele. — É por isso que você ainda está aqui?

— É — ela disse, por fim. Havia um cesto de lixo a poucos metros e ela jogou a prova dentro dele.

— Quanto tempo mais você pretende ficar?

— Eu não sei.

— Eu poderia ficar com você. Quer dizer, se você quiser companhia. — Ele olhou para os prédios baixos e rústicos do hotel e, do outro lado da estrada, para a loja de conveniência, o posto de gasolina e o estacionamento de trailers e o acampamento ao lado, que estava lotado, mas tão sem vida quanto um cemitério, com os trailers alinhados como lápides. — Parece que pode ser bem solitário por aqui.

Clara não confiou em si mesma para falar. Pensou de novo em quando havia começado a sair com Ryan e mencionara para Peter, de maneira deliberadamente casual, enquanto estavam desmontando o alternador de um Porsche 928 vintage. Como a concentração dele parecera se dissipar ao marcar o local de encaixe na caixa do alternador com um pedaço de giz para poder remontá-la corretamente depois. Como a chave de fenda escorregara enquanto ele tentava abrir a caixa.

— Não é sério — ela lhe dissera. — Provavelmente não vai durar mais que um fim de semana. — Ele não comentara nada, apenas balançara a cabeça. Quando ela lhe disse alguns meses depois que ia se mudar para a casa de Ryan, Peter a ajudou a carregar as caixas.

Ela fechou os olhos, de repente cansada de sua vida pequena, e, quando os abriu, Greg e os transportadores estavam se aproximando pelo estacionamento. Greg disse algo para Juan, que concordou com a cabeça e foi com Beto para o restaurante. Ela viu Greg provavelmente do jeito que Peter o estava vendo: o olhar frio absorvendo a cena, o andar desajeitado. Passo, *tump*, passo, *tump*, passo, *tump*. Um nó se formou em seu peito. Ela não teve tempo suficiente para entender a situação com Greg em sua própria mente, quanto mais justificá-la para Peter.

— Saudações — disse Greg, olhando de Peter para ela, claramente se perguntando quem seria aquele rapaz. Se seria apenas outro hóspede do hotel, ou um potencial rival, ou ambos. Que Greg pudesse ser do tipo ciumento era algo que não a surpreendia.

— Peter, este é Greg, o fotógrafo. — Clara se virou. — Greg, este é meu amigo Peter. — Ela recuou, como se tivesse acabado de jogar um fósforo em um pano encharcado de gasolina, e observou enquanto eles apertavam as mãos e avaliavam um ao outro.

— O amigo não namorado? — perguntou Greg.

— O quê? — Peter baixou a mão.

— Clara estava conversando com alguém ao telefone um ou dois dias atrás, mas foi rápida em dizer depois que era apenas um amigo. Não um namorado. Certo, Clara? — Ele piscou para ela. Peter a encarou, surpreso, embora certamente o que Greg dissera fosse verdade. Não, era a arrogância do tom dele. Clara baixou os olhos.

— Certo — disse ela.

— Enfim, Peter, o que o trouxe até aqui? — Greg indagou, como um anfitrião forçando-se a ser cordial com um visitante indesejado. — Veio se juntar a nosso alegre grupo de viajantes? Veio ajudar a carregar o nosso piano? — *Nosso* piano.

— Vim para ver se a Clara estava bem.

— Ah, ela está mais do que bem. Não é mesmo? — Ele se moveu, parou atrás dela, passo, *tump*, e a abraçou pela cintura. Beijou-a de leve no pescoço e manteve os olhos em Peter enquanto sussurrava no ouvido dela. — Bela camiseta. — Depois a soltou e disse, cheio de vivacidade: — Almoce com gente se quiser, Peter. Mas precisamos ir nos adiantando se pretendermos fazer a foto ao pôr do sol que eu planejei. A luz muda muito depressa aqui.

Ninguém se moveu.

Greg se inclinou e beijou Clara outra vez, rapidamente agora, na face.

— Você que sabe — disse ele, e ela não entendeu ao certo para quem.

— Espero lá dentro.

Eles o observaram coxear pela calçada, pela escada, e entrar no restaurante.

Peter estava rígido.

— Não é só a luz que muda depressa — ele falou, tão baixo que ela provavelmente não teria ouvido se não estivesse bem ao seu lado.

Ela suspirou, mas isso não aliviou a pressão.

— Não era o que eu estava esperando quando vim para cá.

— Não?

— Não, com certeza não era.

Peter se virou de volta para a vitrine da loja e ficou examinando as exposições de rochas, cristais, artesanato indígena, depois apoiou a testa no vidro.

— Você ao menos gosta desse cara?

Ela se sentou na mureta baixa que contornava a passarela coberta e chutou as pedrinhas no concreto. Pensou nos últimos dias, tentando resumir a evolução estranha e acelerada de seu relacionamento com Greg. Até mesmo ela achava difícil entender como eles haviam passado de antagonistas a namorados tão depressa. Eles *eram* namorados?

— Não sei. Não tenho certeza. Talvez.

— Você podia pelo menos ter mencionado seu casinho amoroso no telefone ontem. Teria me poupado a viagem.

— Eu não pedi para você vir.

Ele se virou para encará-la, a imagem física de um rugido.

— Porra, Clara! Por que você faz isso? Por que fica pulando de um relacionamento meia-boca para outro? Todo esse tempo eu venho tentando encontrar um padrão, mas não tem nenhum. Você nem mesmo tem um *tipo* preferido. A única semelhança que esses imbecis com quem você acaba ficando têm em comum é que você na verdade não gosta de nenhum deles. Você é o carro, eles são o motorista. Você nem dá a mínima para onde eles estão indo. Só deixa eles a levarem por aí até eles sentirem que está na hora de estacionar em algum lugar, e então você se apavora e pula fora. — Ele sacudiu a cabeça e apertou muito os lábios, como se estivesse tentando abafar um uivo. — Sabe qual é o seu problema? Você não quer ficar sozinha, mas não quer um relacionamento que signifique algo mais. Você tem um medo fodido de intimidade verdadeira. Você deixa eles terem seu corpo, mas não seu coração. Que porra de desperdício.

Ele nunca falara com ela desse jeito, mas não foi isso que deixou suas faces em fogo e a fez desviar o rosto; foi o choque e a vergonha de saber que ele estava certo.

— E aí, é diferente com esse homem, ou é só a sua próxima distração?

— Vá à merda — disse ela, ainda de costas para ele.

Ele abriu a boca para dizer algo, fechou de novo. Havia tão pouco a que eles se agarrarem ali fora, apenas pequenos sopros de ar.

A porta do restaurante se abriu e a cabeça de Greg apareceu ao sol.

— Clara, venha logo, por favor — ele chamou. — Você também, Peter, se for ficar. Vamos perder nossa foto se não nos apressarmos.

Ela levantou o dedo indicador e Greg ergueu o queixo em resposta e ficou olhando para ela e Peter por um momento antes de desaparecer de novo.

Clara se virou para Peter, que estava olhando para os pés. Havia uma espécie de dor pulsando entre eles no ar seco do deserto que ela nunca sentira antes. Uma sensação de fim que ela se forçou a reconhecer. Se ela seguisse nessa direção imprevista com Greg, se eles de fato acabassem juntos, talvez em Nova York, talvez em outro lugar, isso não significaria apenas deixar Bakersfield e seu trabalho na oficina. Isso significaria deixar Peter.

Eles se manteriam em contato se ela fosse embora? Será que voltariam a se ver um dia? Ela se imaginou em um futuro distante, olhando a correspondência em um saguão ou vestíbulo de apartamento em algum lugar e encontrando um cartão de boas-festas da Oficina Kappas Xpress. Todo mês de novembro, Anna fazia todos posarem do lado de dentro da porta aberta da oficina para uma foto e imprimia cartões, com suas assinaturas, para enviar a todos os clientes, mesmo os que não apareciam na oficina havia anos. Em todas as fotos tiradas desde que Clara começara a trabalhar lá, Peter sempre fizera questão de ficar ao lado dela. Como seria abrir um cartão no próximo mês ou ano, ou a cada ano pelo restante de sua vida, e ver aquele espaço vazio onde ela costumava estar?

— Greg tem uma ligação direta com a minha infância — disse ela. — Eu não espero que você entenda, mas...

— Pare. *Por favor.*

Ela respirou fundo, soltou o ar devagar. Chutou uma pedrinha no chão.

— Você quer ficar? Para o almoço?

Ele sacudiu a cabeça sem olhar para ela.

— Não. Vou voltar para casa. — A tristeza na voz dele era evidente. Ele endireitou os ombros curvados, esticou o corpo em sua plena e grande altura, e foi até o carro. Tirou uma sacola do porta-malas e trouxe para ela.

— Imaginei que você não devia ter muitas roupas limpas aqui, então trouxe algumas. Calças e umas camisetas da oficina. Tem uns biscoitos também. Minha mãe fez para você. São os seus favoritos.

Ela fechou os olhos e balançou a cabeça.

— Obrigada — murmurou.

— Cuide-se, Clara.

— Pode deixar.

— Clara! — Greg estava na porta outra vez. — Venha!

— Estou indo! — ela gritou. E então, para Peter: — Desculpe.

— Não precisa. É a sua vida. Tem que fazer o que vai deixar você feliz. — Ele se virou para ir embora e parou. — Mas é um pouco constrangedor. Eu estava aqui achando que tinha vindo resgatar você de alguma situação e levá-la para casa.

Para casa. As palavras ecoaram em sua mente. Onde era isso, afinal? Uma terra prometida que existia na periferia de sua existência, algo que ela sentira que lhe fora negado desde a morte de seus pais. Ou que talvez quem estivesse lhe negando fosse ela mesma. Durante metade de sua vida, ela meio que determinara, sem pensar muito a respeito, que sua casa era onde quer que ela pudesse ter seu piano.

Antes que ela conseguisse pensar em algo para dizer, Peter entrou no carro, virou a chave na ignição e foi embora. A poeira se levantou, enevoando o ar entre eles, e, quando ela ergueu a mão para acenar, ele já estava fora de vista.

III

O piano sentiu que estava sendo empurrado pela trilha de terra pedregosa que cruzava um pico escarpado de montanha. O vento soprava, forte e implacável, infiltrando-se pelas frestas sobre a base de madeira e sob o teclado e para os recessos de sua caixa, esfriando o cepo, a barra de encosto dos martelos e o cavalete. Sua tábua harmônica, já tão pesada de melodias lembradas, sofria várias rachaduras finas pela secura do ar, um número suficiente delas para ter uma consequência musical. As cordas de aço grossas conduziam o frio e produziam tensão em suas cravelhas, comprometendo seu uníssono. O feltro nos martelos compactava-se tão densamente que, se alguém fosse tocar o piano nesse momento, o som seria áspero como o vento.

No entanto, por dentro, ele vibrava com a memória recente da peça que fora tocada em suas teclas solitárias algumas noites antes: o "Prelúdio nº 14 em mi bemol menor" de Scriabin. Poderia alguém ainda ouvi-lo? E fazia tanto tempo que os martelos não percutiam as cordas naquela combinação energética e específica. Ah, com que empenho ele tentara produzir os sons certos, grato como estava por finalmente ser solicitado a fazê-lo uma vez mais, mas se encontrava terrivelmente desafinado de tanto ser empurrado e já vergado sob o peso de mais de cem anos.

O Blüthner carregava a memória de cada nota que já havia criado. Cada acorde, cada escala. Guardava a emoção de cada prelúdio e sonata. Absorvera toda a dor e anseio e alegria e exultação expressos por seu mecanismo, a impressão de cada toque e cada lágrima derramada em seu teclado. E permanecia parcialmente ferido, mesmo depois da passagem do tempo, por vários riscos e arranhões e ocasionais episódios de batidas bravas, descuidadas.

Ele sentia como se tivesse o dobro de seu tamanho real, uma carga para si e para outros. Quando o vento soprava sobre ele agora, sentia suas entranhas se movendo. Em vez de música, produzia apenas pequenos rangidos e gemidos inaudíveis. Era como uma *babushka*, uma mulher idosa e sem filhos a quem pouco restava a oferecer.

As mãos que o pressionavam não estavam ali para tocar, apenas para empurrar. Depois de mais uma viagem sacolejante e desconfortável, ele foi arrastado para a plataforma móvel e posicionado na extremidade frágil de um penhasco. *Aí mesmo*, alguém gritou, *o mais perto da borda que for possível!* Alguém o desenrolou dos cobertores, passou um pano macio por sua caixa de ébano para remover o pó e as impressões digitais. Mas seus pedais de metal estavam negligenciados. Antes reluzentes e ágeis, estavam agora tão sujos quanto os pés descalços de um prisioneiro sendo arrastado para a forca. As mãos o soltaram e se afastaram, sem que ninguém notasse que a trave inferior no lado dos graves não estava tocando em nada. Todos os duzentos e cinquenta quilos, mais o invisível peso emocional e musical, estavam imperfeitamente equilibrados muitas centenas de metros acima do chão lá embaixo. *Eu sei como você pode ficar livre.*

Mais mãos em sua caixa. A tampa do teclado foi aberta para expor as teclas e a luz do sol em ângulo baixo cintilou no marfim. *Venha ficar aqui comigo.* Alguém tocou suas teclas, uma passada de mão do grave para o agudo, depois um sopro de notas uma após a outra, não música. Isso não é música. Deixe-me. Houve um momento de quietude, corpos pressionando sua extremidade dos agudos: um braço passado sobre o alto, uma perna ao lado da estrutura. Alguém pode me ouvir tocando? Música de sua própria composição, um registro de sua viagem, pulsava e rodopiava silenciosamente em seu interior.

Então houve movimento, rápido e explícito. Seria a música? A luz? E aí não havia ninguém perto, apenas ar frio soprando forte e vozes gritando pelo ar vazio.

Desculpe.

A brisa colheu a terra solta da montanha e a espalhou por todo lado. A música parou; agora havia destroços dentro do teclado. O Blüthner oscilou, fez uma pausa, depois balançou mais forte quando outra rajada o empurrou de seu arriscado equilíbrio.

Como seria voar? Deixar o cume e cair no grande vazio?

É assim que seria. Suas tampas levantariam nas dobradiças e sairiam flanando pelo espaço. As hastes das teclas se deslocariam de suas oitavas, se soltariam do mecanismo e todas as oitenta e oito flutuariam para o azul. As cordas se desenrolariam das cravelhas, suspirando ao alívio da tensão. Os suportes traseiros e os pedais desassistidos se desprenderiam da placa e os cavaletes e a estrutura romperiam a caixa. Os suportes laterais abandonariam a base do teclado, e tudo que os martelos percutiriam a partir de então seria a superfície dura e salgada da terra. Quando a tábua harmônica se desfizesse em estilhaços, todas as notas acumuladas seriam finalmente libertadas, e o piano, uma vez mais, seria sem peso e puro como fora tanto tempo antes, quando não era nada além de uma ideia melodiosa contida dentro de uma conífera muito alta nas montanhas. *Adeus, adeus.*

Greg não fez mais nenhuma menção a Peter. Quando Clara se sentou à mesa, ele perguntou:

— O não namorado não vai se juntar a nós?

Ela sacudiu a cabeça, ele balançou a dele em resposta, e foi só. Estava claro que ele não esperava que Peter ficasse, pois já tinha pedido e pagado apenas duas refeições iguais, frango frito em tiras, martínis. E agora insistia que ela terminasse rápido a dela para poderem pegar a estrada. Ela comeu um pouco e deslizou o copo para ele sobre a mesa, totalmente sem apetite. Ele virou o martíni de uma só vez.

— Vamos embora — declarou.

Ele dirigiu em velocidade, aparentemente tentando compensar o atraso. Pôs um CD para tocar, uma coletânea de estudos, prelúdios e mazurcas de Scriabin, e uniu os lábios como se fosse lhe mandar um beijo.

— Destino — disse ele. Passaram por dunas de areia muito brancas apinhadas de turistas e fotógrafos. — Quem diria que um lugar chamado Vale da Morte ia ser tão popular entre os vivos? — Clara viu um menininho deslizar por uma duna perto da estrada sobre uma caixa de papelão aberta, rindo enquanto seu pai tirava uma foto. Ela se perguntou se um dia aquela fotografia iria substituir a memória que pretendera imortalizar.

Alguns anos antes, um cliente antigo dos Kappas se tornara o proprietário acidental de uma Triumph Bonneville 1966 quando deu um lance bem-sucedido em um leilão de itens abandonados em um depósito.

Ele nunca dirigira uma motocicleta, mas tinha vontade, então a levou à oficina para ser revisada e os autorizou a sair com ela se quisessem. A bela máquina passou por retífica e polimento, com pistões e anéis de alta compressão, uma manivela soldada e embreagem deslizante. Peter e Clara testaram sua velocidade no intervalo do almoço, revezando-se na direção. Em um trecho reto de estrada seguindo para leste fora da cidade, no sentido das montanhas, Clara chegou a cento e oitenta quilômetros por hora, com Peter segurando-se em volta de suas costelas, gentilmente, sem apertar, confiando nela, quando viram um carro de polícia parado no acostamento a distância. Que descarga de adrenalina! Ela sabia que, mesmo que o policial quisesse ir atrás deles, quando atingisse a velocidade eles já estariam muitos quilômetros à frente na estrada e, exatamente no mesmo momento em que decidiu não desacelerar, Peter gritou acima do barulho do vento em seu ouvido, "Continue!", como se estivesse lendo sua mente. Se aquela moto tivesse asas, eles estariam voando. Inclinaram-se para a frente juntos, gritando e rindo enquanto passavam pelo policial.

A que distância de casa Peter estaria agora? Ela apoiou a cabeça no vidro, fingindo cochilar para não ter que compartilhar seus pensamentos com Greg.

Naquela noite, Clara deu uma desculpa para não ir jantar, dizendo que não estava se sentindo bem. E não estava, depois de não ter dormido o suficiente na noite anterior na *playa* e de ter passado horas demais em estradas esburacadas e dentro do carro, mas, principalmente, queria ficar sozinha. Além disso, houve um momento estranho no almoço, Greg pedindo a refeição dela e os transportadores os observando com ar de quem começava a entender, depois tentando não olhar mais para eles. Ela não queria repetir aquela experiência, pelo menos ainda não. Após deixar que ele lhe desse um beijo de boa-noite, ela tomou um banho e foi direto para a cama, para não ter que pensar em mais nada.

Também não saiu com eles para a sessão de fotos do dia seguinte. Greg a acordou com uma batida na porta. Pôs o café e o muffin que tinha trazido para ela na mesinha de cabeceira, depois a puxou de volta para a cama.

— Eu ainda não me sinto muito bem — disse ela, para remover qualquer sugestão de intimidade.

— Vamos ficar só um pouquinho aqui, então. — Totalmente vestido, ele deitou de conchinha com ela, a respiração lenta e quente no seu pescoço. Depois de um momento, ela o sentiu ficar duro e se pressionar mais junto dela. — Está se sentindo melhor? — ele sussurrou.

— Talvez mais tarde — ela respondeu, e permaneceu rígida, como se estivesse se fingindo de morta.

Por fim, ele suspirou e saiu da cama.

— Tudo bem, mas eu detesto ter que deixar você aqui sozinha.

— Vou ficar bem. Só preciso descansar um pouco mais.

Ele deu a volta para o lado dela na cama e a beijou.

— Eu volto mais tarde para buscar você, está bem? Vou fazer umas fotos aqui por perto, daí vai faltar só uma, a última da série. Vai ser incrível, mas não vai funcionar se você não estiver lá. Acha que consegue ir?

Ela fez que sim com a cabeça.

— Use aquela camiseta que eu lhe dei, está bem? Encontro você lá na frente às três horas. — Ele a beijou outra vez.

Ela ficou ali deitada por um longo tempo depois que ele foi embora. O café que ele havia trazido ficou frio, depois rançoso.

— Isto vai ser fantástico — disse Greg. — Lembra que eu disse que tinha algo melhor em mente para a última foto? Em vez de capturar o fim da vida da minha mãe, eu quero capturar o começo da nossa. — Ele a puxou para o estacionamento sem esperar resposta. Parecia que ela fora anexada à visão de futuro de Greg mesmo sem ter dado nenhuma indicação de sua aprovação.

Seguiram pelo lado oriental do vale, com os raios de sol iluminando os pelos loiros nos braços de Clara e subindo pelo seu colo através do vidro.

Por meia hora, Greg não parou de falar enquanto a estrada serpenteava gradualmente para o alto das montanhas, passando por colinas baixas pontilhadas de arbustos que pareciam carneiros gordos pastando. Ela olhou para o caminhão de mudança pelo retrovisor, notando a falta de expressão no rosto de Juan e Beto.

— Quase lá — disse Greg, ao se aproximarem de uma rotatória onde alguns trailers estavam estacionados. Uma placa de ACESSO LIMITADO alertava que os visitantes em veículos mais longos do que sete metros não deviam se arriscar a prosseguir pelos últimos quilômetros íngremes até o cume. Clara ouviu o caminhão trocando de marcha atrás deles enquanto continuavam subindo o aclive de quinze graus de inclinação e contornando as curvas fechadas e cegas, com apenas uma mureta de proteção baixa para impedi-los de cair pelo precipício.

Em viagens de carro, seu pai costumava indicar no volante a que distância estavam do destino. O ponto de partida era na posição de nove horas e o destino na de três. Quando ela lhe perguntava quanto faltava, ele apontava para algum lugar nesse semicírculo, suas primeiras aulas de porcentagem, e ela tornava a recostar no banco com suas expectativas recalibradas. Greg, batendo sem parar no volante com os polegares, provavelmente no ritmo de alguma música alojada em sua cabeça, não oferecia esse conforto, e para ela isso era inquietante, como se estivessem indo para trás.

Mas não era isso que ela estava fazendo com Greg? Indo para trás, para o passado?

— Vamos lá, vamos lá — disse Greg, querendo que o carro fosse mais rápido. Quando se aproximaram do estacionamento onde a estrada terminava, as montanhas os libertaram para um panorama de luz e céu. Apenas dois outros carros se encontravam ali, os passageiros caminhando pelo perímetro com os casacos se agitando ao vento e as mãos fazendo sombra sobre os olhos, admirando a vista.

Estava pelo menos sete graus mais frio do que no hotel, e Clara se apertou com os braços, tremendo na camiseta fina, enquanto apreciava o cenário. Juan e Beto andavam em volta, alongando o corpo, e Greg apontou para a crista que se estendia a sudeste e para a trilha de terra que a atravessava e levava ao cume propriamente dito de Dante's Peak.

— Vamos levá-lo para lá, em cima daquela elevação — disse Greg, e Juan inclinou a cabeça, como se estivesse calculando a possibilidade. — Não tem problema. É só irem com cuidado — Greg garantiu.

De acordo com a placa informativa, estavam a uma altitude de 1.670 metros, diretamente acima da planície salina branca da Bacia de Badwater, onde estiveram na terça-feira. Tinham um panorama desimpedido das cadeias de montanhas que se erguiam por todos os lados até se diluir na distância. As Funeral Mountains ao norte, Coffin Peak a sudeste. Com exceção do vento e de um casal tentando tirar sua própria foto, a mulher segurando o chapéu, o homem segurando a câmera no braço estendido, os dois sorrindo na direção do sol, de costas para o chão do vale abaixo, tudo estava quieto. Parecia abandonado, como se tudo que pudesse acontecer já tivesse acontecido, todo o seu potencial já superado pelo factual.

Uma tristeza profunda cresceu dentro dela enquanto observava os transportadores lutando contra o vento potente para manter o piano na plataforma móvel e Greg curvado sobre seu equipamento. Depois de juntar o que precisava, ele se inclinou com o vento e, coxeando, conduziu Juan e Beto para o cume.

— Você vem, Clara? — ele chamou, mas ela apenas continuou ali, incapaz de continuar a segui-lo.

Talvez fosse um truque do ar se movendo tão rápido naquela altitude elevada, ou talvez fosse um reflexo de sua mente para se contrapor ao silêncio mórbido, mas Clara achou que estava ouvindo música. Ela inclinou a cabeça na direção do som: era a peça de Scriabin, embora lenta e como um canto fúnebre, bem diferente do modo como ela estava acostumada a ouvi-la. Mas era tão nítida que ela poderia jurar que vinha do piano, como se instrumento e música estivessem tentando lhe dar um sinal. No entanto, o Blüthner continuava enrolado nas mantas e mudo, sendo simultaneamente puxado e empurrado pela trilha rochosa. Pensou em seu pai sentado no escritório com os dedos curvados pressionando a testa, ouvindo seu aparelho estéreo. *Você vai ter aulas; vai aprender a tocar a música que está em sua cabeça.* Se ele tivesse vivido, teria deixado sua mãe? Teria ido viver com Katya e levado o piano junto? Será que ela teria ido morar com eles também, com Greg como seu meio-irmão? Teria crescido sem aquele medo mortal diário de ficar sozinha?

Durante catorze anos ela se perguntara de onde o piano teria vindo, que histórias ele carregava consigo quando seu pai e os amigos dele o transportaram para sua vida e o deixaram ali. Os vários técnicos e afinadores e professores todos fizeram o mesmo comentário: que antigo, que sólido, que temperamental, que praticamente impossível de manter afinado. Sempre que alguém o tocava, mesmo que fosse uma peça animada, ele soava melancólico. Teria sido também melancolia pela mãe de Greg? E se cada uma das melodias tocadas em seu Blüthner deixasse uma impressão, uma sombra de emoção depositada em algum lugar dentro da caixa, na tábua harmônica ou nos martelos ou nas cordas? E se, como um álbum de fotografias ia ficando mais volumoso com as lembranças de férias, feriados, família e amigos, o piano também ganhasse o peso de cada proprietário e de sua música?

Pensou de novo no piano em Racetrack Playa entre as rochas deslizantes, todas elas em uma imagem congelada de um momento de partida com seus rastros secos atrás. Talvez estivessem tão imóveis não por estarem à mercê do gelo e do vento, mas simplesmente porque eram pesadas demais para continuar avançando. Haveria um limite para quanto seu piano poderia absorver antes de começar a se desintegrar sob o próprio peso? E ela pensou, com um grau de culpa e pesar, quanto de sua própria inadequação, infelicidade e tristeza fora imposto a ele.

Antes de Clara, ele pertencera a Katya. E antes disso, a quem? Uma história longa e fantasiosa se desenrolou em sua mente enquanto Greg e os transportadores avançavam penosamente pela crista até Dantes View, sobre o proprietário ou série de proprietários e professores e afinadores que vieram antes delas. O fabricante do piano. A pessoa que o fez soar pela primeira vez. As pessoas que entalharam a madeira e montaram o interior. A pessoa cuja imaginação o concebeu, e o manteve como um pensamento até ele ganhar existência, pronto para fazer a música a que estava destinado ou condenado. Imaginou-os como fantasmas espectrais, com seus direitos individuais, presos dentro da caixa de ébano. Ela também era uma espécie de fantasma. Mas não precisava continuar sendo.

Greg apontou para o precipício e gritou:

— Aí mesmo, o mais perto possível da borda.

Eles o manobraram para fora da plataforma móvel e o desembrulharam, o brilho de seu verniz preto e denso como uma aura na luz baixa e inclinada. A respiração de Clara ficou presa na garganta; o prelúdio-fantasma de Scriabin martelava em suas têmporas. Sua cabeça e peito estavam pulsando. Havia mantido o Blüthner consigo como um talismã, a única lembrança que sobrevivera de sua infância, o último presente que seu pai lhe dera. E nem tinha sido um presente, afinal. Tinha sido só um disfarce.

Morte, Funeral, Pico do Caixão — estava tudo bem ali nas placas de informações. E ela, que vivia procurando sinais, não tinha percebido até aquele momento. Olhou para baixo, para o chão do vale, depois de volta para o piano, oscilando sobre a plataforma, Beto e Juan gritando instruções um para o outro para estabilizá-lo. Imaginou-se arrastando-se para o alto do difícil cume com eles em sua marcha forçada, empurrando o Blüthner para cima, para cima, para cima, como Sísifo fazia com sua pedra, sempre empurrando em direção a algo, alguma força que pudesse dar a sensação de felicidade ou de lar, só para vê-lo sempre rolar de volta ao começo. Havia sofrido com o medo da perda por tanto tempo que só agora percebera como havia ficado prisioneira disso.

Fez um som de sobressalto quando o encanto se quebrou dentro de si e saiu correndo em direção a Greg o mais rápido que ousava na trilha instável.

Ele estava agachado, fixando a lente na câmera.

— O que foi? — perguntou ele, levantando-se. — Você parece tão feliz. Fico contente, porque preciso de você nesta foto. Nosso primeiro retrato juntos. Com o piano, claro.

— Eu sei como você pode ficar livre — ela lhe disse, com um sorriso ofegante. — Nós dois. Podemos simplesmente deixar que ele se vá.

Ele pôs a mão no ombro de Clara e a deslizou pelo braço para entrelaçar os dedos nos dela.

— Do que você está falando? Deixar que *o que* se vá?

— O piano.

— Clara, eu nem imagino o que está passando pela sua cabeça. Eu já lhe disse, temos uma chance de um novo começo agora mesmo. Mas tem que ser depressa. Está tudo pronto, já defini o temporizador, mas só temos um tempo muito curto nesta luz. — Ele apontou para a formação rochosa escarpada em uma crista à frente do piano. — Está vendo aquele penhasco? Minha mãe morreu ali. Eu quero fotografar nós dois de pé, juntos, ao lado do piano, com o penhasco borrado ao fundo. Um triunfo sobre a tragédia.

Clara não se incomodava se seu pai amara outra mulher. Isso não importava. Sentia até uma onda de afeto por ele, e pela mãe de Greg também. Quem poderia saber que peso eles carregaram? Que bem faria a ela culpá--los agora pelos fracassos amorosos que viveram?

— Não, Greg. — Ela afastou a mão, mas continuou olhando nos olhos dele. — É uma tragédia horrível termos perdido nossos pais. Eles perderam um ao outro. Mas nós não precisamos continuar com isso.

— Mas eu quero. — Ele parecia magoado, e também assustado.

— Você nem sabe nada de mim. E eu não sei nada de você.

— Nós sabemos o suficiente.

Ela sorriu. O que ele estaria de fato esperando conseguir ali? Por que ele achava que poderia trazer alguma coisa do Vale da Morte de volta à vida? Greg era, ela percebeu, só mais uma maneira de o piano continuar sempre a aprisioná-la.

— O que eu sei é que, para mim, esse piano era o meu pai. Só me dei conta disso uns minutos atrás. Para você, ele é sua mãe. Mas ele não é nenhum dos dois. É só um piano. Um piano velho, desafinado, incrivelmente pesado e triste que nós amamos por todas as razões erradas. — Ela se aproximou dele e pousou a mão gentilmente em seu rosto. Ele havia feito a barba em volta do cavanhaque e sua pele era lisa e fria. — Por mais maravilhosa que aquela noite tenha sido, ela foi pelas razões erradas também. Eu não posso ficar com você, Greg. Não acho que teríamos um futuro juntos. Seria como uma reedição estranha do passado dos nossos pais.

— Clara, você está sendo ridícula — ele revidou. — Quais eram as chances de nós termos nos encontrado? Isso não significa nada para você?

— Significa que temos a chance de nos libertar de tudo isso — disse ela, girando o braço para indicar o horizonte. — Estamos precisamente onde sua mãe terminou a vida dela. Nesta porra de Vale da Morte. Então vamos fazer como você havia planejado inicialmente e empurrá-lo do penhasco. — Dizer isso em voz alta a empolgou e ela teve que se conter para não correr e derrubá-lo no precipício e finalmente vê-lo ir embora, sua procedência, sua música se evaporando no ar durante a queda. Seu peso infinito já estava oscilante; bastaria um empurrão firme com sua mão boa.

— Não! Meu Deus, o que deu em você?

Ela pensou em Katya se lançando do precipício rochoso a distância. Qual teria sido seu último pensamento quando seus pés deixaram a terra firme? Seria dor que a levara até ali, ou talvez esperança? Ela teria encontrado o pai de Clara em algum momento da descida? Eles teriam voado juntos, mais leves do que pássaros, mais leves do que tudo, antes de seu corpo atingir o chão?

— Eu não quero mais ser Sísifo — disse ela, encolhendo os ombros com um sorriso. Sua convicção era imensa. — Você também não precisa.

— Por favor, Clara. Venha ficar aqui comigo. Deixe-me tirar essa foto, daí nós conversamos sobre o que fazer depois. — Ele tentou puxá-la pelos ombros e posicioná-la junto ao lado dos agudos, mas ela resistiu. Ela queria, porém, tocar o piano uma última vez, então foi até ele. Interpretando equivocadamente o movimento dela como aquiescência, ele disse: — Isso. Apoie seu braço no alto para que o gesso apareça na fotografia, está bem? Eu só preciso reajustar o temporizador, depois vou voltar aqui e ficar do seu lado direito.

Ela acariciou o topo da caixa, sentindo as ranhuras consertadas, reparando nos inúmeros arranhões. Depois pressionou algumas teclas e escutou as notas. Seu chamado frágil, e a resposta desamparada do Blüthner. Arrastou o dedo indicador por várias oitavas, começando nos graves e movendo-se para os agudos. Dedilhou notas uma por uma, ziguezagueando pelo teclado entre teclas pretas e brancas. Não era musical, era apenas uma progressão mecânica de sons de pesado para leve. O prelúdio de Scriabin, ela notou, se fora. Exceto por essa única peça que ela às vezes conseguia lembrar, mas nunca conseguira tocar, não havia nenhuma música em sua cabeça. E nunca haveria. Ela não fora feita assim.

Então Greg estava ali, pressionando-a contra o piano. Ele pegou sua mão boa e a apertou.

— Está perfeito — disse ele. — Agora sorria. — Ela viu a luz vermelha piscando mais e mais rápido na câmera, que ia disparar a qualquer segundo. — Sorria!

— Não — disse Clara. — Eu não posso. Desculpe. — Ela se soltou da mão dele e estava saindo do enquadramento quando o obturador abriu e fechou, sem conseguir captá-la do modo como Greg planejara. Ela apareceria apenas como um borrão, uma rocha deslizante em movimento.

— Pegue sua câmera — ela lhe disse.

— O quê?

— Tire-a do tripé. — Ela olhou para os transportadores atrás dela. Eles estavam parados suficientemente perto para poderem correr e tirá-la de perto do piano. Mas só continuavam ali, apenas vagamente interessados no que estava acontecendo. Podia ser só sua imaginação, mas parecia que Juan estava sorrindo.

— Por quê? O que você vai fazer? — Mesmo assim, ele fez o que ela pediu, e ela interpretou o ato como um sinal de cumplicidade.

Estava cansada de usar as roupas de outras pessoas, de guardar as histórias de outras pessoas, de ser habitada pelos fantasmas de outras pessoas. Ela não era a primeira a ser dona do Blüthner, mas pretendia ser a última.

— Está pronto? — ela perguntou.

— Não, espere, Clara. Pronto para quê?

Ela respondeu beijando sua mão saudável e pousando-a na lateral da caixa do piano, junto à parte traseira onde estava a maior parte do peso.

— Adeus — murmurou. E então, com toda a força que tinha, ela empurrou.

O Blüthner passou pela borda com muito mais facilidade do que ela havia esperado. Pareceu deslizar pelo cascalho sob seus pés e até mesmo, improvavelmente, ganhar um pouco de altitude quando perdeu contato com o rochedo, antes de começar a cair. Ela o viu suspenso por um momento, depois chamado pela gravidade, enquanto imaginava todos eles — Katya, seu pai e sua mãe, seu tio e sua tia, e até Greg — libertando-a. O Blüthner não fez nenhuma música, mas continuava falando com ela: *adeus, adeus.*

A seu lado, Greg acionava o obturador da câmera repetidas vezes enquanto o piano descia, e mesmo depois que ele atingiu o chão e ricocheteou, lançando lascas de madeira e entranhas de metal e teclas de marfim em todas as direções antes de cair de novo, até se desfazer total e completamente e repousar espalhado e imóvel centenas de metros abaixo.

Então tudo ficou quieto. Greg olhou para a cena do crime com a boca aberta pelo que pareceram minutos. Depois se virou para Clara. Nenhum dos dois falou, mas ficaram se encarando por um longo momento. Ela se aproximou e o beijou de leve no rosto. Ele balançou a cabeça e se virou para olhar mais uma vez para a trilha de pedaços do piano abaixo deles.

Clara se afastou dele e da beira do penhasco, cada passo lhe trazendo uma dose extra de alívio, deixando-a mais leve que as oitavas. Talvez fosse assim que funcionasse: o começo de saber o que ela queria era perceber o que ela não queria.

— Tenho que ir. Posso pegar uma carona de volta para o hotel — ela disse aos transportadores, ainda recuando, sentindo-se cheia de esperança e coragem pela primeira vez em mais tempo do que conseguia se lembrar. Poderia dirigir o próprio carro para qualquer lugar que quisesse. Pediria carona ao casal que estava tirando fotos, ou para um dos outros turistas. As pessoas eram amigáveis ali no deserto. Ela acenou para Beto, depois para Juan, que levantou o queixo e lhe deu um sorriso cúmplice.

— Boa sorte, Greg — disse ela. Mas, se ele a ouviu, não deu nenhum sinal. — Espero que você encontre o que está procurando.

Ela se virou e começou a correr pelo estacionamento tão sem esforço como se estivesse pulando pela lua. Então parou e tirou o celular do bolso. Ainda sem sinal, mas uma hora voltaria. Imaginou-o atendendo o telefone, perdoando-a, dizendo seu nome — *Clara?* — com a esperança que poderia transformá-lo em uma interrogação. Pensou em seu *avgolemono* e na oficina, na foto de Natal que Anna ia tirar dali a algumas semanas, em que ela estaria de pé ao lado de Peter. Pensou em dirigir uma motocicleta em alta velocidade com os braços dele em volta de seu corpo, sem saber o que a esperava à frente, sem se importar com o que estava atrás, e sem medo de cair.

Agradecimentos

Sou profundamente agradecida às muitas pessoas que contribuíram com seus conhecimentos, ideias, apoio, incentivo e entusiasmo para este romance ao longo do caminho.

Quando comecei a pesquisar sobre o fabricante do piano, Larry Fine, editor de *Acoustic & Digital Piano Buyer*, me apresentou a Helga Kasimoff, uma revendedora experiente e simpática de pianos Blüthner em Los Angeles. Foi ela que me ensinou sobre Julius Blüthner e seu "timbre dourado inigualável" e me ajudou a imaginar os problemas que Katya encontraria ao tentar imigrar para os Estados Unidos com seu amado piano. Nem tenho como expressar meu agradecimento a Kristina Richards, da Julius Blüthner Pianofortefabrik GmbH, que me deu atenção e respostas precisas e solícitas para minhas muitas perguntas sobre a fabricação de pianos Blüthner e que revisou generosamente um rascunho para inserir suas correções. Eventuais erros relacionados a esse aspecto do livro são exclusivamente meus. A Joe Taylor, da Taylor Pianos, em Oxfordshire, Inglaterra, eu agradeço por ter me "dado" esse piano específico. Obrigada a Maciej Brogiel e Mike Ello pelas instruções sobre a manutenção de pianos. Agradeço a Brian Davis e a meu querido amigo Andrew Lienhard por responderem pacientemente a todas as minhas perguntas sobre música clássica e sobre a arte de tocar piano em geral. Muito obrigada a Konner Scott, que compreendeu perfeitamente o tom que eu estava buscando em sua bela composição "Die Reise".

À minha amada *sestrichka*, Irina Orlova, mando amor infinito e agradecimentos por suas ideias e pelas traduções que permeiam este livro. Obrigada a Vladimir Tabakman por compartilhar informações sobre a vida como um judeu russo tanto na União Soviética como nos Estados Unidos. Tenho uma dívida de gratidão com German Gureev, do Eifman Ballet de São Petersburgo, por me ajudar a imaginar como o piano de Katya poderia ser retirado clandestinamente da Rússia. A Zev Yaroslavsky e Ella Frumkin, funcionários públicos e eles mesmos *refuseniks*, envio minha gratidão infinita por suas percepções sobre emigração da ex-União Soviética.

Sou agradecida a Peter Georgalos e sua falecida mãe, Anna Georgalos, da John's Xpress Lube, que inspiraram diretamente seus equivalentes fictícios, e a Keith Grode, da Bellaire Tire & Automotive, por suas pacientes informações sobre manutenção e terminologia de veículos.

Obrigada ao fotógrafo Clayton Austin, cuja coleção *Hammers and Strings* (Martelos e cordas) inspirou o cenário do Parque Nacional do Vale da Morte, e também ao fotógrafo e amigo Andy Biggs, que me ajudou a imaginar o itinerário de Greg pelo parque e as imagens que ele capturaria lá. Depois que escrevi o primeiro rascunho, fiz com John Batdorff e Staci Prince um workshop de fotografia de quatro dias no parque. Com sua assistência especializada, fotografei um piano em miniatura em todas as mesmas localizações em que Greg e Clara estiveram, o que me possibilitou fazer ajustes importantes na história. Barry McKay me contou sobre dirigir uma Triumph Bonneville 1966, o que incorporei como uma memória feliz de Clara. Obrigada.

Eu me lembro do momento exato em que surgiu a ideia para este livro: depois de falar para um clube do livro sobre meu romance *11 Stories*, ouvi Meredith Canada contando a uma amiga que havia finalmente encontrado uma pessoa para ficar com o piano que seu pai lhe dera de presente em seu aniversário de sete anos. Fiquei fascinada quando soube que ele havia morrido alguns meses depois e que ela passara as décadas seguintes tentando encontrar uma maneira significativa de se desfazer do piano. Obrigada, Meredith, por me dar permissão para explorar essa ideia no que viria a se tornar este romance.

Sou imensamente grata aos amigos e primeiros leitores: Holly Wimberley, Summer Shaw, Ellory Pater, Cameron Dezen Hammond, Theresa Paradise, Sabrina Brannen, Caroline Leech, Shana Halvorsen e, especialmente: Charlie Baxter, Tobey Forney, Sarah Blutt, Louise Marburg, Lucy Chambers, Emma Kate Tsai, Heather Montoya, W. Perry Hall, Heidi Creed, Michelle Gradis, Lee Ann Grimes, Mimi Vance e Jennifer Rosner por seu extenso feedback. Estas páginas estão vivas com a sua generosidade. Muito obrigada a Alexander Chee, Alice McDermott e os participantes de meus grupos de oficinas na Tin House Summer Workshop 2016 e na Sewanee Writers' Conference 2016 por seus comentários e estímulo.

Tenho uma sorte imensa de ter Jesseca Salky como minha agente, por sua perspicácia editorial e apoio incondicional. Ela e sua equipe na Hannigan Salky Getzler (HSG) Agency — especialmente Ellen Goff e Soumeya Roberts — são maravilhosos. Meus profundos e humildes agradecimentos à equipe incrível da Knopf e a meu editor, Gary Fisketjon, pela paixão que ele trouxe a este projeto. Foi uma honra e uma alegria trabalhar com ele.

Não tenho agradecimentos suficientes para minha irmã, Sara Huffman, por seu amor e amizade e por me lembrar a cada vez que eu travava que o único caminho para sair é continuar em frente. A meus pais, Cindy e John Slator, e Larry e Brenda Pullen, obrigada por seu amor e apoio e por serem meus primeiros fãs. Sasha e Joshua são as luzes brilhantes de minha vida. Por fim, envio minha gratidão e amor eterno a meu marido, Harris, por estar sempre ao meu lado.

Impresso no Brasil pelo Sistema Cameron da Divisão Gráfica da
DISTRIBUIDORA RECORD DE SERVIÇOS DE IMPRENSA S.A.